Nöldeke, Ich bin eine rufende Stimme

Eva Nöldeke

Ich bin eine rufende Stimme

Roman

Edition Anker

Edition Anker – Auslese

Bibliografische Information der Deutschen Bibliothek:
Die Deutsche Bibliothek verzeichnet diese Publikation in der Deutschen Nationalbibliografie; detaillierte bibliografische Daten sind im Internet über http://dnb.ddb.de abrufbar.

www.edition-anker.de

Motorstraße 36, 70499 Stuttgart
Umschlaggestaltung: Design Power Henri Oetjen, Lemgo
Satz: Fanslau Communication, Düsseldorf
Druck: Ebner-Spiegel, Ulm
Gesetzt aus der Janson 11/12
ISBN 3-7675-1874-0
Best.-Nr. 111.874

Und sie kamen jenseit des Meeres in die Gegend der Gadarener. Und als Jesus aus dem Schiff trat, lief ihm alsbald entgegen aus den Gräbern ein besessener Mensch mit einem unsaubern Geist, der seine Wohnung in den Gräbern hatte. Und niemand konnte ihn binden, auch nicht mit Ketten. Da er aber Jesum sah von ferne, lief er zu und fiel vor ihm nieder, schrie laut und sprach: Was habe ich mit dir zu tun, o Jesu, du Sohn Gottes, des Allerhöchsten? Ich beschwöre dich bei Gott, daß du mich nicht quälest! Denn er sprach zu ihm: Fahre aus, du unsauberer Geist, von dem Menschen! Und er fragte ihn: Wie heißest du? Und er antwortete und sprach: Legion heiße ich, denn wir sind unser viele. Und er bat ihn sehr, daß er sie nicht aus der Gegend triebe. Und es war daselbst an den Bergen eine große Herde Säue auf der Weide. Und die Teufel baten ihn alle und sprachen: Laß uns in die Säue fahren! Und alsbald erlaubte es ihnen Jesus. Da fuhren die unsaubern Geister aus und fuhren in die Säue; und die Herde stürzte sich von dem Abhang ins Meer, und ersoffen im Meer. Und die Sauhirten flohen und verkündigten das in der Stadt und auf dem Lande. Und sie gingen hinaus zu sehen, was da geschehen war, und kamen zu Jesu und sahen den, der von den Teufeln besessen war, daß er saß und war bekleidet und vernünftig, und fürchteten sich. Und die es gesehen hatten, sagten ihnen, was dem Besessenen widerfahren war, und von den Säuen. Und sie fingen an und baten ihn, daß er aus ihrer Gegend zöge.

Aus dem Markus-Evangelium

Wer nach Möttlingen kommt, findet ein stilles Dorf weitab vom Getriebe großer Städte. Eingebettet liegt es in einer Mulde zwischen Wiesen und Wald in einer Landschaft von friedlichem Gleichmaß. Selbst Autos fahren selten auf der Hauptstraße. Unser Wanderweg führt nicht zufällig hierher, wir suchen Blumhardts alte Heimat. Es ist Herbst und es riecht nach Most und umgepflügtem Ackerland. Zwischen Pfarrhaus und Kirche fegt ein älterer Mann das Laub zusammen, das der Wind wieder auseinander wirbelt. Er blickt uns prüfend an, als wir das Pfarrhaus betrachten und ihn nach dem Schlüssel zur Kirche fragen. Aber er schüttelt den Kopf und sagt: „Die Kirche ist offen."

Die Tür klemmt und knarrt, wir kommen in einen dunklen Vorraum, links führt die Treppe zum Turm, rechts ist der Eingang zur Kirche. Uns empfängt eine wunderbare Stille und der Geruch von Staub. Eine kleine Kirche ist es nur mit wenigen Bankreihen, hoch darüber erhebt sich die Kanzel, und in der Mitte vor dem Chor beherrscht der Gekreuzigte den Raum.

Wir steigen die hölzernen Stufen zur Empore hinauf und sehen nah über uns die bunt bemalte Holzdecke. Lange sitzen wir in diesem friedvollen Raum. Außen an der Kirchenwand neben der Eingangstür finden wir zwei steinerne Grabtafeln, eine für Rahel, geboren und gestorben am gleichen Tag – 1845, daneben eine für Nathanael, geboren und gestorben am gleichen Tag – 1846, Blumhardts Kinder.

Wir gehen langsam um die Kirche herum, der Mann fegt immer noch das Laub. Ich frage ihn, ob er etwas von Blumhardt weiß. Da stützt er sich auf seinen Besen und lächelt. „Er war begnadet, aber die Menschen heute glauben nicht mehr daran."

Wir wünschen ihm einen guten Tag, er nickt und fegt die endlos fallenden Blätter.

Wir waren noch oft in Möttlingen, aber seit damals ging ich ihm nach, dem Rufer und Mahner, und ging dem nach, was vor so langer Zeit in diesem Dorf geschah.

Es gibt viele Menschen, die glauben, ich hätte besondere Gaben. Sie alle irren sich, alle, die mich lieben, und alle, die mich jemals angefeindet haben. Es ist der eine große Schmerz meines Lebens, dass nur so wenige die einzige Kraft und Triebfeder meines Tuns erkennen. Immer wieder schätzen wir die Macht der Realitäten falsch ein, auch ich habe das zu oft getan. Für mich war es nie eine Frage, wo wir den Stammsitz ewiger Wahrheit suchen sollen, aber was rede ich. Selbst hier in meinem geräumigen Haus in Bad Boll, in das so viele Menschen kommen, ihr Heil zu suchen, sehe ich, wie brüchig menschliches Werk ist. Was schön, heil und erfolgreich aussieht, stellt sich nur zu oft als Trugbild heraus.

Aber ich will nicht sterben, ohne noch einmal den Weg zurückzugehen bis dahin, wo ich lernte, aus dem Scheingebilde meines Glaubens herauszutreten in eine unerbittliche, schmerzhafte Wirklichkeit Gottes, die nur zu ertragen ist in der Verheißung seiner Liebe. Mit einer Gewissheit allerdings werde ich dorthin gehen müssen, wo ich hoffe, Gott zu finden, mit der Gewissheit, dass zu viele sich mit dem Schein zufrieden geben.

Wie weit soll ich ihn zurückverfolgen, den braven Theologen und Lehrer Johann Christoph Blumhardt, der als Knabe über die Leidensgeschichte Jesu weinte und doch nichts wusste von diesem schrecklichen Tod? Soll ich ihn fragen nach all den freudig und unbefangen gesungenen Liedern zum Lobe Gottes in der Stuttgarter Stiftskirche oder nach den Visionen meines Vaters über das Reich Gottes in den Herzen seiner Kinder? Davon könnte ich genug rührende Geschichten erzählen.

Wie wenig wir doch wissen und wie spät wir dieses wenige erfahren. Ich könnte eintauchen in das tiefe Wasser der Freundschaft mit Wilhelm Hoffmann, der mir im Seminar Schönthal begegnete und der ein Leben lang mein Freund geblieben ist. Alles lasen wir damals, Griechisch und Lateinisch, an den Satiren des Horaz ergötzten wir uns ebenso wie an Shakespeares oder Molières Lustspielen. Die Welt war voll Stoff, der nur dazu gemacht schien, ihn uns einzuverleiben.

Noch im Tübinger Stift, wohin ich 1824 kam, hielt ich den ganzen Kreis der Theologie für ein Gebiet, das man durch Fleiß und Glauben leicht erobern könne. Wenn ich je eine besondere Gabe hatte, dann die der Dankbarkeit oder auch die, dass ich meinen Lehrern ihre Lehren glaubte und mich im Wohlwollen meiner Freunde sonnte. In jener fernen Zeit strebte ich die Harmonie von Herz und Verstand an, die erleuchteten Augen des Herzens, wie Paulus es nennt. Das alles beschreibt mich ebenso gut wie jeden anderen Menschen auch, dass ich medizinische und Physik-Kollegien besuchte oder von der Weltgeschichte zu lernen trachtete. Ich spekulierte nicht wie Freund Hoffmann in der Philosophie herum, mir waren Tatsachen lieber oder das, was ich dafür hielt. Wo soll ich mich suchen, um die zu widerlegen, die an meine besonderen Gaben glauben. In Dürrmenz, meiner ersten Vikarstelle, schwelgte ich in den Freuden des Seelsorgerberufes, passte mich dem gemächlichen Schritt der Bauern an und sprach auf der Kanzel von einfachen Dingen, die sie begriffen.

Ich sehe mich in Basel meinen Bruder Karl besuchen, der sich zur Buße und dem Heiland bekehrt hatte und der meinte, ich müsste das Gleiche tun. Ich war im Glauben und brauchte nicht bekehrt zu werden, so wenigstens dachte ich.

Tatsachen – vielleicht ist dieses Wort der Schlüssel, der die Tür zu meinem Leben öffnet, auch für solche, die mich zu kennen glauben. Aber ich will geduldig sein und nicht mit der Tür ins Haus fallen. Der Schritt der Bauern ist sicher nicht die schlechteste Art in einer Erzählung voranzuschreiten und eins nach dem anderen zu sagen. Das muss ich mir auferlegen, nicht die Stufen zu überspringen, nur weil ich selbst das Ende schon kenne.

Sie rollten mir nicht gerade einen roten Teppich aus, als ich im Jahr 1830 nach Basel kam. Es ging recht nüchtern und prosaisch zu, und manche meinten sogar, ich hätte meine Stelle als Lehrer der angehenden Missionare nur meinem Onkel Christian Gottlieb Blumhardt zu verdanken, der Inspektor der Missionsanstalt war. Ich machte mir darüber kaum Gedanken, denn was andere Menschen redeten, war mir noch nie wichtig gewesen.

Karl war allerdings voll davon, als er mich von der Poststation abholte und wir den weiten Weg durch die Stadt marschierten. Mein Bruder glühte vor Begeisterung und Hingabe in dem noch jungen Missionswerk, er hatte seinen handwerklichen Beruf buchstäblich an den Nagel gehängt und ließ sich hier zum Missionar ausbilden.

Ich betrat in dem großen Missionshaus vor dem Spalentor eine doppelte Welt, ich kam auf eine Insel brüderlicher Liebe, zu lauter Menschen, die ihr persönliches Leben der großen Idee der Mission weihten. Ich finde kein besseres Wort dafür, fast alle, mit denen ich zu tun bekam, schwebten irgendwie eine Handbreit über dem Boden und sahen die große weite Welt, sofern sie noch nicht zum christlichen Glauben bekehrt war, mit mitleidsvollen Augen an.

Meine Aufgabe war weit nüchterner, ich hatte diejenigen, die ein theologisches Examen machen wollten, in Hebräisch zu unterrichten. Mir gefiel das aus vielerlei Gründen. Ich konnte mich mit den angehenden Missionaren an die Quelle der Heiligen Schrift begeben und hatte zudem ein klar umrissenes Arbeitsfeld. Dennoch war es nicht immer so einfach, wie ich zuerst glaubte.

Ich denke noch oft an den heißen Sommertag, an dem ich am Fenster meines Zimmers stand und über den Garten sah. Die Blätter der Obstbäume hingen schlaff an den Zweigen, es hatte lange nicht geregnet, und niemand konnte so viel Wasser herbeischleppen, um die Bäume zu begießen. Ich weiß es deshalb so genau, weil später ein solch heißer und stiller Sommertag mein Leben veränderte. Hier berührten mich erst die Vorboten des Sturmes. Als es an meine Tür klopfte, wusste ich schon, wer eintreten würde. Es war der blasse, schmale Wilhelm Braun, der sich schon manchmal zum Sprecher derer gemacht hatte, die nicht mit mir zufrieden waren. Dieser Widerstand erwuchs immer dann, wenn wir im Neuen Testament den Stellen nachgingen, die auf das Alte Testament verweisen. Nicht, dass wir uns über die griechische Sprache erzürnten, es war etwas ganz anderes. Das heißt, ich erzürnte mich nicht, Wilhelm und zwei oder drei seiner Freunde taten es, wenn ich meine Gedanken zu Jesu Taten erläuterte. Trotz des brüderlichen Du, das hier im Missionshaus üblich war, taten sich feine Risse und Gräben auf. Oft wusste ich gar nicht, wo sie den Stein des Anstoßes suchten. Ich mag Menschen und versuche, sie zu verstehen, und so erschien mir immer Jesus, solange er auf Erden wandelte, als mein Bruder. In Gedanken begleitete ich ihn durch das heiße Palästina, kehrte mit ihm bei den Menschen ein, dachte an die langen staubigen

Wege und rechnete mir die Entfernungen zwischen den Orten aus.

Jetzt sah ich an Wilhelms Gesicht, dass er und seine Freunde meine Auslegung der letzten Stunde offenbar gar nicht verarbeitet hatten.

„Ich muss dich bitten, Bruder Blumhardt“, sagte er und wollte mein Angebot, sich zu setzen, gar nicht annehmen, „ich muss dich bitten zu bedenken, dass Jesus Gottes Sohn ist. Wir mögen nicht wie du so an seiner irdischen Zeitlichkeit kleben. In der Sprache lernen wir viel von dir, aber deine Deutung der Geschichten Jesu gefällt uns in mancher Hinsicht gar nicht.“

Was sollte ich sagen, gelehrte Beredtsamkeit war sicher nicht meine Sache, und man kann mit einfachen Worten kaum einen Menschen überzeugen, der gar nicht überzeugt werden will. Und es war noch etwas anderes, was in der Gruppe Widerstand hervorrief. Vor allem Wilhelm störte sich daran, dass ich gar kein festgelegtes Schema hatte in meinem Unterricht, vielmehr liebte ich es, Fragen zu stellen, wo man sie nicht vermutete. Wie Wilhelm jetzt vor mir stand, sah ich seine tiefe Unsicherheit, und ich wusste, das war meine Schuld. Ich hatte nämlich meine Zöglinge nicht nur in der Sprache zu unterrichten, sondern in allerlei nützlichen Kenntnissen auf physikalischem, chemischem und mathematischem Gebiet. Jetzt kamen mir wahrhaftig meine Ausflüge in diese Studienfächer zustatten. Wilhelm grollte mir, auch wenn die Missionsleitung solchen Unterricht angeordnet hatte, eben weil Missionare einige praktische Fertigkeiten haben sollten. Er grollte mir, weil ich gesagt hatte, man müsse nicht nur das Feld seiner Seele beackern, sondern ebenso mit beiden Beinen auf dem Boden dieser Erde stehen. Gerade an diesem Morgen hatte sich ein heftiger Disput darüber entwickelt und mich vielleicht zu Äußerungen verlockt, die ich besser verschwiegen hätte. Aber ich konnte nie begreifen, warum manche meiner Brüder ihren Leib als schädliche Zutat dieses Lebens ansahen.

„Wilhelm", sagte ich jetzt und legte soviel Sanftmut in meine Stimme, wie ich konnte, „wir wollen nicht brüderliche Eintracht vergessen über unterschiedlichen Meinungen. Ich bringe euch allen die gleiche Liebe entgegen, und ihr seid alle in meinen täglichen Gebeten." Ich legte ihm die Hand auf die Schulter, aber er blieb darunter steif und abweisend, auch als er mit einem leisen Gruß schließlich hinausging.

Ich habe sicherlich viele Fehler, und einer davon ist meine direkte Sprache, die wohl daher rührt, dass ich weder vor mir noch vor anderen oder gar vor Gott etwas verbergen und beschönigen möchte. So kam es, dass ich schon etliche Wochen nach meinem Eintritt in Basel vor den Präsidenten des Komitees, den Pfarrer von Brunn, zitiert wurde.

Dieses Gespräch habe ich niemals vergessen, auch wenn es mich nicht von dem Fehler heilte, meine Meinung offen zu sagen. Brunn war nicht nur klug, sondern so tolerant wie wenige, die hier eine leitende Aufgabe hatten. Ich kann nicht sagen, dass ich sein Zimmer mit Bangen betrat, denn ich dachte, ich hätte mir wirklich nichts vorzuwerfen. Dennoch verließ ich es anders als ich hineingegangen war, kleiner, bescheidener und vielleicht auch ein bisschen klüger.

Am Anfang hatte Brunns Stimme recht streng geklungen. „Ich kann nicht dulden, Bruder Blumhardt", sagte er, „dass die Zöglinge in ihrem Glauben verunsichert werden. Ich bitte dich sehr, alle solche Zwistigkeiten zu vermeiden."

„Ich habe gewiss nicht versucht, jemanden zu verunsichern", antwortete ich, „wie sollte ich, eher das Gegenteil ist mein ganzes Bestreben."

„Ja, ja", sagte Brunn, „das will ich gerne glauben, nur haben nicht alle Brüder dein heiteres und ausgeglichenes Gemüt. Zu große Sicherheit führt oft in die Irre."

Wie ein Stein in einen Brunnen fiel dieses Wort in mein Gemüt und mein Gewissen. Es hat mich nie mehr verlassen und sich später als nur zu wahr erwiesen.

Etwas anderes mochte ich noch lieber als den Unterricht im Haus, das waren die Predigtreisen in die Basler Landschaft. Es ist ein liebliches Land, kommt man mit einem Fuhrwerk erst aus der engen Stadt Basel hinaus. Lieblicher noch, steigt man zu Fuß, nur mit einem Ranzen auf dem Rücken, die Hänge hinauf, wo die Dörfer liegen, die einem fernab von jeder Weltgeschichte erscheinen.

Wenn ich eine Gabe habe, dann die, mit einfachen Menschen zu reden. Es scheint, ich verstehe ihre Sorgen und ihre Lebensweise, und wenn ich ihnen begegne, scheint mir auch die Auslegung dessen, was in den Evangelien steht, einfach genug.

Es war Anfang April in meinem zweiten Basler Jahr, als ich einen erzürnten jungen Kutscher mit seinem Gefährt zurückließ und mich zu Fuß in ein Dorf nördlich von Basel aufmachte. Ich weiß nicht mehr, worüber der Streit entstanden war, vermutlich hatte ich ihn wegen seiner Unpünktlichkeit getadelt. Ich konnte und kann einen Tadel ebenso wenig verschweigen wie ein Lob. Mein Kutscher aber sah mich mit sehr empörtem Blick an und ich merkte, dass er eine heftige Antwort gerade noch hinunterschluckte. Er wusste, wer ich war und woher ich kam, er wusste ebenso, zu welchem Zweck ich unterwegs war. Bis jetzt kannte er mich nur nachgiebig und freundlich, aber vielleicht war das ein Fehler gewesen. Seine Unart war dadurch nur größer geworden, und jetzt auf einmal verstand er mich nicht mehr.

Es war ein schöner Tag, die Luft noch kühl, die Sonne stand an einem blassblauen Himmel. Nach einem steilen Aufstieg setzte ich mich unter einen Kirschbaum, an dessen Zweigen schon dicke Knospen hervorkamen. Als ich meinen Kopf an den Stamm lehnte, fing über mir eine Amsel an, ihre unerschöpflichen Weisen in die Luft zu flöten. Es lag auf mir wie ein Schatten, dass ich mit einem Menschen im Streit auseinander gegangen war, jetzt, da ich in dem Dorf predigen sollte, das über mir schon sichtbar wurde. Dann fiel ein wirklicher Schatten über meine Füße und Beine, zwischen mir und der Sonne stand ein großer Hund, sehr hässlich, von unbestimmter Sorte und gar nicht freundlich. Ich rührte mich nicht in der Hoffnung, er möge weggehen. Das tat er nicht, er stand unbeweglich und starrte mich an, die Ohren zurückgelegt, und wenn ich mich rührte, kam ein tiefes Knurren aus seiner Kehle. Ich hatte Angst und keinen Ort, um mich zu verstecken oder zu entkommen. Die Sonne wanderte ein ganzes Stück und mit ihr der Schatten des Hundes und des Baumes. Endlich, als ich nicht mehr sitzen konnte und wollte, stand ich auf, streckte mich, gewärtig, dass der Hund mich anspringen würde. Aber nichts dergleichen geschah, er ließ ein lautes ‚Wuff' hören und stob davon. Gleichzeitig sah ich ein Kind den Weg vom Dorf herunterlaufen und hörte die hohe Stimme nach dem Hund rufen. Das Tier tobte um die schmächtige Gestalt herum und wusste sich vor Freude nicht zu lassen, während sie nach den Schlappohren fasste, um ihn zu strafen. Als ich die beiden erreichte, legte der Hund sich nieder und sah mit schuldbewusstem Blick zu mir auf. Das Mädchen hatte mir entgegengehen sollen und sich verspätet, und der Hund hatte mich aus Instinkt oder Treue aufgehalten dort unter dem Baum, soviel begriff ich auf einmal. Ich reichte dem Kind meine

Hand, und so gingen wir zu dritt das letzte Stück hinauf zum Dorf.

Was ich predigte, weiß ich nicht mehr, ich weiß nur, dass der Hund mir eine eigene Predigt gehalten hatte. Durch seine Hässlichkeit geängstigt, hielt ich ihn für böse. Aber wie alle Kreaturen der Schöpfung war auch er mit Sinn begabt, nur begreifen wir diese Zusammenhänge nicht so leicht, wir halten den Menschen mit seinem begrenzten Verstand für die Krone der Schöpfung.

Noch eine andere Form der Angst begegnete mir an diesem Tag in der Mutter des Kindes, die mich in ihrer Bauerndiele mit einem Krug Most erfrischte. Sie sah mich scheu und verlegen an und fragte schließlich stockend und leise, ob die Basler Missionare wirklich nach Afrika oder solchen Ländern reisten.

„Sicher", sagte ich, „sie wollen dort die Menschen bekehren, die noch keine Christen sind."

Da wurde sie ganz blass und flüsterte: „Kommt denn so bald schon der Jüngste Tag?"

Das konnte ich ihr nun wirklich nicht sagen, noch konnte ich ergründen, welche Ängste sie mit dem Anbruch des Weltgerichtes verband. Sie fürchtete das Ende, und doch gab es andere, die es herbeiwünschten und ihren praktischen Teil zu diesem Zwecke beitragen wollten. Das klingt seltsam, und doch ist es wahr.

Erst viel später und auf einigen Umwegen kam ich diesem Geheimnis auf die Spur.

Ich blieb sechs Jahre in Basel, eine Zeit, die leicht auf meinen Schultern lag und in der ich, wie ich heute weiß, die Gewichte des Alltags noch nicht zu tragen hatte.

In meinem letzten Jahr hatte ich öfter in einer Mädchenklasse den Religionsunterricht zu erteilen, eine

Aufgabe, die mich mit viel Freude und innerem Vergnügen erfüllte. Es mag ja sein, dass Männern das schärfere Denkvermögen eigen ist, aber Mädchen können ohne zu zögern mitten in die Welt des religiösen Schauens eintreten, das hatte ich noch nie so deutlich erlebt. Sie stellten andere Fragen als vor Jahren mein innerer Kontrahent Wilhelm Braun, sie machten keine spitzfindigen Unterschiede zwischen einem irdischen und einem himmlischen Jesus. Wenn ich ihnen so lebendig als möglich die Begebenheiten des Neuen und des Alten Testamentes zu schildern und zu deuten versuchte, flossen mir und ihnen die Welten ineinander, wir brauchten keine gelehrten theologischen Definitionen. Ich musste nie um ihre Aufmerksamkeit bitten, es war ein natürlicher Austausch der Gedanken zwischen uns, auch wenn ich der Lehrende und sicherlich der an Kenntnissen Reichere war.

Hier lernte ich Doris kennen, deren große, stille Augen während des Unterrichts keinen Augenblick von meinem Gesicht wichen und deren gescheite Fragen mich mehr als einmal verblüfften. Sie sprach keinen hörbaren Dialekt, sondern drückte sich fein und klar aus, und ich merkte bald, dass diese Fragen zweierlei Bedeutung hatten. Sie wollte Antworten und sie wollte meine ganz persönliche Aufmerksamkeit.

Das war nun ein Gelände, auf dem ich nur zum Teil zu Hause war. Das Gebiet der Antworten war mir bekannt, aber den Boden der unwägbaren Kontakte zu einem reizenden jungen Mädchen hatte ich bisher noch nicht betreten. Ich hütete mich, mein wachsendes Wohlgefallen irgendwie erkennbar werden zu lassen. Gewiss, ich war ein Mann, inzwischen dreißig Jahre alt, aber man hatte uns lange und nachdrücklich gelehrt, Wünsche dieser Art bis zu einer Heirat in den Hintergrund zu drängen. Jetzt, mit dem lieblichen Gesicht des Mädchens vor Augen, begriff ich, dass das nicht immer zuträglich war. Hier im Hause sagten sie von mir, ich sei ein Glückskind, und alles, was ich anfasse, ginge mir leicht von der Hand. Nun aber betrachtete ich manchmal mein Gesicht im Spiegel, eine Gewohnheit, die mir noch nie zuvor eingefallen war. Ein Glückskind? Vielleicht hatte noch niemand mein Gesicht wirklich und bis auf den Grund studiert. Es sah mich durchaus nicht nur Wohlwollen daraus an, sondern ebenso viel Skepsis, und auch die meistens nach unten gebogenen Mundwinkel widersprachen der Fama von Heiterkeit und Glück. Natürlich stellte ich mir die Frage, was ein Mädchen in mir sehen mochte, denn hübsch war ich gewiss nicht und wohl kaum das Bild eines schönen Helden, von dem junge Mädchen träumen. Vielleicht spürte sie das Gleichgewicht meiner Seele und die Bereitschaft, anderen davon mitzuteilen. Das war nicht immer so gewesen.

Zwei Jahre zuvor hatte mich eine dunkle und nicht recht erklärliche Krankheit befallen. Ich denke nicht gerne an diese Zeit zurück, aber jetzt muss ich Schritt für Schritt noch einmal alles überdenken.

Es fing an mit dumpfen Ängsten, deren Ursache ich mir nicht erklären konnte. Ich bekam Husten und Fieber, das zwar bald wieder wich, das aber in meinem Geist dunkle Turbulenzen hinterließ. Ich konnte den klaren Regeln der griechischen oder hebräischen Grammatik nicht mehr folgen und fürchtete mich vor dem Augenblick, da ich wieder unterrichten sollte. Als dieser Augenblick gekommen war, überraschte mich mein Körper mit einer anderen Plage, ich bekam an Armen und Beinen, am Bauch und am Rücken einen schmerzenden und juckenden Ausschlag. Das sagt sich so leicht, in der täglichen Wirklichkeit kann das einen

Menschen an den Rand seiner Kräfte treiben. Damals waren zum Glück die Ferien nicht weit, und ich flüchtete mich förmlich in das heimatliche Schwefelbad Sebastiansweiler. Ich ging dort herum und wartete von Tag zu Tag auf die heilende Wirkung des Schwefelwassers, das tatsächlich meine Haut allmählich wieder glättete. Dennoch, in diesem Warten wurde ich das Gefühl nicht los, als ob die Krankheit meiner spottete.

Ich kehrte nur äußerlich gelassen nach Basel zurück. Trotz aller Arbeit und aller gemeinschaftlichen oder einsamen Gebete lauerte die Angst vor einem erneuten Ausbruch meines Hautleidens. Es kam so gewiss wie das Amen in der Kirche. Kein Mensch weiß bis heute, wie ich damals gelitten habe. Es war nicht allein das körperliche Übel, es war der tiefe Unmut über eine solche Plage, die alle inneren Kräfte verzehrte. Ich schleppte mich mühsam bis zu den nächsten Ferien und einem erneuten Aufenthalt in Sebastiansweiler. Aber es half nichts, ich kehrte über die Maßen müde und geschlagen und keineswegs geheilt an meine Arbeitsstätte zurück.

Der Morgen, an den ich jetzt denke, war dunkel und kühl, ich tastete nach meinen Kleidern, schon der Gedanke an das Anziehen war eine ungeheure Mühe. Vor meinem inneren Auge dehnten sich endlose Tage und Nächte, angefüllt mit Krankheit und Unfähigkeit des Geistes. In diesem finsteren Augenblick wollte ich lieber sterben als für meine Mitmenschen zur Last mich durch die Tage schleppen. Schattenhafte Bilder von kühler, ewiger Ruhe tauchten vor meinem inneren Auge auf. Aber der Drang zum Leben ist stark, ungeheuer stark. Ich, der ich sonst für meine Taten und für meine Gebete das Licht suche, kehrte mein Gesicht in den finstersten Winkel meines Zimmers und fiel dort auf die Knie. Vielleicht hatte ich in meinem Leben noch niemals richtig gebetet, nicht so aus einem schwarzen Loch der Not. Zuerst kamen mir keine Worte der Anrufung, keine Formen der Sprache. Mein Geist blieb stumpf und lahm. Worte, dachte ich, wo sind die einfachen Worte. Bittet, so wird euch gegeben, klopfet an, so wird euch aufgetan. Ich sprach das vor mich hin, immer und immer wieder, und schließlich: „Oh Gott, ich bitte, oh Gott, ich klopfe an."

Ich kann nicht sagen, wie es geschah, aber Gott war da, mitten in meinem Gebet, als meine Worte schon längst verstummt waren. Ich mache kein Geheimnis daraus, es war eine Gabe wie das tägliche Brot, das wir brechen, greifbar, real und ebenso wunderbar. Ich stand auf, und wie Wasser aus einem löchrigen Eimer floss alle Krankheit aus mir hinaus und wurde ins Nichts verschluckt.

Ich weiß nicht mehr, welche Worte des Dankes ich fand, eher aber waren es gar keine Worte, sondern eine unsagbare Leichtigkeit, die irgendwo an den Himmel reichte.

Die Mädchenklasse und mit ihr Doris war inzwischen entlassen, wenn auch ihr Gesicht mir fast ständig gegenwärtig blieb. Ich wusste zwar, dass ihr Vater seine Wohnung in Sitzenkirch nördlich von Basel hatte, sonst aber verlor sich ihre Spur ins Ungewisse. So wenigstens glaubte ich, aber darin war ich mir selbst gegenüber nicht ganz aufrichtig.

Während all meiner Zeit in Basel unternahmen wir im Sommer immer wieder ausgedehnte Wanderungen in die Schweizer Berge oder auch nach Norden in das badische Land. Das hatte einen geistlichen und einen praktischen Zweck. Wir predigten und besuchten die kleinen Zirkel der Brüder, die sich in manchen Dörfern gebildet hatten. Die praktische Seite war, mit den

Missionarszöglingen geographische Studien zu treiben, die Natur zu beobachten oder Pflanzen zu sammeln.

In diesem Sommer 1836 zog es mich mit zwei Freunden nach Norden in das schöne Kandertal. Wir besahen uns das Städtchen Weil am Rhein mit seinen engen Gassen und Fachwerkhäusern, und etwas später tauchte über uns die gewaltige Burgruine Rötteln auf. Im Kandertal sammelten wir besondere Steine, von denen bald unsere Rucksäcke schwer wurden. Ich weiß, dass ich auf diesem Weg fortwährend sang, meine Wandergenossen stimmten da gerne ein, auch wenn sie nicht wussten, warum ich so fröhlich war.

Es war warm an diesem Tag, aber immer wenn meine Freunde an einem Bach rasten wollten, trieb ich sie weiter, ein heimliches und unausgesprochenes Ziel vor Augen.

Durch Sitzenkirch führte eine breite und schattige Allee von uralten Linden, Bäume mit knorpeligen Stämmen, die trotz ihrer riesigen Kronen direkt über dem Erdboden eine Menge kleiner Sprösslinge treiben. Man tauchte in ein grünes duftendes Meer, wenn man diese Allee betrat, in deren Blüten ein Heer von Bienen summte. Ich hatte es dem Zufall überlassen, ob ich ihn hier finden würde, Doris' Vater Karl Köllner.

Zufall, natürlich glaubte ich selbst nicht an Zufall, ich hatte ganz fest damit gerechnet, dass wir den Freund der Mission hier treffen würden. Er war in seinem Garten und sah uns kommen, und wie ich es gedacht, gehofft und erwartet hatte, lud er uns in sein Haus. Seine Frau kam uns entgegen mit einem freundlichen Gruß, rief ihre drei Töchter herbei, damit sie uns bewirteten. Doris strahlte in unverstellter Freude, aber als sie mir die Hand gab, durchfuhren mich Schreck und Panik.

Ich wusste, Doris war eine fromme Seele, und wir könnten auf dem Wege des Glaubens einträchtig miteinander gehen. Aber dieses hier war etwas anderes, ihre Nähe brachte den Theologen Christoph Blumhardt gänzlich zum Schweigen. Sie musste es spüren, auch wenn ich meine Hände, meine Augen und meine Worte im Zaum hielt. Liebe – was für ein Wort, es passte nicht, gar nichts passte.

Wer mich ansah, konnte es nicht bemerken, denn unsere Gespräche beim Essen gingen einen freundlichen ruhigen Gang, Köllner fragte nach der Arbeit in Basel, und meine Gefährten erzählten von unserer Wanderung. Köllner war kein Theologe, aber ein Mensch, der in der sanften Glut seines Glaubens vieles in seinem Leben zu bewegen versucht hatte. Erst an diesem Tag und im Gespräch mit ihm knüpfte sich der Faden zu der schon fast vergessenen Begegnung mit der Bäuerin und ihrer Angst vor dem Jüngsten Gericht. Im Augenblick lebte Köllner von seiner bescheidenen Landwirtschaft, aber vor Jahren war das anders gewesen. Schon weil Doris so stille neben uns saß und uns zuhörte, abwechselnd mich und ihren Vater ansah, fragte ich immer weiter, um das Gespräch möglichst lange am Leben zu erhalten.

„Ich habe vor Jahren versucht, mein Leben der Judenmission zu widmen", sagte Köllner, und seine Augen bekamen einen verklärten Glanz und schienen in visionäre Fernen zu schweifen. Ich selbst, das muss ich gestehen, hatte mich diesem Gebiet der Mission noch nie zugewandt und ich hatte es bis jetzt für nicht so bedeutend gehalten.

„Siehst du, Bruder", sagte Köllner jetzt und holte seinen Blick aus der Ferne zurück, „sie wollen es immer noch nicht glauben, die Juden, obwohl doch unser Herr Jesus einer von ihnen war. Ihr in Basel widmet euch der

Bekehrung der afrikanischen oder indischen Völkerschaften, aber mich hat es immer geschmerzt, dass man der Landsleute des Herrn so wenig gedenkt. Erst wenn wir allen Völkern das Evangelium gepredigt haben, wird das Ende kommen.“

Und jetzt nahm Köllners Stimme einen neuen Klang an, dass auch die anderen Tischgenossen aufhorchten: „Und dann wird er seine Engel senden und wird versammeln seine Auserwählten von den vier Winden, von dem Ende der Erde bis zum Ende des Himmels …“

Doris legte ihrem Vater die Hand auf den Arm, eine Geste der Beschwichtigung. Köllner lächelte, streichelte seiner Tochter die Hand und fuhr mit veränderter Stimme fort: „Aber die Wirklichkeit von heute ließ das nicht zu. Ich hatte hier eine Schule und eine kleine bescheidene Mission gegründet für die Kinder jüdischer Menschen, die in unserem Lande leben. Anfangs kamen etliche und erfreuten mich durch ihre tiefe Kenntnis des Alten Testaments, aber meine Freude währte nicht lange. Solche Eltern, die ihre Kinder im christlichen Glauben unterweisen lassen wollten, mussten sich doch am Ende der Stärke ihrer jüdischen Oberen beugen. Die Ältesten dieser Gemeinden sind gelehrte Leute, viel gelehrter als ich, und ihr Widerstand gegen eine Aufweichung oder Auflösung ihres rituellen Gefüges erwies sich für meine Bemühungen als zu groß. Die Kinder und Jugendlichen blieben aus, und meine Andacht starb eines sanften Todes.“ Seine letzten Worte waren immer leiser geworden, auch mochte ihm kaum mehr bewusst sein, dass er Doris’ Hand mit seinen beiden umschlossen hielt.

Jetzt ging mir die Logik in den Ängsten und den Fragen der Bäuerin nach der Mission auf. Je schneller sich die Bekehrung der Völker vollzog, desto eher war mit der gewaltigen Wiederkunft Christi zu rechnen.

Ich weiß nicht mehr, was wir noch an diesem Tage sprachen, ich war mir nur ständig der Gegenwart des Mädchens bewusst. Beim Abschied fragte ich sie leise, dass niemand es hörte: „Darf ich wiederkommen?" Sie nickte fast unmerklich und ging zwischen ihren Schwestern ins Haus.

Ich kam wieder, diesmal allein und unter keinem anderen Vorwand, als Doris zu sehen. Für ihren Vater brachte ich Grüße von Brüdern, die er kannte und erzählte von einem neuen Zweig der Judenmission, die man in Basel ins Auge fasste.

Beinahe kam ich mir vor wie ein Betrüger, mit ihm von solchen Dingen zu sprechen, da doch mein Sinn auf etwas ganz anderes gerichtet war. Zwischen Doris und mir wurden fast keine Worte gewechselt, aber ihre Augen sprachen so deutlich, dass es mir schwer wurde, ihr nicht ganz nahe zu kommen. Aber so weit war es noch lange nicht.

Die Arbeit dieses Sommers geriet irgendwie aus dem gewohnten Tritt, auch wenn ich sie gewissenhaft verrichtete. Mein innerer Rhythmus war anders geworden. Noch zweimal wanderte ich während der Sommermonate nach Sitzenkirch, so dass am Ende auch der etwas weltfremde Vater den Strom unserer Gefühle wahrnehmen musste. Aber erst im Dezember, als ich nicht mehr länger warten wollte, schrieb ich ihm und bat ganz offiziell um Doris' Hand, wie man so schön sagt.

Es ist merkwürdig, wenn man auf einmal eine Grenze überschreitet, die vorher ganz vage und nicht bestimmbar verlief, befällt einen die Angst, es könne die Realität auf der anderen Seite nicht dem entsprechen, was man dort vermutete. So ging es mir in der Zeit, als ich auf Köllners Antwort wartete. Vielleicht war es ein Fehler gewesen, dass ich Doris nicht selbst gefragt hatte, noch bevor ich an ihren Vater schrieb. Gerade in dieser Zeit widerlegte ich alle Menschen, die bei mir innere Sicherheit vermuteten, und das bezog sich nicht nur auf Köllners Antwort, die ‚ja' oder ‚nein' heißen konnte.

Schließlich, noch ehe das Jahr 1836 zu Ende ging, hieß es ‚ja', und das war zugleich der Beginn eines langen Briefwechsels zwischen mir und meiner Braut. Das klingt so einfach, Braut und Briefwechsel, Worte auf Papier, da ich doch ganz anderes begehrte. Bis zu unserer Hochzeit aber dauerte es noch fast zwei Jahre. Erst jetzt bekam ich das graue Brot des Alltags zu schmecken, das in Basels behüteter Welt mir immer süß und weiß erschienen war.

Wollte ich einen eigenen Hausstand gründen, musste ich aus dieser Welt heraustreten, musste ich die eintönige und oft bittere Jagd nach einer Pfarrstelle antreten. Eine Jagd war es in der Tat, und ein Erfolg blieb lange aus. Jedesmal, wenn ich auf meine zahlreichen Bewerbungen wieder eine Absage erhielt, wobei mich die Begründungen bald gar nicht mehr interessierten, dachte ich an den Abend, als Vater Köllner Doris und mir seinen Segen gab. Dann erst durfte ich sie küssen, und ich trachtete, dass wir dabei allein waren. Doch darüber will ich hier nichts sagen, wurde doch diese erste Süße schon lange überdeckt von dem herben Geschmack des Alltags, von manchem Leid, das allzu schöne Träume zerstörte. Aber die Liebe ist immer geblieben, die Liebe zu ihr und zu meinem Herrn Jesus Christus, der mich anderes lehrte als ein häusliches Idyll.

Die Vikarstelle in Dürrmenz schien schon ein Menschenalter zurückzuliegen, als ich im Frühjahr 1837 als Pfarrgehilfe in Iptingen anfing. Dahin hatten sie mich geschickt, einem senilen, unfähigen Pfarrer die Geschäfte zu führen, zu predigen und von dem Wenigen zu leben, was er mir von seinem Gehalt abzweigte. Iptingen ist ein Dorf von nicht einmal 800 Seelen, zwischen Pforzheim und Vaihingen gelegen, schön und friedlich mitten in einem lieblichen, sanft gewellten Land.

Wenn es in meinem Amt und in meinen Augen so etwas überhaupt gegeben hätte, war dies eine Art Strafversetzung. Die Strafe allerdings war nicht für mich gemeint, sondern für meinen künftigen Hausgenossen und Geldgeber, den Pfarrer Georg Christian Schöpflin. Das Konsistorium in Stuttgart setzte mich hier wahrhaftig zwischen zwei Stühle, die beide höchst unbequem waren. Auf dem einen saß er, Georg Schöpflin, der sein Amt noch innehatte und es doch nicht mehr ausübte, auf dem anderen, den er mir nicht gönnte, musste ich Platz nehmen.

Was hatte er getan? Das erfuhr ich zum Glück noch ehe ich ihn kennen lernte, sonst wäre diese erste Begegnung sicher noch trostloser ausgefallen, als ich sie in Erinnerung habe.

Duftende Apriltage waren das, dampfende Felder zwischen Regenschauern und Sonne, in der Luft die fast nie aufhörenden Triller der Lerchen, als ich meinen langen Fußmarsch von Stuttgart aus begann. Oberkonsistorialrat Flatt hatte keine Zweifel an der Notwendigkeit meiner Mission gelassen, aber auch nicht daran, dass ich gehorchen müsse, äußerer und innerer Zwang ließen mir da gar keine Wahl. Schöpflin war nicht nur ein Prediger, dessen Worten in der Gemeinde niemand zuhörte, schlimmer war, dass man ihn nicht mehr für redlich halten konnte und sich sogar der schwere Vorwurf der Urkundenfälschung erhärtet hatte.

Von Stuttgart nach Knittlingen ging der Fußmarsch wie früher so manches Mal von Stuttgart nach Schönthal oder von Tübingen nach Stuttgart. Ich hatte ein paar Tage Zeit, Freunde zu besuchen, meinen Kopf und mein Gemüt von allem Unrat und Unmut zu leeren. Anfangs stapfte ich, ohne rechts oder links zu blicken, über Feldwege und Landstraßen, grübelte über die nun in so weite Ferne gerückte Heirat, und erst, als ich zweimal aus Unachtsamkeit heftig gestolpert war, blieb ich stehen. ‚Christoph Blumhardt', sagte ich zu mir, ‚du Narr und Heuchler. Fängst du bei der kleinsten Widrigkeit an zu murren? Wo sind all deine hochtrabenden Reden und Ermahnungen, die du anderen zuteil werden lässt?' Und dann dachte ich an den Iptinger Pfarrer, der anscheinend mit sich und allen Mitmenschen so ganz zerfallen war. Wer war ich, über ihn zu urteilen? Dennoch machte ich mich nach Knittlingen auf den Weg, um den Iptinger Verhältnissen ganz auf den Grund zu kommen. In Knittlingen wohnte Dekan Hafner, der schon früher mein Vorgesetzter gewesen war und der mir seine väterliche Zuneigung entgegenbrachte. Er war ein schöner schlanker, weißhaariger Mann, der schon in meiner Dürrmenzer Zeit immer freundlich, wenn auch sehr direkt gesprochen hatte.

„Kommen Sie, Blumhardt!", sagte er zur Begrüßung, „legen Sie Ranzen, Stiefel und Sorgen ab, dann können wir reden." Er rief die Magd, die unverzüglich einen Imbiss brachte und einen Krug mit dem frisch duftenden einheimischen Wein. Hafner schwieg, während ich aß, hob nur lächelnd sein eigenes Glas und nickte mir zu. Er hatte wohl gewusst, dass ich äußere und innere

Stärkung nötig hatte. Erst als die Magd Brot und Käse abgetragen hatte und nur den Krug und die Gläser stehen ließ, fing Hafner an zu sprechen.

„Es tut mir Leid", sagte er, „dass Sie in Iptingen so schlimme Verhältnisse vorfinden werden. Aber ich halte es für besser, Sie sind gewappnet." Ich nickte und hielt das Glas mit dem schimmernden hellroten Wein gegen das Licht. Hafner lächelte und sagte: „Ich trinke diesen Wein gern, er wächst hier ganz in der Nähe an den Hängen um Freudenstein herum."

Ich nahm einen langen Schluck, und er floss in der Tat milde und angenehm durch die Kehle. Was Hafner zu sagen hatte, war weder sanft noch milde, sondern brachte recht viele unliebsame Dinge hervor, die ich nicht einfach ignorieren konnte.

„Schöpflin ist 62 Jahre alt", sagte Hafner, „und in dem Pfarrhaus leben acht Personen. Keines von den sechs Kindern hat bis jetzt das Haus verlassen, Sie werden also in einer großen Familie leben müssen." Das schreckte mich nun nicht, viel eher das, was Hafner noch zu sagen hatte. „Diese Kinder sind, wie Sie sich denken können, alle erwachsen, aber sie kleben in sauertöpfischer Gewohnheit am elterlichen Herd, auch wenn sie alle irgendeiner Arbeit nachgehen."

Sauertöpfische Menschen, dachte ich, mit denen kann man zur Not umgehen oder man kümmert sich einfach nicht um sie.

Als hätte Hafner meine Gedanken gelesen, fuhr er fort:

„Ich sehe, das schreckt Sie nicht so sehr, es ist auch bei weitem das kleinste Übel, das Sie dort vorfinden werden. In der Gemeinde herrscht Schweigen, Hass und Zwietracht."

Er sagte das so einfach und so hart, und eine lange Zeit saßen wir schweigend da.

Ich blieb über Nacht und wanderte am anderen Tag von Knittlingen zurück nach Süden, nicht gleich nach Iptingen, oh nein. An jenem Morgen wollte mich fast der Mut verlassen, dieses vernagelte Nest aufzusuchen und in ihm meine Zukunft zu begraben. Zuerst zog es mich noch einmal zurück nach Dürrmenz, das zwar nur so ungefähr auf meinem Wege lag, wo ich aber hoffte, ein paar mir geneigte Menschen zu finden. Sie erstickten mich fast mit ihrer Freude, als ich mittags an die Tür des Pfarrhauses klopfte. Zuerst freute ich mich mit ihnen, aber nicht lange. Sie bewirteten mich, riefen die Nachbarn herbei, und bald sah ich mich in der Pfarrstube von vielen Menschen umgeben, von Stimmengewirr und Fragen. Ich schwamm eine Weile auf dieser erhebenden Woge dahin, bis mich eine einzige Frage an ein steiniges und recht hartes Ufer warf.

„Wieso müssen gerade Sie zu diesem vergratenen Pfarrer in den Dienst?“

Darauf hätte ich vielerlei antworten können, Geistliches oder Praktisches. Aber ich schämte mich, das zu tun, schon deshalb, weil ich meinen eigenen Unmut bei weitem noch nicht hinuntergeschluckt hatte.

So sagte ich nur: „Ich gehe, wohin man mich schickt“, und verabschiedete mich, um über Wiernsheim meine letzte Wegstrecke anzutreten. Von dort nach Iptingen ist es nicht mehr weit, und ich war froh über die Begleitung des Wiernsheimer Vikars, den ich aus Studienzeiten kannte. Wir sprachen nicht viel, aber ich wusste, er fühlte mit mir, denn die Misere der Iptinger Gemeinde war in der ganzen Umgebung bekannt.

Wir kamen von Westen her auf den Ort zu, der sich im Tal an einem Bach entlang schlängelt. Hoch über den Häusern sah ich die Kirche liegen mit ihrem klotzigen Turm, umgeben von einer dicken Wehrmauer. Das geräumige Pfarrhaus steht im Tal direkt unterhalb der

Kirche, umgeben von einem Zaun, mitten in einem großen Garten.

Der Eintritt in dieses Haus wurde mir wahrhaftig nicht leicht gemacht. Ich muss gestehen, dass ich mich von jeher vor Hunden gefürchtet habe, aber hier bewachte ein wahrer Cerberus das Haus und versperrte uns mit wütendem Gebell den Eingang. Wir wagten beide nicht, das Gartentor zu öffnen, bis schließlich der Pfarrer selbst aus der Tür kam, den Hund barsch zurückrief und uns eintreten ließ. An jeder seiner Bewegungen konnte ich sehen, dass er es nicht gern tat. Mein Freund hatte es auf einmal sehr eilig, sich auf den Heimweg zu machen. Mir wurde ein lascher Händedruck und ein flüchtiges „Grüß Gott" zuteil, wobei Schöpflin beharrlich zu Boden blickte. Er wollte mich nicht haben, das war klar, genauso wenig wie seine Familie. Die erste gemeinsame Abendmahlzeit lehrte mich das deutlich genug. Das einzige schwache Lächeln erschien auf dem Gesicht der Frau Pfarrer, als sie mir stumm die Hand gab. Vier Söhne und zwei Töchter murmelten ein paar unverständliche Worte, als wir uns zu Tisch setzten. An diesem Abend hörte ich das erste Tischgebet, von der älteren Tochter gesprochen, stumpf und geleiert: „Komm, Herr Jesus, sei unser Gast ..." und der ganze Rest. Es fiel wie ein Stein auf den Teller, und dieses seelenlose Geplapper wiederholte sich bei jeder Mahlzeit.

An diesem gleichen Abend schrieb ich in meinem nüchternen und noch kahlen Zimmer einen langen Brief an Doris. Ich schrieb viel, mehr als ich hätte tun sollen. Ich bedachte diese Familie nicht gerade mit freundlichen Namen, und dann ließ ich mich noch zu der Bemerkung herbei, dass Gott wohl ihre Herzen noch nicht geöffnet habe. Der Teufel mochte mir solchen Unsinn eingegeben haben. Ich hatte in der folgenden Zeit gegen ähnliche Regungen des Muckens und Murrens hart genug anzukämpfen.

Jeder weiß, wie eine sonntägliche Dorfkirche riecht, wenn der Staub, der am Vorabend vom Messner mit dem Besen aufgewirbelt wurde, sachte auf Bänke und Altar zurücksinkt, wenn es noch still ist am Morgen, lange bevor die Glocken läuten.

Ich saß an meinem ersten Predigtsonntag mitten in dieser Stille, hielt Zwiesprache mit dem leeren Raum, der so vieles enthielt, was ich noch nicht kannte. Vor allem kannte ich die Menschen nicht, zu denen ich sprechen sollte, auch nicht ihre Stimmen oder ihr Lachen. Heute am Sonntag fuhr kein Wagen, kein Gespann wurde mit Peitschenknall und Zurufen angetrieben. Nur der Frühlingswind rauschte und raschelte um die Kirche herum und bewegte beharrlich ein klapperndes Fenster im Chor neben der Orgel. Von da wanderten meine Augen an der langen Seite der Empore entlang, wo eine Reihe von Bildern Christus und seine Apostel zeigte. Ich ging leise herum und hob meinen Blick zum Kreuzgewölbe unter dem Turm, Gottes Lamm hält dort mit seiner Siegesfahne als Schlussstein die Bögen zusammen.

Die Menschen hatten geschwiegen bis jetzt, auf der Straße gab es nur ein flüchtiges Nicken, und ins Pfarrhaus kam niemand. Neuland – ich kam mir vor wie Kolumbus, der nach Westen segelte, um den Osten zu entdecken und der ein Drittes fand, das er gar nicht gesucht hatte. Ich schob leise die Tür der Sakristei hinter mir zu, ehe die ersten Kirchenbesucher kamen. In dem kleinen Raum roch es muffig, an einer Wand kroch Feuchtigkeit hoch, und in einem der kleinen Fenster war die Scheibe zerbrochen. Ich hatte meinen

Talar am Abend zuvor an einen Haken hinter der Tür gehängt, nun streifte ich ihn über, langsam und ordentlich. Ich mochte nicht zu einem Gebet niederknien, denn hier hatte der Messner offenbar seit langer Zeit nicht mehr gefegt. So schloss ich die Augen und suchte den stets gegenwärtigen Strom göttlicher Gnade auf mich herabzulenken.

Es waren nur wenige Leute in der Kirche, ein paar ältere Frauen, die beharrlich ihre Köpfe unter den dunklen Tüchern gesenkt hatten, und nur zwei oder drei Männer. Die hielten ihre steifen Hüte auf den Knien, und wenn sie die Füße bewegten, knarrten die Sonntagsschuhe. Ich konnte es sehen und spüren, wie diese kärgliche Gemeinde nur aus Gewohnheit hier saß, vielleicht in der geringen Hoffnung, für eine Stunde den Sorgen des Alltags zu entkommen. Auch das Pfarrerehepaar saß in der ersten Bank, steif wie Figuren aus einer anderen Zeit, er in Kniehosen, Seidenstrümpfen und Schnallenschuhen, die silbernen Locken über dem schwarzen Rock, sie in einem gleichermaßen altertümlichen Tuchkleid und einer dunklen Haube. Sie schlugen zwar ihre Gesangbücher auf, aber ihre Münder bewegten sich nicht.

Ich sprach, weil ich es für dieses Dorf so sehnlich herbei wünschte, über die Zukunft des Reiches Gottes, das nicht mit äußeren Gebärden kommt, sondern inwendig im Menschen. Ich suchte es so einfach wie möglich zu sagen, wie jeder Mensch dazu beitragen könne mit Taten, Worten und Gebeten. Eine der Frauen nickte und sah zur Kanzel hinauf, die steifen Hüte wurden nicht mehr in den Fingern gedreht, und die Schuhe hörten auf zu knarren. Wunderbar, sie hörten mir zu.

Das Mittagsmahl am Sonntag war knapp und mager wie an den anderen Tagen, wenigstens gab es für jeden ein kleines Stück Fleisch. Reichlicher als das Fleisch waren allerdings die scheelen Blicke, die zu meinem Teller gingen, als ich um eine zweite Portion Gemüse bat. Der Pfarrer saß in sich gekehrt und aß wenig, ob aus mangelndem Appetit oder aus Sparsamkeit, weiß ich wirklich nicht. Es war klar, er hatte Sorgen, mit dem knappen Geld, mit sich, mit der Gemeinde und vor allem mit den Menschen, die sich beharrlich weigerten, die Kirche zu betreten.

Die älteste Tochter, die mit dem öden Tischgebet, das jeden Tag verdrießlich gesprochen wurde, war bis jetzt die einzige im Haus, mit der ich über praktische Dinge reden konnte. Sie hieß Margarethe und antwortete mir, wenn ich sie etwas fragte. Mit der Zeit bemerkte ich, dass sie es war, die mein Zimmer putzte und in Ordnung hielt. Mit der Frau des Pfarrers ließ sich schwer sprechen, sie war wie ein Schutzschild vor ihrem Mann, dessen kleinste Bewegung sie mit wachsamen Augen verfolgte. Schöpflin selbst war mir bis jetzt ausgewichen, obwohl ich dringend über so vieles mit ihm hätte sprechen müssen.

„Margarethe“, sagte ich nach dem Essen und redete sie einfach mit ihrem Vornamen an, da mir etwas anderes gar nicht in den Sinn kam, „Margarethe, ich muss mit Ihrem Vater über Geld, das heißt über seinen und meinen Haushalt verhandeln.“

Sie nickte zwar, aber sie sah verdrießlich dabei aus. Alle waren sie verdrießlich, es hatte sich einfach zu viel aufgetürmt und angesammelt, was sie allein nicht aus dem Weg räumen konnten. „Dann gehen Sie zu ihm“, sagte Margarethe, „um diese Zeit sitzt er in seiner Stube und starrt vor sich hin. Früher hat er seine Pfeife geraucht und gelesen, jetzt tut er das schon lange nicht mehr.“ Damit ließ sie mich stehen.

Auf mein Klopfen kam keine Antwort, und so trat ich ohne Aufforderung ein. Es war, wie die Tochter gesagt hatte, Schöpflin saß an einem Schreibtisch, der aber wohl schon lange seine Funktion verloren hatte. Verschiedene Papiere lagen herum, dazwischen Staub, in den sein weißer Finger Kringel und Figuren malte.

„Können wir reden“, fragte ich, „darf ich mich setzen?“ Er nickte stumm und deutete auf einen Stuhl neben seinem Schreibtisch. Da er sein Schweigen nicht brach, musste ich anfangen, und obgleich er mir Leid tat, sagte ich direkt, was nötig war.

„Da ich die Amtsgeschäfte hier führen soll, brauche ich die Kirchenbücher und Protokolle, die Liste der Konfirmanden, die ich in den nächsten Wochen zu betreuen habe.“

Ich wartete, Schöpflins Finger fuhr fort, Kringel zu malen. „Herr Pfarrer“, sagte ich, „bitte – “

Da hob er den Kopf und antwortete mir endlich: „Sie sagen noch Herr Pfarrer zu mir?“

„Lieber Bruder“, sagte ich, „Sie sind es doch, ich bin hier in der Gemeinde nur Ihr Helfer.“

Er sah mich an und nickte, und wir wussten beide, dass dies nur die halbe oder gar keine Wahrheit war. Schöpflin stand auf, öffnete einen Aktenschrank, der neben der Tür stand und sagte: „Hier finden Sie die Unterlagen. Sie können diese Stube für Ihre Amtsgeschäfte benutzen.“ Dann nickte er noch einmal und ging hinaus.

Die Gelegenheit, über Geld zu sprechen, war vorüber gegangen. Ich dachte dabei weniger an mich als an meine liebe Mutter in Stuttgart, die jeden Monat dringend auf meine Hilfe wartete.

Wenn ich in den nächsten Tagen durch den Ort ging, erschien er mir wie eine Stadt der Toten. Niemand rief mich, und ich spürte die Worte meiner Predigt nur noch als Staub auf die Gasse rieseln. Schlimmer war, dass mich eine große Unzufriedenheit ergriff, eine Unruhe, die nach Taten drängte, nach Ergebnissen, nach Änderung der Verhältnisse.

Ich dachte und schrieb an Doris, aber das verstärkte nur die unerlöste Sehnsucht und Ratlosigkeit.

Ich erinnerte mich zuweilen an mein Gespräch mit Brunn, der mir ein heiteres und ausgeglichenes Gemüt bescheinigt hatte. Hier in Iptingen schrillten eine Menge Misstöne in meiner Seele, und wenn ich durch die Gassen oder das stille Pfarrhaus ging, kochte ich innerlich vor so viel Lethargie. Mein einziger Lichtblick in dieser ersten Zeit war der Unterricht in der Schule und bei den Konfirmanden, denn zu den Erwachsenen blieben vorerst die Türen beharrlich verschlossen.

Ich hatte eine Menge Arbeit zu leisten, aber ich muss sagen, dass ich die schwerste Mühe mit mir selbst hatte. Wie sollte ich Kinder und Jugendliche etwas lehren, wenn Überdruss und Unruhe in mir herrschten. Ich brauchte keine Theologie und Gelehrtheit, ich musste wahrhaftig zu den einfachsten Dingen zurückkehren wie David im Psalm sagt: „Mein Herz ist nicht hoffärtig und meine Augen sind nicht stolz, ich wandle nicht in großen Dingen, die mir zu hoch sind. Ich habe meine Seele gesetzt und gestillt."

Eine lange Nacht übte ich dies, von mir selbst wegzugehen, bis schließlich im Morgengrauen aus einer vollkommenen Stille neue Gewissheit und Geborgenheit erwuchs. Alles fehlte mir, Sanftmut und Geduld, und im übermächtigen Tatendrang hatte ich verlernt zu hören. Der Wunsch nach Heirat, die Gedanken an das geliebte Mädchen schürten meine Ungeduld. So versuchte ich in meinen Briefen, ihr und mir das Warten süß und lieblich zu machen.

Die erste Konfirmandenstunde kam heran, ich hatte sie nach Mädchen und Jungen getrennt, denn die Mädchen würden sicherlich leichter zu behandeln sein. In der Schulstube herrschte Lärm, ich konnte das schon von außen hören und ließ meine Hand eine Weile auf der Klinke liegen, ehe ich die Tür öffnete. Sie lachten und redeten, zwei rauften sich, und es dauerte einige Zeit, ehe sie meine Gegenwart überhaupt wahrnahmen. Ich hatte die Liste der Namen vorher studiert und sagte jetzt aufs Geratewohl: „Erich und Reinhard, sagt euren Freunden, sie sollen sich setzen."

Einer der Raufenden hob verdutzt den Kopf, pufte seinen Gegner noch einmal und stand dann auf. „Bist du Erich?", fragte ich. „Reinhard", sagte er.

Erich kam aus der hintersten Bank hervor, die Hände in den Hosentaschen, und starrte mich wortlos an. Dann drehte er sich um und rief: „Los, setzt euch." Sie gehorchten zögernd, wobei das Reden und Tuscheln immer noch nicht aufhörte.

Ich fing einfach an, ihnen von meinen Wanderungen in den Schweizer Bergen zu erzählen, auch von dem Hund, vor dem ich so große Angst gehabt hatte. Da grinsten ein paar und stießen sich an.

„Und ihr", fragte ich, „habt ihr vor nichts Angst?" Es erhob sich ein Gemurmel.

„Na", fragte ich, „gar nichts? Wie ist es mit dir, Lothar?" Wieder sagte ich einfach einen Namen in die mir noch unbekannten Gesichter. Lothar hob richtig den Kopf, eine niedrige Stirn, darüber borstige, nach oben stehende Haare. Er grinste nicht mehr, seine dunklen Augen mochten mich nicht ansehen.

„Der Stier", murmelte er, „der vom Stierhalter Kramer."

„Oh ja", sagte ich, „vor einem Stier kann man sich schon fürchten. Ist er dir einmal zu nahe gekommen?"

Lothar nickte. „Letzten Sommer hat er mich über die Koppel gejagt."

Die anderen nickten auch, ihnen war diese Episode offenbar bekannt.

Da erzählte ich ihnen von den uralten Stierspielen auf Kreta, bei denen junge Männer und Mädchen mit Anmut und Geschicklichkeit über die wilden gereizten Tiere sprangen und mit genau berechneten Bewegungen den blinden Zorn der wütenden Kreatur überlisten konnten.

Eines war sicher, sie hörten mir gespannt zu, einige sogar mit selbstvergessen geöffnetem Mund. Es war still in der Schulstube geworden, ganz, ganz still. Ich sah sie an, vierschrötige Bauernjungs, die besser mit der Mistgabel umzugehen wussten als mit ihren Gedanken, oder ein schmales Bürschchen, das recht verhungert aussah. Eine neue Stimme fragte: „Ist das ein Märchen oder nur so eine Geschichte? Das handelt ja gar nicht vom Herrn Jesus."

„Das ist kein Märchen", sagte ich, „das hat es wirklich gegeben, vor vielen, vielen hundert Jahren und wohl auch noch in der Zeit, als Jesus auf der Erde war."

Jetzt klappten einige der Münder zu, und ich sah, wie manche in Gedanken einen Zusammenhang herzustellen suchten.

„Aber er hatte damit nichts zu tun" ... wieder eine andere Stimme.

„Nein", sagte ich, „er hatte damit nichts zu tun. Aber es hat damit zu tun, dass gute und klare Gedanken besser sind als rohe Gewalt." Die beiden, die sich gerauft hatten, senkten die Köpfe.

Eines hatten sie wohl begriffen in dieser ersten Stunde, dass ich ihnen nicht auf die Finger klopfte und dass der Unterricht nicht nur aus Sprüchelernen bestand. Zwei Tage später kam ich in eine mäuschenstille Klasse, sie hatten einen Posten aufgestellt, das sah ich wohl, der mit Windeseile meine Ankunft meldete. Es war leicht, Brücken zu schlagen, ich sagte ihnen, was ich mir selber sagte, vielleicht verstanden sie es deshalb so gut.

Wir wurden Freunde, wohl auch weil ich ihnen zuhörte, wenn sie etwas zu sagen oder zu fragen hatten. Ich hatte das Gefühl, dass bisher niemand mit ihnen gesprochen hatte, jedenfalls nicht über das, was sie bewegte, oder über den christlichen Glauben. Sie kannten Sprüche und Lieder, das wohl, dennoch wussten sie nichts, wirklich gar nichts.

Die Mädchen waren leicht zu lenken, für mich war es nur insofern schwerer, als ich fortwährend Doris vor Augen hatte. Vieles war Ansporn und Hemmnis zugleich, so ging es am Anfang mit den jüngeren Kindern. In meiner zweiten Woche bekam ich vom Pfarrer mühsam heraus, dass er zuweilen nachmittags mit den Kindern eine Betstunde in der Kirche gehalten hatte und er bat mit stockenden Worten, diese zu übernehmen.

Diesmal hörte ich das Geschrei schon weit vor der Kirchentür, offenbar war im Innern ein heftiger Kampf im Gange. Obgleich die schwere Tür beim Öffnen knarrte, drehte sich niemand nach mir um. Drei oder vier kleine Kerle verprügelten sich gegenseitig mitten in einer Staubwolke. Ich dachte an den Messner, der hier wohl doch nur sehr unzureichend gefegt hatte. Um die Raufbolde herum johlten die anderen, Buben und Mädchen gleich lautstark, und feuerten die Kampfhähne an. Hier halfen wohl keine guten Worte. Ich packte zwei an ihren Kitteln und schüttelte sie, bis die anderen sich erschrocken aufrappelten und das Geschrei allmählich verstummte. So hatte ich mir den Anfang bestimmt nicht vorgestellt, aber im täglichen Leben geschehen eben die Dinge, wie sie geschehen, und nicht nach einer bestimmten Ordnung wie in einem Roman.

In der Kirche legte sich der Staub, die erhitzten Gesichter kühlten sich ab, und die Kinder wichen in die Bänke zurück vor der rauen Übermacht meiner Hände. Stumpfe Gesichter, feine Gesichter, große unschuldige Mädchenaugen, blutende Fäuste und ein zerrissenes Hosenbein, das übersah ich mit einem Blick. Sie waren verstummt und warteten erschrocken, was nun kommen würde. Sie waren Strafen gewohnt, soviel war klar, und einige Köpfe duckten sich unwillkürlich vor den erwarteten Schlägen.

Ich rief die beiden, den mit den blutigen Fäusten und den mit der zerrissenen Hose aus der Bank.

„Ihr geht nach Hause“, sagte ich, „wascht euch und kleidet euch um, dann könnt ihr wiederkommen.“

Wortlos huschten sie durch den Mittelgang und verschwanden aus der knarrenden Tür. Ich stellte mich vor die anderen hin und sagte ganz leise und freundlich:

„Was war denn das für ein merkwürdiges Gebet hier in der Kirche?“

Sie sagten nichts, aber etliche geduckte Köpfe hoben sich, blaue und braune Augen sahen mich an, und schließlich ertönte eine piepsige Mädchenstimme: „Die Buben hauen sich immer.“

„Das habe ich gesehen. Und was wollen wir jetzt tun?“

„Beten“, kam es zaghaft aus einer anderen Ecke.

„Richtig“, sagte ich, „dazu seid ihr wohl hergekommen. Aber das geht nicht so einfach, ich kann ein paar sehen, die noch einen richtigen Zorn im Bauch haben.“

„Kann man mit Zorn nicht beten?“, fragte die gleiche Mädchenstimme.

„Nein“, sagte ich, „das kann man nicht, dann ist der Zorn ganz laut und unser Gebet so leise, dass niemand es hören kann.“

„Müssen wir jetzt warten, bis der Zorn weggegangen

ist?" Das war einer von den Buben, die sich vorher gerauft hatten.

„Wir können es ja einmal versuchen", sagte ich, „und während wir warten, erzähle ich euch eine Geschichte, was meint ihr?"

Das wollten sie gern, und mit Geraschel rückten sie sich in den Bänken zurecht.

„Als ich elf Jahre alt war", fing ich an, „wohnte ich mit meinen Eltern und Geschwistern in Stuttgart. Wisst ihr, wo Stuttgart ist?"

Zwei von ihnen nickten, die anderen sahen mich verständnislos an.

„Stuttgart ist die Hauptstadt unseres Königreiches Württemberg, in Stuttgart gibt es viele Häuser und Straßen und ein großes Schloss, in dem unser König wohnt."

Jetzt entstand Unruhe bei den älteren Buben.

„Ein Schloss mit einem König, das gibt es doch nur im Märchen."

„Nein, nein", sagte ich, „das gab es damals, als ich ein Kind war, und das gibt es auch noch jetzt. Aber von dem König wollte ich euch nicht erzählen, denn ich hatte gewiss nie etwas mit ihm zu tun. Wir waren recht arme Leute und wohnten in einem kleinen Haus. Damals, als ich elf war, herrschte im ganzen Land eine Hungersnot, zweimal war die Ernte verdorben, und die Leute hatten kaum noch Brot. Ihr wisst ja wohl, wie das ist, wenn einmal der Hagel ein Kornfeld zerschlägt oder die Kühe an einer Seuche sterben."

Jetzt sahen sie mich aufmerksam an, das hatten sie alle schon einmal erlebt.

„In Stuttgart gab es noch Brot", fuhr ich fort, „aber die Menschen draußen auf dem Land litten großen Hunger und kamen in die Stadt, um dort Brot zu kaufen. Aber das hatte der König streng verboten, und seine Büttel und Soldaten passten genau auf, dass ihnen niemand etwas verkaufte."

„Das war aber nicht nett von dem König", kam eine empörte Stimme.

„Nein, das war es wohl nicht, und ich verstand es damals auch nicht. Einmal begegnete mir so ein Bauer auf der Straße, hielt mich an, gab mir eine Menge Geld und sagte, ich solle bei unserem Bäcker soviel Brot wie möglich kaufen. Ich ging hin, aber der Bäcker wusste genau, dass ich niemals von meiner Mutter soviel Geld bekommen hatte. Als er mich nun ausfragte, mochte ich nicht lügen, und so musste ich das Geld zu dem armen Mann zurücktragen."

Jetzt saßen sie ganz stille und wussten gar nicht, was sie sagen sollten.

In dem Augenblick kamen die beiden Raufbolde zur Tür herein, sauber gewaschen und gekämmt, der eine in seiner Sonntagshose.

„Ihr kommt gerade recht, damit wir nun zusammen beten. Was sollen wir sprechen?"

Da guckten sie mich nun wieder ratlos an, ihre Auswahl an Gebeten war offensichtlich nicht sehr groß.

„Steht auf und faltet eure Hände", sagte ich, „ich glaube, der Zorn ist inzwischen hinausgegangen. Wir danken dir, lieber Gott, dass wir zu essen haben und nicht hungern müssen. Wir danken dir, dass wir gesund sind und versprechen, dass wir das nächste Mal ohne Zorn in die Kirche kommen. Amen."

Sie schlichen auf Zehenspitzen hinaus, erst draußen fing das Geschnatter und Gerede an, von dem ich noch einige Fetzen aufschnappte. Sie hatten offenbar genug Stoff, den sie ihren Eltern weitererzählen wollten.

Wenn ich in den nächsten Tagen durch das Dorf ging, kamen immer ein paar Kinder auf mich zu, wollten mir die Hand geben und mit mir sprechen. Auch solche, die ich noch nicht kannte, blieben stehen und fragten, wann wieder Betstunde in der Kirche sei und ob sie auch kommen dürften. Ich sah schon, sie waren begierig auf Geschichten, und ich sagte, sie sollten nur kommen.

Wenn sie ihren Eltern etwas erzählt hatten, merkte ich zunächst nichts davon. Ab und zu sah ich ein Gesicht hinter einem Fenster, es schien, man beobachtete mich. Das machte sich auch auf andere Weise bemerkbar. Als der nächste Sonntag herankam, war die Kirche voll. Die Gesichter, die sich erwartungsvoll zur Kanzel hinauf wendeten, sagten mir, dass die Kinder viel erzählt hatten. Hier saßen Menschen, die sehr gerne Geschichten hören wollten, Geschichten, die vielleicht die Löcher in ihrem Leben ausfüllen könnten.

Aber auch in dieser Woche sprach mich niemand an, niemand kam ins Pfarrhaus und niemand rief mich zu einem Krankenbesuch. Ich wartete.

Der Mai kam, in den Bauerngärten blühten die Fliederbüsche und Pfingstrosen, grüne Setzlinge kamen aus der Erde hervor, und manchmal grollte am Horizont ein zaghaftes Gewitter. Im Hause des Pfarrers hatte sich ein Fortschritt ergeben, die Frau sprach mit mir, da ich sanft und ohne viele Ansprüche war. Auch der Pfarrer sprach mit mir, jedenfalls manchmal, denn ich hatte etwas getan, was eigentlich er hätte tun müssen. Ich hatte klipp und klar an die Kirchenleitung in Stuttgart geschrieben, sie möchten bitte Schöpflins Gehalt aufbessern, sonst könne weder er noch ich unser Auskommen finden.

Das war die praktische Seite in diesem dörflichen Leben, die ich auf solche Weise zu berichtigen suchte.

Vielleicht waren es auch die praktischen Bedürfnisse der Menschen, die mir endlich die Türen zu ihren Stuben öffneten.

Immer wenn der Mensch krank ist, begehrt er Trost, und wenn gar der Tod herankommt, sind Angst und Unsicherheit noch viel größer. Wie überall lebten die Menschen in Iptingen mit diesen Tatsachen, nur hier hatten sie schon lange Zeit keinen Trost mehr empfangen. Ich war bis jetzt noch nicht recht dahinter gekommen, warum Pfarrer Schöpflin nicht mit seinen Gemeindegliedern sprach, ich wusste nur, dass er einen tiefen Groll hegte gegen die sogenannten Separatisten, die seine Kirche nicht betreten wollten und sich weigerten, am Heiligen Abendmahl teilzunehmen. Was sich in Korntal schon lange zu einer eigenen Gemeinde mit Sonderrechten entwickelt hatte, knüpfte sich hier an die Anhänger des dickköpfigen Webers Georg Rapp. Ihm hatte man nicht zugestanden, was auch die Herrnhuter Brüdergemeine schon lange genoss, nach ihren eigenen christlichen Regeln zu leben und keine Kirchenbehörde über sich zu dulden. Rapp hatte das getan, was sein Gewissen ihm befahl, er war schon 1804 nach Amerika ausgewandert und hatte dort sein Heil in einer eigenen Gemeinde gesucht. Hier in Iptingen lebten noch viele Brüder und Schwestern, die sich als Rapps Nachfolger begriffen.

Einigen dieser Männer war ich schon begegnet, sie blickten finster, rückten nicht an ihrem Hut bei einem Gruß, wenn sie denn überhaupt grüßten.

Schöpflin aber war ganz in der Hörigkeit gegenüber den kirchlichen Regeln befangen, soviel hatte ich schon gemerkt, und er setzte Härte gegen alle Abweichler. So schwieg denn die Gemeinde.

Am letzten Sonntag im Mai, als sich schon die großen schwarzen Kirschen an den Bäumen zeigten, stand ich gegen Abend am Fenster und sah auf die stille Gasse hinaus. Ich hatte über den Anfang des Vaterunser gepredigt und dieses Thema am Nachmittag in der

Katechismusstunde fortgesetzt. Es kamen jetzt viele Menschen in die Kirche, und in den Gesichtern mancher Frauen konnte ich sehen, dass da Fragen nach Worten verlangten. Aber es war hier wohl seit Jahren schon eine harte Mauer stetig höher gewachsen, über die weder Leiter noch Stufen führten.

Draußen pickten die Spatzen in einem Haufen Pferdeäpfel und machten dabei ihren geselligen Lärm, sonst ließ sich niemand blicken, kein Kindergeschrei, kein Frauengeschwätz war zu hören. Ich nahm meinen Hut vom Haken, um einen Gang durch die stille Hauptstraße zu tun. Es war merkwürdig, als wäre ein unsichtbarer Puppenspieler am Werk, gingen plötzlich hier und dort die Fenster auf, und freundliche Grüße kamen zu mir herüber. An einem der Fenster blieb ich stehen, die junge Frau, die mir dort leise guten Abend sagte, sah so traurig aus. Aber sie traute sich nicht, mich ins Haus zu bitten, so ging ich denn weiter. Erst als ich schon die letzten Häuser hinter mir hatte und die Felder begannen, kam sie mir nachgelaufen. Sie hatte wahrhaft mehr Mut als ich, sie nahm einfach meine Hand und sagte: „Bitte, kommen Sie mit.“ Meine Hand hielt sie fest, bis wir vor dem Krankenbett standen, zu dem sie mich führen wollte. Dann sagte sie einfach: „Das ist meine Mutter, sie hat so sehr nach Ihnen verlangt.“ Wir hatten uns noch nie gesehen, also musste die Kranke von mir gehört haben. Ich setzte mich neben das Bett, nahm ihre kalte, durchsichtige Hand in meine und wartete. Es war still, die Tochter war leise hinausgegangen. Schließlich, nach einem langen mühsamen Atemzug, fing die alte Frau an zu sprechen:

„Jede Nacht kommt er, der weiße Mann, und sagt mir, welche Stellen in der Bibel ich lesen soll, aber ich kann nicht lesen. Meine Augen sind dunkel geworden, und wenn ich einmal lesen konnte, habe ich es jetzt vergessen. Psalm 80 sagt er ..." ihre Stimme verlor sich.

Ein weißer Mann, ob sie nun träumte oder Erscheinungen hatte, konnte ich nicht wissen. Für den 80. Psalm brauchte ich keine Bibel. Ich nahm auch ihre andere kalte Hand in meine und sprach:

„Gott, tröste uns und lass leuchten dein Antlitz, so genesen wir. Wir wollen nicht von dir weichen. Lass uns leben, so wollen wir deinen Namen anrufen. Herr Gott, tröste uns, lass dein Antlitz leuchten, so genesen wir."

Da nickte sie und schloss die Augen. Nach einer Weile war sie eingeschlafen.

Die Tochter wartete vor der Tür.

„Muss sie sterben?", fragte sie ängstlich.

„Das weiß ich nicht", sagte ich, „jetzt schläft sie und ist ganz ruhig. Darf ich fragen, wie Sie heißen?"

„Ich heiße Rosa Binz und meine Mutter ist Agathe Binz. Mein Vater ist schon lange tot."

„Sie sahen so traurig aus, haben Sie gar keine jungen Freundinnen, mit denen Sie ein bisschen lachen?"

Sie wurde rot und schüttelte den Kopf. „Im Herbst und Winter ging ich immer in den Lichtkarz. Wir Mädchen spinnen da oder machen andere Handarbeiten. Es war schön, wir haben uns Geschichten erzählt, aber jetzt gehe ich nicht mehr."

Ich zog fragend die Augenbrauen hoch. Wieder schwappte eine Welle Rot in ihr Gesicht.

„Die Burschen lassen uns nicht in Ruhe", sagte sie leise, „sie kommen herein und sagen Worte, die ich nicht mag, oder sie wollen uns anfassen. Manche der Mädchen mögen das und lachen, aber ich nicht."

Ich versprach ihr, wiederzukommen und nach der Mutter zu sehen.

Es schien, dass Rosa und ich nicht unbeobachtet geblieben waren. Vor der Tür standen etliche Frauen, die alle gleichzeitig auf mich einzureden versuchten.

Von da an war es leicht. Manchmal schien es mir, ich verbrachte den größten Teil meiner Zeit in den Häusern des Dorfes.

Ich muss gestehen, dass dort ein schönerer Aufenthalt war als im Pfarrhaus, wenn die Menschen mich sehnlich erwarteten und ich mit ihnen betete. Aber in vieler Hinsicht war es auch ein Tal der Tränen. Es ist schwer, als Seelsorger die Menschen nicht fortwährend einzuteilen in solche, die genug und richtig glauben, und die anderen, die sozusagen noch vor einer gewissen Schwelle stehen. Der Mensch sieht, was vor Augen ist, aber wirklich nur Gott sieht das Herz. Diese Einsicht war für mich schwer zu vollziehen, wenn ich solche sah, die nach außen hin mit eigenwilligem Sinn ihr Leben verdarben und dabei lachten.

Um es einfach zu sagen, nicht wenige der Männer soffen und prügelten ihre Frauen. Man kann ja diese Menschen nicht am Kragen packen und schütteln wie die Kinder, wenn die Frauen weinend um Hilfe bitten.

Aber es gab auch andere Wege, diesem Übel beizukommen, wie an dem Tag, als Laura Hamann mich bat, ihren kranken Schwiegervater zu besuchen. Man sah es auf den ersten Blick, er hatte nicht mehr lange zu leben. Die Augen waren tief eingesunken, und der fast zahnlose Mund gab dem Gesicht einen wirren und verblödeten Ausdruck. Neben ihm auf dem Tisch lag ein aufgeschlagenes Gesangbuch, über das seine linke Hand ziellos hin und her fuhr.

Laura stand daneben und flüsterte: „Er sucht immerfort die Lieder, die ihn von seinen Sünden befreien sollen. Er war ein furchtbarer Trunkenbold und nun ist sein ganzer Körper und sein Geist zerstört."

Dieser Zerstörung konnte ich wohl kaum Einhalt gebieten, ich konnte nur die letzten Reste seines wachen Bewusstseins ein wenig zur Ruhe bringen und für das Übrige auf Gottes Erbarmen hoffen. So nahm ich denn das Gesangbuch unter seiner fahrigen Hand weg und sang das Lied, das eben aufgeschlagen war. Ich kam noch zweimal zu ihm, ehe er starb, und ich weiß nicht, ob die Lieder, die ich für ihn sang, seine Seele besänftigen konnten.

Als wir am offenen Grab standen und die Erde auf den Sarg polterte, fiel mir zum ersten Mal der Mann neben Laura Hamann so richtig auf. Sie stand mit gesenktem Kopf, aber er starrte voll finsterem Zorn über den Friedhof. Das war der Sohn des Toten, und worauf sich sein Zorn bezog, konnte ich nicht wissen. Später allerdings beim Essen, zu dem ich auch geladen war, wurde mir der Grund für Hamanns Zorn klar. Er trank in schneller Folge drei, vier Gläser von dem aufgetischten Wein, und erst danach klärte sich seine Miene. Noch ein Trinker. Laura hatte mich offenbar mit bestimmten Hintergedanken an das Bett ihres Schwiegervaters gerufen. Manchmal stellten sie sich das so einfach vor, ich betete, und schnell war der Trinker geheilt. Schon beim Studium in Tübingen hatte mich das zuerst verwirrt und dann geärgert, wie die Theologen mit Vernunft und übernatürlichen Kräften jonglierten und das in Kästchen zu klassifizieren suchten, was doch kein Mensch begreift. Hier in Iptingen war ich allerdings nicht gewillt, einem Säufer durch Gebete beizukommen. Wenn der Mensch mit Vernunft begabt ist, soll er sie auch gebrauchen. Schlimm war allerdings, dass Hamann gewalttätig wurde, wenn er sich in einen richtigen Rausch hinein manövriert hatte. Nicht nur seine Frau war dann die Leidtragende, ich selbst kam im wörtlichen Sinn auch nicht ohne ein blaues Auge davon.

Ende Juli überzog uns eine Hitzewelle, in der das Vieh auf den Weiden vor Durst brüllte, weil die Tröge schnell austrockneten. Die Blätter an den Bäumen erschlafften und das Kartoffelkraut wurde vorzeitig gelb. Die unreifen Früchte fielen von den Apfelbäumen, und die Kinder in der Schule machten einander mit Zank und Streit das Leben schwer. An einem Abend, der trotz später Stunde noch gar keine Kühlung brachte, begegnete mir Hamann auf der Gasse. Tags zuvor war mir seine Frau ganz verdrückt ausgewichen, aber ich sah das blaue Mal an ihrem Auge. Hamann war nicht mehr sicher auf den Beinen, dennoch kam er direkt auf mich zu. Ich wollte ihm beschwichtigend eine Hand auf den Arm legen, aber das war falsch. In der nächsten Sekunde fand ich mich auf der staubigen Erde wieder und fühlte einen stechenden Schmerz an meiner Kinnlade. Über mir knurrte Hamanns Stimme: „Lassen Sie die Hände von meiner Frau, Sie heuchlerischer Schwarzrock." Dann entfernten sich seine unsicheren Schritte. Hatte ich je meine Hände in Bezug auf Laura Hamann gebraucht, so war es, um sie im Gebet zu falten, aber das konnte ich ihm nicht mehr erklären.

Ich sprach zu niemandem über diesen Vorfall, was hätte es auch für einen Zweck gehabt. Aber in Gedanken an meine Basler Zeit kam ich auf eine Idee. Mit den Frauen war es leicht, sie im Gebet und Gespräch zu versammeln, sie waren so hungrig auf eine seelische Speise, die Männer musste ich auf andere Weise beschäftigen. Bei ihnen hängte ich für eine Weile meine theologischen Ambitionen an den Nagel und setzte eher auf ihr praktisches Interesse. Die Landwirte hatten mit dem Wetter zu tun, mit ihren Geräten oder mit der Beschaffenheit des Bodens. Bei einem kranken Stück Vieh griffen sie allerdings eher zu Beschwörungen und Sprüchen einer Kräuterfrau oder Zigeunerin.

Ich dachte mir, es wäre nicht schlecht, den jungen und älteren Männern Unterricht in einfachen physikalischen oder naturkundlichen Dingen zu geben.

Allerdings hatte ich dabei den Hintergedanken, die Burschen von ihren Überfällen auf den Lichtkarz der Mädchen abzuhalten. Aber das ließ sich erst in den Herbst- und Wintermonaten verwirklichen, denn dieser Sommer war mit vielen inneren und äußeren Turbulenzen angefüllt. Damals und auch später begegnete es mir oft, dass die Auseinandersetzung mit schwierigen Menschen einherging mit Gewitter, Hagel und Regengüssen. Wenigstens in Iptingen und auch später in Möttlingen habe ich es so erlebt. Und immer war in diesen beiden Orten die wachsende Liebe der Menschen zu mir verbunden mit Hass und Widerstand von anderer Seite. Weder in meinem Verhältnis zu Doris, das sich über weite Strecken von Briefen nähren musste, noch im Verhältnis zu dem, was ich tat, blieb es ohne dunkle Untertöne. Der freudige Überschwang, den ich erlebte, wenn die Leute von meinen Predigten zu Tränen gerührt wurden, schlug schnell um, wenn ein benachbarter Pfarrer selbst auf der Kanzel weinte, weil seine Schäfchen zu mir in die Kirche strömten. Das Hochgefühl verwandelte sich in bittere Selbstzweifel, die ich Doris nur zum Teil offenbaren mochte. Mit ihr lag die Hauptstrecke des Lebens noch vor mir, und keiner konnte wissen, ob ihre schönen Träume von geistlicher und menschlicher Eintracht so ungeschoren bleiben würden. Ich selbst tat in Iptingen manches in aller Unbefangenheit, die ich später so nie mehr erreichen konnte oder wollte. Es mag ja sein, dass ich zu den Menschen gehöre, die in ihrem Glauben gewiss sind und nicht so viel darüber reflektieren wie manche Theologen, die sich mit Definitionen und Erklärungen nicht genug tun können. Mich zwangen nicht Spekulationen, sondern der handgreifliche Alltag zu stets neuen Zweifeln und Berichtigungen.

Mir begegnete so viel in den Häusern der Menschen, deren Nöte ich tagtäglich anhörte. Im August drohten immer wieder schwarze Wolken mit Unwettern, die aber dann doch nicht ausbrechen wollten. An einem solchen Nachmittag saß ich bei Frau Schwartz am Küchentisch und wurde mit Kaffee bewirtet. Der achtjährige Sohn Peter kaute neben mir an seinem Federhalter und grübelte über einer Rechenaufgabe.

„Seinen Liedvers für morgen hat er schon gelernt", sagte die Mutter, „aber es dauert so sehr lange, bis er es begreift."

Ich rückte zu Peter hinüber, streichelte seine Haare und brachte vorsichtig die Rechnung auf den richtigen Weg. Er wurde ganz still unter meiner Hand, und seine Feder führte die Aufgabe richtig zu Ende.

In dieser Nacht brach ein furchtbares Gewitter über uns herein, wie ich es selbst in den Bergen noch nie erlebt hatte. Es kam von drei Seiten heran und wütete stundenlang mit unvorstellbarer Gewalt. Riesige Mengen Wasser strömten auf die Erde, so dass neben dem Pfarrhaus die ganze Gasse hinunter ein reißender Bach entstand, der alles mit sich fortschwemmte. Vom Friedhof und von der Kirche stürzte er den Berg hinab, vorbei am Schulhaus in die Hauptstraße. Niemand schlief in diesen Stunden, und ich weiß, dass viele in ihren Stuben saßen, die wichtigsten Habseligkeiten und Papiere um sich herum, und bangten oder beteten. Die ganze Ernte war in Gefahr, denn der Sturm drohte die reifen Kornfelder flach zu legen.

Die Familie Schöpflin irrte ruhelos durch das Haus, das konnte ich trotz der Donnerschläge wohl hören. Ich ging hinunter in die Diele und sah die verängstigten Gesichter der Frauen und die finsteren der Söhne. Nur der Pfarrer saß ganz ruhig auf einem Stuhl und hielt die Hände flach auf den Knien. Wenn sein Gesicht von einem Blitz erhellt wurde, sah ich gänzlich bewegungslose, fast versteinerte Züge. Es war nichts in dieser reglosen Fassade zu lesen, auch hörte er nicht auf die Jammertöne seiner Frau. Als das Donnergrollen schließlich verebbte und auch der Regen aufhörte, graute schon der Morgen. Schöpflin erhob sich von seinem Stuhl und verschwand wortlos in der Schlafkammer.

Wenn andere in dieser Nacht gewacht hatten, konnten sie sich nicht schlafen legen. Selbst die Sorge um die Felder mussten sie vergessen, denn das Gesetz der Obrigkeit verlangte von allen Männern, Frauen und Kindern, dass in Fronarbeit die verwüsteten Straßen sofort ausgebessert wurden.

Was konnte ich anderes tun, als da hinauszugehen und mitzuhelfen, wenigstens mit Ratschlägen oder tröstenden Worten. Denn dass ich Hand anlegte, wollten sie absolut nicht dulden. „Das schickt sich nicht für einen Vikar", hieß es kurz und bündig. Selbst in ihrer Not war für sie die Welt in klare, bestimmte Ordnungen unterteilt. Dass die Männer zupackten und die jüngeren Frauen, mochte recht und billig sein, aber die Kinder mit ihren blassen, übernächtigten und verängstigten Gesichtern konnte ich kaum ansehen. Es war so jämmerlich, wie sie mit ihren schwachen Kräften schaufelten und schleppten, wie ihre Hosen und Schuhe durchweicht wurden, und sie trotzdem stumm und verbissen weiter arbeiteten. An Schule war für diesen Tag nicht zu denken, und auch in den folgenden blieben die Schultüren geschlossen.

Die Sonne schien auf das, was das Unwetter verwüstet hatte, und auch die Menschen fanden ein Lächeln wieder, denn sie dachten doch, dass sie vor dem Schlimmsten bewahrt geblieben waren. In dem benachbarten Ort Nussdorf hatte nämlich der Blitz drei Häuser angezündet und bis auf die Grundmauern verbrannt.

Am Sonntag predigte ich über den Vers aus dem Propheten Nahum: „Er ist der Herr, des Weg in Wetter und Sturm ist." Aber ich sprach auch die Verheißung Jesajas aus, dass Gott eine Zuflucht vor dem Wetter und dem Regen ist. Wie das gemeint war als greifbares Bild für Strafe und Vergebung, konnte wohl angesichts der Gewitternacht in manche Gemüter dringen, denn nicht nur Frauen hatten dabei Tränen in den Augen.

Vor der Kirchentür wartete Frau Schwartz mit ihrem Peter auf mich. Der Junge fasste meine Hand und sagte: „Ich kann so leicht lernen, seit du mich gestreichelt hast." Ich sagte nichts und ließ das auf sich beruhen.

Eine allzu lebhafte Erinnerung führt mich zuweilen ab von der Arbeit, die ich an meinem Schreibtisch zu tun habe. Damals benutzte ich dafür durchaus nicht die angebotene Amtsstube, sondern mein eigenes Zimmer. Margarethe hatte mir einen großen Tisch hineinstellen lassen, worauf ich meine Papiere ausbreiten konnte. Neben den üblichen Protokollen über meine Gemeindearbeit erhielt ich durch Briefe meine Verbindung zur Außenwelt offen, denn im Pfarrhaus kam mir keine Anregung entgegen. Es gab so viele, denen ich schrieb, meinem Freund Barth, der in Möttlingen Pfarrer war, meinem Freund Eduard Mörike, der immer noch nach seiner eigentlichen Bestimmung suchte, und natürlich war Doris durch meine und ihre Briefe immer gegenwärtig. Mit Dekan Hafner in Knittlingen stand ich in enger Verbindung, und der ländliche Briefträger konnte sich seine Bemerkungen über die viele Post, die fast täglich ins Pfarrhaus kam, nicht verkneifen. Schöpflin selbst zog nur manchmal die Augenbrauen hoch, wenn er die Briefe durchsah, die in der Diele lagen. Für ihn war selten etwas dabei. Ob er neidisch wegen meiner Verbindungen war, weiß ich nicht, ich war bis jetzt noch nicht in das Geheimnis seiner Person eingedrungen.

Ende August erhielt ich die Aufforderung, mich zur Generalvisitation nach Knittlingen zu begeben, die der Heilbronner Prälat Märklin leiten sollte. Bei der Abendmahlzeit bat ich den Pfarrer, mich doch dahin zu begleiten. Er sah von seinem Teller auf, auf dem er schon seit einer Weile ein Stück Brot hin und her geschoben hatte. Er saß einen Moment ganz still und sagte dann überraschend: „Wenn Sie meine Gesellschaft wünschen, komme ich mit." Überrascht war wohl hauptsächlich seine Frau, die ihn buchstäblich mit offenem Mund ansah.

„Aber Georg", flüsterte sie, „du kannst doch nicht so weit gehen."

Aber es war, als hätte ich mit einem Messer durch eine gewisse Kruste gestoßen, denn er antwortete so laut und bestimmt, wie ich ihn noch nie hatte sprechen hören: „Ich gehe, wohin ich will, Hermine. Mein guter Rock sollte gebürstet werden."

Dann stand er vom Tisch auf, nickte mir zu, und damit war die Sache beschlossen.

Zum Glück war es ein kühler windbewegter Tag, an dem wir nach Knittlingen aufbrachen. Schöpflin hatte darauf bestanden, dass wir schon um fünf Uhr in der Frühe das Haus verließen, ich war gerne damit einverstanden. Er hatte das Kunststück fertig gebracht, dass keine der Frauen um uns herumlief, das einfache Frühstück stand fertig auf dem Tisch, es war offenbar schon am Abend vorher dort hingesetzt worden. Statt seiner Schnallenschuhe trug Schöpflin feste Stiefel und an seinem Stuhl lehnte ein derber Knotenstock. Wir brauchten nicht lange, um mit unserer Mahlzeit fertig zu werden und standen beim kühlsten Morgenlicht bereits vor der Tür. Ich hatte erwartet, in mäßigem Tempo voranzukommen, aber der Pfarrer schritt so tüchtig aus, dass wir für den Weg kaum drei Stunden brauchten. Das war eine merkwürdige Wanderung durch die stillen Felder, auf denen die Ernte zum großen Teil schon eingebracht war. Nur die roten Äpfel und grünen Birnen waren noch an den Bäumen zu sehen, Kühe glotzten uns wiederkäuend nach. Die erste Stunde gingen wir schweigend nebeneinander her, ich hatte so vielerlei zu bedenken, dass es mir nicht besonders auffiel. Schöpflins Stimme holte mich aus meinen Gedanken.

„Ich danke Ihnen, dass Sie so viel Geduld mit mir haben", sagte er einfach. Darauf konnte ich nun gar nichts erwidern, denn Geduld war wohl das letzte, was ich während der ersten Wochen in Iptingen gehabt hatte. Schöpflin sah mich von der Seite an. „Ich weiß schon, was Sie über mich alten Narren denken", sagte er. Er beschämte mich, und ich konnte nur stumm den Kopf schütteln. „Sie wissen nicht, wie das war in den letzten Jahren", fuhr er fort, „ich wollte so vieles tun, aber nichts gelang. Die Kinder mochten mich nicht, und nie reichte das Geld, und in der Predigt verlor ich zu oft einfach den Faden, wenn ich in die stumpfen, unaufmerksamen Gesichter unter mir sah."

Ich blieb stehen und legte ihm die Hand auf den Arm. „Lassen Sie es gut sein", sagte ich, „ich bin nicht hier, um über Sie zu richten. Vor meiner eigenen Tür liegt genug verworrener Unrat."

Da zum ersten Mal seit ich ihn kannte, lächelte er zaghaft. Den Rest der Wanderung schwiegen wir wieder, aber es war nun ein anderes Schweigen geworden. Erst kurz vor Knittlingen fragte er mich: „Wird Hafner damit einverstanden sein, dass ich bei der Visitation auftauche?" Da lachte ich laut und sagte: „Lieber Herr Pfarrer, es ist Ihre Gemeinde."

Aber so einfach war es dann doch nicht. Hafner selbst machte zwar ein freundliches Gesicht, aber es gab andere Kollegen, die fragend oder hochmütig ihre Augenbrauen verzogen. Bei der Besprechung fragte der Prälat mich und nicht ihn, und die anderen Pfarrer taten, als wäre Schöpflin gar nicht da. Mich ärgerte das aus vielerlei Gründen, aber vorerst schwieg ich noch.

Mit dem Glockenschlag zwölf, den wir alle von der nahen Kirche hörten, forderte Märklin uns auf, eine Mittagsmahlzeit im Gasthaus ‚Lamm' einzunehmen.

Die meisten der Teilnehmer machten sich mehr als eifrig auf den Weg, Essen war offenbar ein starker Magnet. Ich ging langsam neben Schöpflin, der gar nicht begierig auf diese gemeinsame Mahlzeit schien. Als wir die Gaststube betraten, herrschte lautes Stimmengewirr, Hafner rief mich zu sich ans Kopfende des Tisches, auf Schöpflin achtete niemand. Ich wollte mich schon setzen, aber dann besann ich mich anders.

„Es geht wohl nicht, Herr Prälat,“, sagte ich laut, „dass wir meinen Dienstherrn so ganz allein stehen lassen.“

„Ihren Dienstherrn?“ Märklin sah mich verständnislos an, da fasste ich meinen Pfarrer am Arm und sagte: „Für ihn sollte sich hier doch auch ein Platz finden.“ Märklin runzelte die Stirn und schwieg, aber Hafner bat ganz freundlich den Pfarrer von Nussdorf, einen Platz weiter zu rücken. So saß denn Schöpflin in erhabener Runde, und zu meiner und wohl der Verwunderung unserer Vorgesetzten mischte er sich bescheiden ins Gespräch. Auch hier aß er nicht viel im Gegensatz zu einigen anderen, die mächtig in Braten und Knödel einhieben.

Ich war froh, dass ich Schöpflin mitgebracht hatte, und der Heimweg wurde noch viel besser. Am späten

Nachmittag wollten wir uns auf den Weg machen, da hielt vor dem Dekanat ein kleiner Bauernwagen, den ein kräftiger Ackergaul zog. Auf dem vorderen Wagenbrett saß ein junger Mann mit einem flotten roten Halstuch, tippte die Peitsche gegen seine Mütze und sagte: „Bitte einsteigen."

Das konnte nur Hafner veranlasst haben, er hatte wohl genauso wie ich bemerkt, dass Schöpflin von dem langen Tag und dem ungewohnten Weg recht erschöpft aussah. Wir setzten uns auf die hinteren Wagenbretter, hielten uns an der Seite fest und kamen uns ganz herrschaftlich vor. Wegen des Gerumpels konnten wir uns zwar nicht unterhalten, dafür pfiff der Knecht vor uns ein lustiges Lied nach dem andern. Bei manchen hätte ich gern mitgesungen, aber ich unterließ es, weil ich nicht wusste, wie der Kutscher unsere geistliche Würde einschätzte.

Noch bei Helligkeit blieb der Wagen vor dem Pfarrhaus mit ‚ho-brr' stehen, ich half dem Pfarrer herunter, während schon seine Frau ganz aufgeregt zum Gartentor kam und ihn mit besorgten Fragen überschüttete.

Von da an wurde das Zusammenleben im Pfarrhaus anders, die Frau Pfarrer legte ihre steife Unnahbarkeit ab und schob mir bei Tisch freiwillig die Gemüseschüssel zu. Wenn ich lange in meinem Zimmer über schriftlichen Arbeiten saß, klopfte leise die Magd und setzte ein Glas Milch auf meinen Tisch. Und eines Tages im September konnte ich es nicht mehr über mich bringen, zu dem üblichen Tischgebet zu schweigen.

„Margarethe", sagte ich, „so wird Jesus nie und nimmer an diesen Tisch kommen, ich bin sicher, er kann Sie gar nicht hören."

Eigentlich hätte der Pfarrer mir eine Rüge erteilen müssen, dass ich so in seinem Hause sprach, aber nur seine Frau zog drohend die Brauen zusammen.

Er dagegen tat etwas ganz anderes. Er legte den Löffel wieder neben den Teller, faltete noch einmal die Hände und sprach ein anderes Dankgebet.

Nun sah die Tochter vor jedem Essen den Vater an, was geschehen solle, und wenn er nickte, sprach er selbst, wenn er den Kopf still hielt, betete sie. Manchmal blickte er mich an und überließ es mir, ein Gebet zu sagen.

Du sollst dir kein Bildnis machen. Den ganzen Herbst und Winter war ich damit beschäftigt, vielerlei Bilder zu zerbrechen. Das geschah zuerst in den Abendunterhaltungen, in denen naturkundliche Dinge zur Sprache kamen. Dazu waren nur Männer eingeladen, und das fanden alle ganz in der Ordnung, denn die Frauen fühlten sich in den Bibelstunden und Gebetskreisen eher am Platze.

Zur ersten Abendunterhaltung, die ich im Schulhaus abhielt, kamen nur fünf junge Männer, aber das änderte sich bald. Schon in der nächsten Woche war das Schulzimmer fast ganz gefüllt, denn ich hatte darüber gesprochen, wie ein Gewitter entsteht und vor allem wie man die Anzeichen schon früh erkennen könne. In dieser zweiten Stunde befragten sie mich weiter darüber, und ich erzählte ihnen, wie man die Tiere und Pflanzen beobachten könne, weil diese die Veränderungen in der Natur weit eher wahrnehmen als die Menschen. So ergaben sich die Themen fast immer aus den Fragen, die mir gestellt wurden, und oft genug bezogen sie sich auch auf politische Ereignisse. Ich bekam regelmäßig aus Liebenzell eine Zeitung, aus der ich den und jenen Artikel vorlas.

Eines Abends kam Hamann und setzte sich in die letzte Reihe. Er sagte nichts, aber er sah mich den ganzen Abend an mit einem seltsamen, abschätzenden

Blick. Ich weiß nicht, was er dachte und war bald so darin vertieft, über die Eigenschaften der elektrischen Ströme zu sprechen, dass ich ihn nicht weiter beachtete. Ich hatte, seit er mich niedergeschlagen hatte, nicht mehr mit ihm gesprochen. Wenn er den ersten Schritt nicht tun wollte, nun gut, ich konnte warten.

Mit Laura, seiner Frau, redete ich oft, denn ihre Tochter Anna kam nun zu mir in den Konfirmandenunterricht. Laura hatte nie mehr ein blaues Mal im Gesicht, dagegen sah sie mich, wenn wir uns begegneten, mit bewundernden Blicken an, was mir ganz und gar nicht recht sein konnte.

Da die jungen Männer sich so sehr für die Wirkungen der elektrischen Ströme interessierten, vertiefte ich mich selbst immer weiter in diese Erscheinungen. Nicht nur der kleine Peter ließ sich gern von mir streicheln, wenn ich Frau Schwartz besuchte, auch andere Kinder mochten es sehr, wenn ich ihnen die Hand auf den Kopf legte. Meine eigene Affinität zu diesen Kräften der Natur war mir nicht unbekannt, seit dem schweren Gewitter im August war mir das allerdings so deutlich geworden wie nie zuvor. Mir ging in dieser Zeit beständig im Kopf herum, was der Arzt Justinus Kerner in Weinsberg mit manchen seiner Patienten machte, wenn er sie zum Zwecke der Heilung gezielt den elektrischen Kraftfeldern aussetzte. In späteren Jahren schrieb er mir – aber ich habe ihn nie kennengelernt.

Damals in Iptingen wusste ich allerdings noch nicht, auf welchen furchtbaren Holzweg ich mit solchen Gedanken geführt wurde.

Aus den Briefen, die Doris mir schrieb, wurde zusehends deutlich, was sie von mir erwartete und wie sie mich sah. Ich weiß nicht, welches Bild sie sich vom

Leben als Pfarrfrau machte, bis jetzt sahen wir beide dieses zukünftige gemeinsame Wirken in einem idealen und geistlichen Lichte. Noch wagte ich mir nicht vorzustellen, wie ich mit Doris als Mann und Frau leben würde, ich sah sie als Freundin und Helferin. Aber auch aus ihren Briefen drängte sich zuweilen etwas anderes hervor, als sie mit dem abnehmenden Jahr immer dringlicher um meinen Besuch in Sitzenkirch bat. Mir wurde heiß und kalt bei der Vorstellung, dass sie sich nach meiner körperlichen Nähe sehnte. Ich war schon drauf und dran, meine Sachen zu packen und ein paar Tage Iptingen zu verlassen. Aber es ging nicht, ich konnte mich von meiner Arbeit nicht losreißen, nicht von der wachsenden Liebe der Leute, vor allem nicht vom leisen und zähen Kampf um die Separatisten. Ich versprach ihr einen Besuch im Januar, ich fühlte mich hin und her gerissen von den verschiedenen Bändern der Liebe und mutete meinem Mädchen viel Geduld und Vertrauen zu. Ich war so sicher, dass der Brennpunkt meines Lebens in Iptingen sei und die neu erwachten Christen ohne mich nicht auskommen könnten.

Ich wollte so gerne, dass sie alle in mein eigenes christliches Pfeifchen bliesen, ich wollte mich so gern in meinen Bemühungen bestätigt sehen. Andererseits schien es, dass gerade die Separatisten sich auf nicht ganz erklärliche Weise von mir angezogen fühlten. Weil ich sie nicht öffentlich angriff und niemanden zwang, mit mir zu reden, fanden sich abwechselnd einige der Männer dort wie zufällig ein, wo ich einen Besuch machte. Da saßen sie dann zuerst stumm und finster und hörten mir zu. Aber einer mit Namen Christian Flattich, der ihr Wortführer und geistiger Steuermann zu sein schien, hielt sein Schweigen nicht lange aus. Seine Frau kannte ich schon, sie hatte sich einmal leise durch die Kirchentür geschoben, als der Gottesdienst schon begonnen hatte, und war noch vor dem Ende ebenso leise wieder verschwunden. Sie war nicht die einzige, die wieder in die Gemeinschaft der Kirche zurückdrängte, zwei andere hatten es schon gewagt, am Heiligen Abendmahl teilzunehmen.

Ich wusste, was solchen Frauen zu Hause blühte, sie wurden nicht etwa geschlagen, das sicher nicht. Aber die Repressalien gegen sie waren weit schlimmer. Niemand ihrer Gemeinschaft redete mit ihnen, bis sie die gehörige Buße getan hatten. Flattich nun war ein Mann nach meinem Herzen, ich mochte ihn von Anfang an gern leiden. Er war Bauer, hatte die größte Landwirtschaft im Ort, was er anfasste und wie er seine Arbeit tat, hatte Sinn und Verstand.

Er war um einiges älter als ich, und als er schließlich mit mir sprach, war seine Rede genauso wohl begründet wie seine Arbeit. Ich muss sagen, er flößte mir große Achtung ein, und seine Frau passte so genau dazu wie ein Handschuh zum andern.

Flattichs Sicherheit kam aus der großen Strenge und Folgerichtigkeit seiner Ansichten. Wenn die Vertreter des geistlichen Standes nicht christlich lebten, könne ihre Botschaft niemals glaubwürdig sein, könne der Mensch im eigenen Herzen die Offenbarungen Gottes besser und reiner erfahren als durch korrupte Pfarrer. Ich musste ihm darin bis zu einem gewissen Grade Recht geben, war doch auch Doris' Vater durch solche Zeiten des Abfalls von der Kirche gegangen. Flattich war keiner von denen, die mich nicht grüßten, eine natürliche Höflichkeit und Freundlichkeit gaben mir den Mut, mich mit ihm in lange Gespräche einzulassen. Unsere lockere Bekanntschaft vertiefte sich zu Freundschaft, als er mich an einem nasskalten nebligen Abend in sein Haus bat. Wir kamen aus der Abendunterhaltung, die er zum ersten Mal besucht hatte. Zufall kann es wohl kaum gewesen sein, denn ich sprach an diesem Abend über Luthers Bruch mit der katholischen Kirche und über seine Gewissenskonflikte. Flattich saß mit gefalteten Händen still und gesammelt auf seinem Platz, nur ab und zu nickte er zu dem, was ich sagte. Er wartete, bis alle anderen gegangen waren, trat zu mir und sagte: „Würden Sie mir die Ehre erweisen, zu einem Becher Wein in mein Haus zu kommen?“

Ich antwortete: „Das ist mir lieb, nur von Ehre wollen wir nicht sprechen, es ist genug, wenn wir uns brüderlich vertragen.“

Er nickte wieder, und wir gingen schweigend zu seinem Haus. Er führte mich in eine behaglich gewärmte Küche, die ganz offensichtlich der Mittelpunkt des Hauses war. Ein seidig gescheuerter Holztisch vor breiten Bänken in der Ecke, darüber Regale mit bunten Tellern und Zinnkrügen. Flattich nahm mir meinen feuchten Umhang ab und deutete einladend auf die Bank. In dem Augenblick kam seine Frau herein, angelockt durch unsere Stimmen. Sie neigte den Kopf zum Gruß, und als sie ihr Gesicht wieder hob, leuchtete es vor Freude. Sie sagte nichts, brachte einen Krug und zwei schöne Zinnbecher, stellte sie auf den Tisch und setzte sich in eine Ecke an ihr Spinnrad.

Wir diskutierten lange an diesem Abend. Irgendwann verschwand die Frau, sie hatte nichts gesagt, aber sie war nicht weggeschickt worden.

„Wir brauchen die Kirche nicht“, sagte Flattich zum wiederholten Male, weil ihm das wichtig war, „wir lesen die Schrift und wir leben nach dem, was sie sagt. Unser Pfarrer, den wir so lange hatten, tat das nicht. Uns strafte er mit Verachtung und redete nicht mit uns. Ist das christlich?“

„Nein", sagte ich, „das ist es wohl nicht. Aber mir scheint, jetzt sieht er manches ein von dem, was er falsch gemacht hat."

Das war die erste von vielen Besprechungen, in denen die gegensätzlichen Meinungen hart aufeinander prallten. Auch manche von Flattichs Brüdern mischten sich da hinein, wenn sie zu den Abendunterhaltungen kamen, und drei ihrer Frauen erschienen tatsächlich in der Kirche, um meine Predigt anzuhören.

Die Frauen waren meine heimlichen Verbündeten. Wenn ich eine von ihnen alleine traf, gestand sie mir, sie sehne sich so nach der Teilnahme am Abendmahl in der Gemeinschaft aller anderen. Ich hütete mich, sie gegen den Willen ihrer Männer aufzustacheln, ich wartete und hoffte jeden Tag auf einen Umbruch. Manchmal wusste ich gar nicht, warum die Menschen auf die einfachen Worte meiner Predigten mit soviel Anteilnahme antworteten, warum immer mehr kamen und die Kirche bis auf den letzten Platz füllten. Es geht zu leicht, dachte ich und wagte kaum zu glauben, dass einfache Worte den Sinn des Glaubens am besten treffen.

Aber ganz und gar nicht alles ging leicht. Immer wo die Meinungen der Menschen sich kreuzen, gibt es Verdrießliches. Was mich aber am meisten betrübte, wenn nicht gar ärgerte, waren Heimlichkeiten und versteckte Strömungen, in die ich hineingezogen werden sollte. Flattich hätte das nie getan, aber einer seiner Brüder passte mich mittags, als die Gasse leer war, vor der Schule ab und flüsterte mir wie ein Verschwörer ins Ohr: „Wir wollen gerne das Abendmahl nehmen, Sie können es uns doch heimlich geben, und niemand hat Schaden davon."

Zum ersten Mal wurde ich mit einem der Separatisten richtig böse. Ich nahm mich zwar zusammen und gab ihm keine scharfe Antwort, ich ließ ihn ohne Worte einfach stehen. Aber ich war so zornig wie schon lange nicht mehr, dass diese Menschen rein gar nichts begriffen. Ich ging mit langen Schritten zum Pfarrhaus, wo mir der Hund entgegensprang. Ich hatte schon längst Freundschaft mit ihm geschlossen und nannte ihn einfach Cerberus, worauf er tatsächlich hörte.

„Komm, Cerberus", sagte ich, „wir machen einen Spaziergang." Ich hatte keine Lust auf das gemeinsame Mittagsmahl, statt dessen lief ich mit dem Hund zwei Stunden über die Felder, bis mein Zorn sich abgekühlt hatte.

Flattich musste von dem Ansinnen seines geistlichen Bruders erfahren haben, denn bei unserer nächsten Unterredung schien er mir zum ersten Mal unsicher zu sein. Ich aber sagte ihm klipp und klar, dass so etwas wie ein heimliches Abendmahl gar nicht in Frage käme. Er nickte dazu, es schien, diese Sache war gar nicht der Grund für seine Unsicherheit.

Ende Oktober, als wir wieder in seiner behaglichen Küche saßen, wo es nach frisch gebackenem Brot duftete, gestand er mir, was ihn bedrückte.

„Ich war nicht ehrlich gegen Sie, mein Freund", sagte er, „nicht so ehrlich wie Sie gegen mich." Ich sah ihn fragend an.

„Es ist so", fing er zögernd an, „ich dachte lange, Sie seien eine Art Spion, der uns ausforschen wollte, um uns dann erneut zu verklagen." „Und jetzt denken Sie das nicht mehr?"

„Nein, jetzt denke ich das nicht mehr. Aber es gibt in den Nachbarorten andere Brüder unserer Gemeinschaft, die voll Zorn hierher blicken und die mich schon gewarnt haben, weil ich angeblich unsere Sache verrate."

„Wir verraten nichts, wenn wir Gott dienen, so gut wir können", sagte ich leise. Ich fühlte mich auf einmal sehr traurig und allein, vielleicht auch deshalb, weil ich das Weihnachtsfest ohne Doris würde verbringen müssen. In diesem Augenblick setzte ich in Gedanken den Tag fest, an dem ich tatsächlich nach Sitzenkirch aufbrechen würde.

Doch so weit war es noch nicht. Es schien, der November brächte nicht nur Nebel, Kälte und Dunkelheit, er zog vielen Menschen Mut und Freude aus der Seele, dass sie gar keine Lust zu ihrer Arbeit hatten. Auch ich musste mir ständig neue Wege des Gebetes suchen und stockte dabei immer wieder.

Es lag nicht an meinem guten Willen, vielmehr an mangelnder Kraft, die Kälte des Bösen zu durchdringen. Ich spreche von Luise Hartwig, die nicht sterben konnte, ohne ihre Vergehen gebeichtet zu haben, die aber eben das nicht konnte. Ich weiß nicht, was sie getan hatte und ich habe es auch nie erfahren. Die Nachbarn sprachen schlecht von ihr, aber sie holten mich dennoch an das Krankenbett, als sie sahen, wie sie sich quälte. Luise war noch nicht alt, aber ihr Körper wurde ohne sichtbaren Grund von Tag zu Tag magerer, so dass sie nur noch im Bett liegen konnte. So traf ich sie. Anfangs freute sie sich und bat mich jeden Tag wieder, ihr Gnade vom Himmel zu erwirken. Ich weiß ja, dass in unserer Kirche die Beichte eher ein verborgener Vorgang ist, und dass auch Vergebung niemals endgültig sein kann. Wo andere Menschen mir wachsende Zuneigung entgegenbrachten, wuchs bei Luise von Tag zu Tag die Kälte. Trotzdem bat sie mich bei jedem Besuch, bestimmt am nächsten Tag wiederzukommen. Ich tat es, aber sobald ich betete, zog es sich wie ein Schleier über ihre Augen, und ihre Züge wurden starr und fremd. Manchmal weinte ich, wenn ich nach Hause kam, weil alle meine Worte wie von einer Wand abprallten und ins Leere fielen. Nach jedem Besuch und nach jedem vergeblichen Gebet fühlte ich mich zu Tode erschöpft.

Ich war bei ihr an ihrem letzten Lebenstag, an dem doch niemand das Ende erwartet hatte. Der Mann lehnte am Türpfosten und ließ die Augen nicht von seiner Frau. Sie hatte die Hände flach auf die Decke gepresst und wollte sie nicht falten. Ihre Augen gingen klar und wach durch die Stube, sie erkannte jeden, der bei ihr stand. Zwei Nachbarinnen murmelten fortwährend Sterbelieder, bis ich ihnen mit einer Handbewegung gebot zu schweigen. Ich wollte, ich musste es noch einmal versuchen, die Kraft und Gnade Gottes auf sie zu lenken, die in ihrem schrecklichen Kerker gefangen saß.

„Vater unser, der du bist im Himmel ..." aber der sie gefangen hielt war stärker als ich. Der Tod kam schnell und mächtig, sie konnte kein Wort mehr sprechen.

Einen im Glauben Entschlafenen kann man leicht hinüber geleiten in die Erde, vor diesem Grab aber stand ich hilflos und nahm meine Zuflucht zu dem 130. Psalm: ‚Aus der Tiefe rufe ich, Herr zu dir. Herr höre meine Stimme, lass deine Ohren merken auf die Stimme meines Flehens! So du willst, Herr, Sünden zurechnen, Herr, wer wird bestehen? Denn bei dir ist die Vergebung, dass man dich fürchte.‘

Am Heiligen Abend sangen die Schulkinder und Konfirmanden, so wie der Schulmeister und ich sie das gelehrt hatten. Und ich erzählte ganz einfach, wie es zugegangen war in jener Nacht. Es gibt so viele Geschichten in der Bibel, die uns zu unbegreiflich oder fremd erscheinen, wie die von Elias, wenn er die Baalspriester schlachten lässt oder im feurigen Wagen gen Himmel fährt. Diese aber von Hirten, Engeln und einer armen Geburt im Stall ist wohl für jeden begreiflich, auch wenn sie sehr wunderbar ist.

Ich selbst nahm meine Zuflucht nicht zu den äußeren Feiern des Weihnachtsfestes, ich suchte meinen Frieden, indem ich mit den Hirten zum Stall wanderte und das Kind anbetete.

Das neue Jahr kam eisig und klar. Mein Entschluss zur Reise stand fest, ich musste nur noch der Gemeinde erklären, dass ich verreisen wollte. Gründe gab ich nicht an, nur Schöpflin hatte ich von Doris erzählt. Viele jammerten, dass ich fort wollte und witterten schon einen endgültigen Abschied. Wir lebten inzwischen sehr eng als christliche Gemeinde zusammen, keiner wollte mich missen. Es sei ja nur ein Sonntag und drei oder vier Abende, an denen sie mich entbehren müssten, versicherte ich ihnen. Selbst Flattich und einige seiner Separatisten sahen ganz betreten aus, und ich war inzwischen überzeugt, sie alle bald in der Kirche zu sehen.

Schöpflin war bereit, am Sonntag meiner Abwesenheit den Gottesdienst zu halten. Wir saßen in seiner Studierstube, vom Schreibtisch war der Staub inzwischen abgewischt worden, statt der ungeordneten Papiere lagen eine Bibel und einige Predigtbücher darauf. Schon lange hatte ich die Gewohnheit angenommen, meinen Pfarrherrn während der Mittagsstunde in diesem Zimmer aufzusuchen und mit ihm zu reden. Er malte keine Kringel mehr auf den Tisch, stattdessen rauchte er seine Pfeife. Der Qualm des Tabaks verhalf ihm anscheinend dazu, Gedanken und Worte in Gang zu setzen. Zuerst reagierte er abweisend auf meine Bitte.

„Sie werden nicht in die Kirche kommen“, sagte er, „sie wollen mich nicht hören.“

„Sie werden kommen", sagte ich, „selbst wenn es nur wenige sind."

Das hätte ich nie und nimmer sagen dürfen, aber Worte sind schnell heraus, und der Schmerz auf seinem Gesicht war nicht mehr wegzuwischen.

„Gut", sagte er tonlos, „ich werde predigen."

Noch lange äffte das Getrappel der Postpferde auf den verschneiten Straßen diesen letzten Satz nach.

Das Wiedersehen mit Doris erschütterte mich mehr als ich sagen kann. Die vertraute Umgebung, die doch schon so fern gerückt war, die innige Gebetsgemeinschaft, in der sie mit ihrer ungebrochenen Hoffnung auf unser zukünftiges Glück lebte, führte mir das ganze Ausmaß meiner eigenen Schwäche vor Augen. Ich wollte alles, für sie, für uns, für Gott, nur die äußeren allzu menschlichen Mittel fehlten noch, ich konnte nichts weiter tun, als sie und mich zu trösten. Und an meinem letzten Abend im dunklen Flur fiel der Trost anders aus als ich wollte. Beim Gutenachtgruß drückte ich sie an mich und küsste sie so, wie ich nicht hätte tun sollen. Sie wehrte sich nicht, aber ihre großen erschrockenen Augen sagten mir, dass ich eine feste Grenze überschritten hatte.

Am Morgen meines Abschieds lächelte sie so lieb wie immer, und ich hütete mich, ihr vor den Augen ihrer Eltern und Schwestern zu nahe zukommen.

Am 18. Januar war ich wieder zu Hause, berichtete ihr von meiner Rückreise und zerstreute ihre Sorgen, dass es zu kalt gewesen sei. Damals wusste ich noch kaum, welch eine zart besaitete Seele sie hatte, wie sehr sie lautes Treiben und ausgelassene Heiterkeit von sich abwehrte und wie die Ansammlung vieler Menschen sie ängstigte. Gott möge mir verzeihen, dass ich ihr später all dieses zumutete.

Es ging mir nicht gut in den nächsten Monaten. Nach der Begegnung mit Doris stülpte sich zuweilen die Einsamkeit wie ein eisiges Vakuum über meinen Kopf. Oh ja, die Gemeinde liebte mich und hatte, wie viele mir erzählten, meine Abwesenheit mit einer fortwährenden Fürbitte begleitet. Aber wie sehr ich auch den Fixstern der Pfarrstelle und Heirat anpeilte, immer wieder stimmte die Rechnung nicht, und immer wieder wollte ich verzweifeln wie einstmals die Seefahrer, die keinen festen Punkt im Universum finden konnten.

Ich musste mich zwingen, diese Debatten mit mir selbst zu beenden und stattdessen mit Gott zu sprechen.

Aber zu meinem Glück gab es noch andere Menschen, mit denen ich sprechen konnte, nur musste ich zu denen weite Fußmärsche unternehmen. In prickelnder winterlicher Kälte war es wunderbar, den Körper bei einem Gang nach Wiernsheim oder Friolzheim zu bewegen und den schnelleren Puls in den Adern zu fühlen. Und mehr als einmal pilgerte ich zu meinem Freund Christian Gottlob Barth nach Möttlingen. Barth war ein schwieriger Mensch, gelehrt, unruhig und voller Pläne. Mit ihm diskutierte ich endlos über die Bedürfnisse einer bäuerlichen Gemeinde, und ich kann nicht sagen, dass wir uns immer einig waren.

„Ach, Christoph“, sagte er dann zum Schluss lachend, „du bist so gut, und ich habe meinen Kopf in gelehrten Wolken. Aber ich denke, du solltest doch helfen, die Unwissenheit der Leute etwas zu verringern.“ Damit lud er mir eine riesige Arbeit auf, die mich nicht nur diesen Winter, sondern noch viele Jahre beschäftigte. Ich schrieb in Etappen und Stücken alles auf, was man von der Geschichte und Entwicklung der evangelischen Mission zusammentragen konnte. Noch besser war in beißender Februarkälte ein Marsch nach

Stuttgart zur großen Predigerkonferenz. Mir schien, obgleich wir im Winter waren, ich wachte von einem geistigen Winterschlaf auf, als mir Studienfreunde und bekannte Prediger begegneten.

Aber nicht immer brachte ich alle Facetten des Lebens in Einklang, so wie ich das als junger Mensch angestrebt hatte.

Arbeit, die den Intellekt forderte und endlose Ansprüche an mich in den Krankenstuben, wo jeder von mir Trost und Besserung erwartete, das waren Gebiete, die wohl weit voneinander lagen, auch wenn ich es nicht gern wahrhaben wollte. Und immer wieder wurde ich auf den Weg gelockt, dass man von mir Heilungen erwartete, sicher nicht mit Worten, aber mit Gebärden und Händedruck, dem ich mich so schwer entziehen konnte. Hier in Iptingen begriff ich erst, dass eine Gemeinde, wenn man sich mit Herz und Gemüt auf sie einlässt, eine enge Symbiose mit ihrem Pfarrer verlangt. Und das ist das Schlimme, tauchen einmal Gedanken in einer bestimmten Richtung auf, so kommen von allen Seiten neue hinzu und nicht immer auf Wegen, die man gutheißen mag. Mitleid und der Drang zu helfen sind schlechte Ratgeber, wenn man den einzigen Orientierungspunkt außer Acht lässt, der zählt. Was mein Freund Barth tat, war einfacher, er wollte eine träge und schläfrige Gemeinde nicht mehr aufwecken, er zog sich auf das Gebiet des Schriftstellers und Verlegers zurück. Ich hätte diese Entscheidung niemals treffen können, obgleich ich selber sehr gerne schrieb und meine Gedanken dem Fluss von Feder und Tinte hingab.

In Iptingen holten sie mich unweigerlich zurück in ihre von Not und Elend besetzten Stuben, eine Not, die oft seltsame Formen annahm. Noch heute tut es mir weh, wenn ich an die beiden Schwestern denke mit ihren klaren lieben Gesichtern, deren blauen Augen man es nicht ansah, dass sie zuweilen blind waren. Maria war elf und Sarah zehn Jahre alt. Aber was sage ich, sie waren nicht gleichzeitig blind. Sie beteten mit mir, so kindlich und zuversichtlich, dass ihnen das Augenlicht wiederkäme, das ihnen erst vor zwei Jahren plötzlich entschwunden war. Eines Tages konnte Maria wieder sehen, und alle glaubten fest daran, dass unsere Gebete das bewirkt hätten. Aber es war schrecklich, als Sarah nach einiger Zeit den ersten Lichtschimmer sah, war ihre Schwester wieder von Dunkelheit umgeben. Ich muss nicht sagen, was die Nachbarn munkelten, sie und auch die Mutter sahen Hexerei am Werk. Ach Gott, es war, als hätte ich sie nie zu beten gelehrt, denn die Mutter kratzte ihre letzten Kreuzer zusammen und schlich zu einem Mann, der dunkle Künste verstehen sollte.

Dunkle Künste – immer gab es Menschen, die sich von übernatürlichen Kräften umgeben sahen und die auf ihre Weise versuchten, darüber Herr zu werden. Ich sage es gleich, Maria und Sarah bekamen ihr Augenlicht nicht wieder, die Mutter weinte und verfluchte den Mann, der im Schutze der Dunkelheit gekommen war, ihre Kinder zu besprechen. Ich sagte zu ihr: „Bete!“, aber ob sie es tat, weiß ich nicht, und wenn sie es tat, konnte sie nicht einmal ihre eigene Seele damit zur Ruhe bringen.

Als der März kam, wurde ich krank. Die Kälte des Februar war gebrochen, die ungewohnt milde Luft verursachte mir Kopfschmerzen, und wenn ich schreiben wollte, zitterte mir die Hand. Nach einer Nacht voll Fieberfantasien wachte ich schweißgebadet auf und konnte kaum eine Hand heben. Ich dachte an das Ende, bevor überhaupt mein Leben angefangen hatte. Klein und verzagt lag ich auf meinem Bett, von Melancholie und Todesgedanken umgeben. Ich suchte meinen Trost in dem tiefen und unergründlichen Schatz der Psalmen, deren Dichter wahrhaftig den Menschen bis auf den Grund kannten.

‚Ich bin so müde vom Seufzen, ich überschwemme mein Bett die ganze Nacht und netze mit meinen Tränen mein Lager.' Und die Verheißung, dass Gott mein Flehen höre, war am nächsten Morgen offenbar, als ich gesund von meinem Bett aufstand. Mir wurde viel Gnade zuteil, immer dann, wenn ich schwach war und von Zweifeln an meinem Amt und meinen Kräften geplagt wurde.

Man kann Theologie studieren bis an sein Lebensende und doch nichts begreifen von dem, was zwischen Himmel und Erde geschieht. Aber man kann auch, und das bezeuge ich hier, manche Begebenheiten schauen, in die man nur einen winzigen Schritt tut, um zum Augenzeugen und Teilhaber zu werden.

An diesem Karfreitag des Jahres 1838 stand ich in der Menschenmenge unter dem Kreuz und stand zugleich auf der Kanzel meiner dörflichen Kirche, die vielen Gesichter unter mir. Über mir hörte ich die sprechen, die am Kreuz hingen, blutend und elend, den Tod vor Augen. Ich hörte um mich die Menschen schreien und lästern, die Jesus aufforderten, doch vom Kreuz zu steigen, wenn er Gottes Sohn sei. Und zum ersten Mal blickte ich auf die beiden Mörder, zwischen denen Jesus angenagelt war, und von denen einer genauso lästerte wie die Menschen unter ihm. Ich weiß genau, dass ich auch die Stimme des anderen hörte, der Jesus um den Eingang in sein Reich bat. Was ich sah, erzählte ich den Männern und Frauen in den Kirchenbänken, ich erzählte von dem Erbarmen und der Verheißung trotz der Todesnot, von der wir uns doch keinen Begriff machen können. Ich sah, dass sie weinten und ich weinte mit ihnen, und zum ersten Mal in meinem Leben wusste ich, welch ungeheurer Akt die Vergebung von Sünden ist.

Alle Separatisten waren gekommen und tranken mit uns aus dem Kelch des Abendmahls. Nach der Trauer über das Leiden Jesu überkam mich, ich muss es gestehen, ein Gefühl des Triumphes. Dieses Iptingen, das ich weder hatte haben noch betreten wollen, wurde zum Füllhorn der Gnade und ebenso zum Ort der Versuchung. Es war nicht anders, sie verehrten mich und kamen von allen Seiten, um meine Predigten zu hören, selbst aus dem badischen Durlach.

Ich weiß, dass ich einfach sprach, und auch heute mache ich das nicht anders, aber sie klebten an mir, sie umringten mich, sie wollten mir die Hand drücken, mit mir reden. Wenn Stolz und Eigenliebe mein Herz bewegten, so hingen doch zugleich so viele Gewichte der Entbehrung und Sehnsucht daran, dass ich sehr schnell wieder stille wurde.

Aber auch die Menschen, die mir bis heute ein einfaches Gemüt zuschreiben, weil mein Glaube einfach ist, irren sich.

Gerade in dieser Zeit, als meine Arbeit so von Erfolg gekrönt war, soweit man das mit Menschenaugen sehen kann, drängten sich mir uralte Bilder auf aus Mythen und Geschichten vor aller geschichtlichen Zeit. Ich sah die heiligen Gefäße der Märchen bis zum Rand mit Lebenswasser gefüllt, die doch nur wertlose Tonscherben sind, wenn das Gefäß zerbricht. Ich erinnerte mich frisch und neu aller griechischen Sagen, die wir einmal studiert hatten, oder all jener wunderbaren Metamorphosen, wie sie Ovid beschreibt, in denen so viele Figuren und Gestalten zu Trägern göttlicher Geheimnisse werden. In dieser Zeit, die ein Aufbruch und eine

Gärung in der Gemeinde war, eine Zeit, in der ich den Überschwang meiner Gefühle nicht immer im Griff hatte, drängte sich mit Macht lange gespeichertes Wissen hervor, das genau wie die Schau unter dem Kreuz eine eigentümliche Realität annahm.

Als eine Frau aus der Gemeinde mich fragte, ob dieser Zulauf und diese Erhebung meiner Person nicht eine große Versuchung für mich sei, traf sie mich mehr, als sie ahnen konnte, denn ich war doch nur ein Gefäß, das sehr leicht zerbrechen konnte.

Am 1. Mai war ich wieder bei meinem Freund Barth in Möttlingen, er hatte mich gebeten, den Gottesdienst zu halten und zu predigen. Zu Fuß braucht man dorthin vier Stunden, und ich war schon zu nachtschlafender Zeit aufgebrochen. An diesem Tag sah ich die Sonne aufgehen, sah, wie zuerst ein ferner Schimmer den Nachthimmel erhellte, und dann mit Macht die rote und goldene Glut hervorbrach. Ich stand stille, bis der ganze Sonnenball sichtbar wurde und ich meine Augen abwenden musste. Ich sang bis ich über den letzten Hügel nach Möttlingen hinabstieg. Barth empfing mich in der Tür des Pfarrhauses, das wie ein dicker großer grauer Klotz neben der Kirche steht. Ich musste mich ausruhen, ich musste frühstücken, und mein Freund war bei alledem sehr vergnügt. Sein Entschluss war nun gefasst, er ging als Verleger und Schriftsteller nach Calw und war fest dazu entschlossen, mir die Möttlinger Pfarrstelle zu verschaffen. Große Pläne und Hoffnungen sind das eine, viele Kleinigkeiten des Alltags und die Gedanken des Abschieds von Iptingen das andere. Auf dem einsamen Fußmarsch zurück entwarf ich mein Bewerbungsschreiben, wie ich zuvor schon so viele weggeschickt hatte. Aber auch in diesem konnte wegen der festgefügten Formeln gar nichts

Neues stehen. Wenn ich Fürsprache brauchte, musste sie von der Gemeinde in Möttlingen selbst kommen.

Ich kann nicht sagen, dass es mir gefiel, wie Barth diese Gemeinde fallen ließ. Schließlich waren wir dazu da, die Bedürfnisse der Menschen an die erste Stelle zu setzen und nicht unsere Ambitionen. Aber wenn ich mich selbst fragte, so strebte ich die Möttlinger Pfarrstelle durchaus im eigenen Interesse an, um endlich Heirat und Selbstständigkeit zu erreichen. Es erschreckte mich, wie ich immer wieder so schnell geneigt war, über andere zu urteilen und das Urteil über mich selbst zu vergessen. Denn ich wusste ganz genau, dass ich den Menschen in Iptingen viel Schmerz zufügen würde, wenn ich sie verließ.

Es ging alles schneller als ich dachte. Nachdem einmal meine Bewerbung geschrieben war, suchten die Möttlinger Gemeinderäte, ihr persönlichen Nachdruck zu verleihen. Es schien, meine Predigt hatte ihnen so gut gefallen, dass sie nach Stuttgart reisten und eine Audienz beim König Wilhelm erreichten. Ich wusste nicht, was diese Bauern wohl vor dem König gesprochen haben mochten, aber später erzählten sie mir, wie freundlich der hohe Herr zu ihnen gewesen sei.

Bevor alles entschieden war, doch voller Hoffnung, reiste ich im Juni zum Missionsfest nach Basel und zu Doris nach Sitzenkirch.

Es ist schwer zu beschreiben, wie Basel mich wieder gefangen nahm mit diesem unwiderstehlichen Anspruch und der gesammelten Präsenz des Gebetes. Das kann wohl niemand verstehen, der es nicht einmal oder oft erlebt hat. Alle Kontroversen werden dann begraben, und jeder fühlt sich für eine Weile wie im Vorhof des Tempels, wo mit vielen Stimmen das Lob Gottes gesungen wird.

Beladen mit geistlichen Schätzen und voll Vorfreude wanderte ich durch das Kandertal nach Sitzenkirch.

Diesmal war es schwieriger, Doris zu begegnen. Wir waren uns nah und fremd, nah durch die Briefe und fremd einer in der Gegenwart des anderen.

Vater Köllner begrüßte mich mit einer herzlichen Umarmung, Doris, die hinter ihm aus dem Haus kam, wagte nicht, mich ebenso in die Arme zu schließen. Sie streckte mir beide Hände entgegen, eine Geste, die bei ihr viel bedeutete. „Doris ...“, sagte ich, und mehr kam mir in diesem Augenblick nicht über die Lippen.

Bei Tisch erzählte ich vom Missionsfest, aber ich sah auch, dass Frau Köllner ein besorgtes Gesicht machte und mir nicht mit ungeteilter Aufmerksamkeit zuhörte, und die Schwester Charlotte gar hatte verweinte Augen. Schon bald erfuhr ich, warum das so war. Am Nachmittag forderte mich Köllner zu einem Gang durch den Garten auf, und hier zwischen den Obstbäumen und Blumen brachen all seine Sorgen aus ihm heraus.

„Charlotte will eine Missionsbraut werden“, sagte er, „Johannes Häberlin, der Indienmissionar, hat um sie geworben, er hält sich zur Zeit in Basel auf.“

Häberlin, ich hatte ihn beim Fest gesehen und kurz mit ihm gesprochen, von einer Brautwerbung hatte er allerdings nichts gesagt.

Es war merkwürdig und zugleich verständlich, dass der einstmals von der Mission so begeisterte Köllner nun, da es um seine Tochter ging, die Sache anders ansah.

„Auf welcher Missionsstation arbeitet Häberlin?“, fragte ich.

„Kalkutta“, kam als Antwort kurz und trocken.

Gott steh' dem Mädchen bei, dachte ich, Kalkutta, die riesige Stadt im mörderischen Klima des Gangesdeltas, heiß, feucht und mit Krankheiten verseucht. Köllner sah mich an, denn ich hatte noch nicht geantwortet.

„Und Charlotte selbst“, fragte ich, „was will sie?“

„Sie will“, sagte er, „sie glaubt, sie muss diesem Ruf folgen. Aber ich denke, sie weiß nicht, wie es dort ist. Es gibt keine europäischen Ärzte, und wie es sein wird, wenn sie ein Kind bekommt, wage ich mir nicht auszudenken.“

Was sollte ich sagen, mein lieber, frommer, von Gott durchdrungener Schwiegervater stand vor einem echten Dilemma, und es kam noch mehr.

„Häberlin ist nicht gesund“, sagte er, und das klang aus seinem Munde recht hoffnungslos.

Offenbar wartete er, dass ich nun ein entscheidendes Wort sprechen sollte. Aber wie konnte ich das tun. Ich muss gestehen, dass meine Ansichten und Gefühle für die Mission noch nie ganz ungeteilt gewesen waren. Wie sollte ich einem behüteten jungen Mädchen raten, ins völlig Ungewisse zu reisen, aus dem es vielleicht nie zurückkehren würde?

„Wir müssen Gott in der Stille um Rat bitten“, sagte ich, „wenn du mit ihm darüber ins Reine kommst, wirst du auch dein Kind loslassen können.“

„Du rätst also zu?“, fragte er und sah dabei noch unglücklicher aus als vorher.

„Nein“, sagte ich, „wie sollte ich. Ich kenne weder die Verhältnisse in Indien noch weiß ich, wie groß die Liebe zwischen den beiden ist.“

Das war kühn gesprochen, aber ich dachte dabei an Doris, die ich ohne Liebe nie hätte heiraten wollen.

„Liebe – sie will das christliche Werk tun, und er braucht eine Frau.“

Darauf wusste ich nichts mehr zu sagen, und wir setzten schweigend unseren Spaziergang fort.

Immer am Abend durfte ich Doris für eine halbe Stunde für mich allein haben. Wir gingen dann Hand in Hand ganz brav die Gartenwege entlang, und ich sprach über meine Hoffnung auf die Möttlinger Pfarrstelle. Ich sah ihre Freude und spürte, wie ihre Hand sich fester um meine schloss. Am schönsten war es, wenn sie lachte und ich sie ein wenig aus ihrem ernsten Wesen herauslocken konnte.

Am letzten Abend vor meiner Abreise saßen wir unter dem Birnbaum, und das Schweigen wuchs zwischen uns. Sie wollte nicht weinen, und ich wollte sie so gern in die Arme nehmen und küssen, wenigstens einmal. Ich wusste genau, es würde nicht so sanft ausfallen und fürchtete, sie könnte wieder erschrecken. Schließlich war sie es, die die Arme um meinen Hals legte und nah an meinem Mund flüsterte, ob ich sie noch lieb hätte. Darauf gab es nur eine Antwort und die dauerte sehr lange.

Es dämmerte schon, als wir zum Haus zurückgingen, und jetzt weinte sie doch.

„Ich wollte, Charlotte wäre so glücklich wie ich", sagte sie. Was sollte ich darauf antworten?

Möttlingen. Noch heute ist der Name tief und schmerzlich in mein Leben eingegraben. Ich bekam die Pfarrstelle, schon am 4. Juli hielt ich die Ernennung in Händen, und mir blieben weniger als vier Wochen Frist bis zum Antritt meines neuen Amtes. 744 Gulden im Jahr, ich kam mir so reich vor wie noch nie in meinem Leben, dennoch erwies sich diese Besoldung im Laufe der Jahre als sehr gering. Aber daran dachte ich jetzt gewiss noch nicht.

In diesen Wochen erlebte ich etwas ganz anderes. Was ich wünschte, wurde mir zuteil, es schien, ich brauchte nur aus einem unbegrenzten Kapital zu schöpfen, das sich wunderbar von selbst erneuerte. An den Sonntagen, die mir noch blieben, strömten die Menschen in die Kirche, ich hatte das Gefühl, sie müssten nur an der Fülle ziehen, die mir geschenkt wurde. Ich ging umher und dachte, diese unglaubliche Zeit müsse einmal mit Tränen bezahlt werden. Natürlich kamen die Tränen bei allen, von denen ich Abschied nahm und auch dort, wo ich sie niemals vermuten konnte. Da mich meine Ernennung mitten im Schulunterricht durch Eilboten erreichte, wusste das halbe Dorf Bescheid, ehe ich mit Schöpflin reden konnte. Wie gewöhnlich suchte ich ihn nach dem Essen in seiner Studierstube auf, da saß er denn wie einstmals, die kalte Pfeife neben sich, und malte Kringel auf den Tisch. Oh Gott, dachte ich, Kummer und Groll bei meinem Kommen, Kummer und Groll bei meinem Gehen. Ich hoffte nur, dass er nicht wieder in seine alte lethargische Lebensweise zurückfallen möge.

„Ich wusste es", sagte er jetzt, „dass Sie nicht lange bleiben würden. Mir altem Sünder werden solche

Gnadengeschenke wohl nur auf Zeit verliehen." Seine Hand fuhr ziellos über den Tisch, dass die Pfeife herunterfiel und zerbrach.

„Sehen Sie", sagte er, „nicht einmal dieser Genuss soll mir bleiben."

„Lieber Herr Pfarrer", antwortete ich und musste beinahe lachen über soviel kindlichen Eigensinn, „die Pfeife lässt sich ersetzen genauso wie ich. Es wird sicher ein guter und freundlicher Vikar zu Ihrer Hilfe geschickt werden."

Aber er ließ sich nicht trösten und gab dem abgebrochenen Pfeifenkopf einen Tritt, dass er bis unter den Aktenschrank rollte.

Die letzte mir verbleibende Zeit im Iptinger Pfarrhaus war er in sich gekehrt und sprach kaum mit mir, und seine Frau war wie der Spiegel dieser Gefühle, sie machte ein finsteres Gesicht und schob mir bei Tisch keine Schüssel freiwillig zu. Schöpflin betete nun nicht mehr vor dem Essen, und Margarethe leierte wie früher, wobei sie mir zuweilen einen unfreundlichen Blick zuwarf. Ich sah es jetzt ein, Glück und Freude mussten wohl an irgendeiner Stelle bezahlt werden.

Wie sehr ich in Iptingen im Menschlichen eingebettet war, erwies sich daran, wie sie mir den Abschied bereiteten. Ich meine jetzt nicht die Tränen, die flossen und die ich selbst vergoss, ich meine das wahrhaft königliche Geleit, das sie mir gaben auf bekränztem Wagen und mit Kindern, die für mich Blumen streuten. Sie dankten mir, das ist wahr, aber vielleicht wäre ich doch besser ungeleitet und still verschwunden. Aber da dies nun so eine offizielle Angelegenheit war mit Gemeinderäten, Bürgermeister und Schulmeister, durfte ich es nicht abweisen, genauso wenig wie den gleichermaßen feierlichen Empfang in Möttlingen. Sogar drei Schafe hatte dort der Schäfer geschmückt und führte sie dem Zuge voran, der mich auf der Anhöhe vor meiner neuen Heimstätte erwartete. Das rührte mich fast am meisten, diese Kreaturen mit Bändern am Hals, die doch nicht wussten, wozu das alles diente. Sie blökten und trotteten, wohin man sie trieb.

Ich kam nicht nur feierlich geleitet, sondern auch reich beschenkt in Möttlingen an, Teller und Tassen, Suppenschüssel und Löffel lagen wohlverpackt hinter mir im Wagen. Da ich selber noch nicht viel Hausrat besaß, war das willkommen, wenn es mich auch zugleich beschämte. Mehr noch beschämte mich allerdings das offizielle Zeugnis der Kirchenbehörde, das meine Seelsorge und meinen Lebenswandel lobte, vor allem aber die Erweckung der Menschen zu neuem Glauben, was wussten sie, was wusste ich, wie dieser Glaube sich bewähren würde. Bei all den Reden, die man für mich hielt zum Abschied und zum Willkommen, auch bei den Worten, die ich an die Gemeinde richtete, stand mir immer das Bild Schöpflins vor Augen, wie er voll Trauer und Resignation vor seiner Tür stand und zum letzten Mal müde und langsam die Hand zum Gruß hob. Ich wollte gern viele neue Aufgaben anpacken, ich dachte voll demütiger Erwartung an meine Verbindung mit Doris und wusste zugleich, wieviel wir immerzu anderen schuldig bleiben.

Nachdem aller Trubel der Ankunft sich verlaufen hatte, saß ich allein in einem riesigen Pfarrhaus, vorerst spärlich ausgerüstet mit Bett und Schrank, ein paar Stühlen, die Freund Barth mir überlassen hatte. Dazu suchte eine junge und recht simple Pfarrmagd mit mehr Eifer als Erfolg für meine täglichen Bedürfnisse zu sorgen. Aber was scherte mich ein noch ungeordneter Haushalt, ich baute voll Vertrauen auf die Zukunft und Doris' ordnende Hand. Jetzt auf einmal war die Hochzeit so nahe gerückt, ich dachte mit Schrecken an die vielen Kleinigkeiten, die damit zusammenhingen. Zum Glück hatte Vater Köllner es unternommen, im Badischen die Papiere in Ordnung zu bringen, nachdem vom Dekan und vom König von Württemberg die Heiratserlaubnis gekommen war. Ein wahrer Staatsakt, wenn eine Frau vom badischen zum württembergischen Untertan wurde.

Ach Gott, wem alles waren wir untertan, waren wir Gehorsam schuldig, um ein geordnetes bürgerliches Leben zu führen. Manchmal dachte ich mit Lächeln daran, auch an die Ermahnung des Apostels Paulus, mit Lächeln, weil ich doch wusste, wo meine eigentliche Freiheit lag. Die hatte ich im Wort der Verkündigung in so unermesslicher Fülle, dass ich selten an die Schranken dachte, in denen wir alle lebten.

Dieses Wort musste sich nun in Möttlingen bewähren, als ich am 5. August meine erste Predigt als Pfarrer hielt. Wie schon zuvor in Iptingen ging ich früh in die Kirche hinüber. Obgleich ich sie schon kannte, sah ich sie nun mit anderen Augen. Es war ein heiterer heller Tag, schon der Morgen ließ die ganze Hitze des Sommers ahnen, ich aber schloss die Tür hinter mir und tauchte in die Stille des Kirchenraumes ein. Ich verharrte lange in tiefer Versunkenheit vor dem Gekreuzigten, der vor dem Chor mit seinen ausgebreiteten Armen die Kirche beherrschte.

Äußerste Not und die Gebärde des Segens, wer kann je dieses Geheimnis ergründen? Als mein Vorgänger und Freund Barth mich vor der Gemeinde einsegnete, mochte ihm wohl bewusst sein, welch steinigen Acker er mir übergab, den er nicht tief genug gepflügt hatte.

Ich selbst sprach über mein Leben, eine Rechenschaft, die ich der Gemeinde schuldig war, und vor allem sprach ich über den 103. Psalm, der bis dahin mein Leben begleitet hatte. ‚Lobe den Herrn, meine Seele, und alles, was in mir ist, seinen heiligen Namen.‘ Ich konnte davon Zeugnis geben, wie er Gebrechen heilt und Sünden vergibt, etwas Besseres konnte ich der Gemeinde nicht sagen.

Aber noch musste die Arbeit verschoben werden, denn nach meiner zweiten Predigt Mitte August machte ich mich noch einmal in diesem Sommer nach Sitzenkirch auf, um meine geliebte Doris zu heiraten.

Inzwischen hatten die Eltern Köllner ihre Zustimmung auch zu Charlottes Heirat mit dem Missionar gegeben, und Doris bat mich dringend, zusammen mit ihrer Schwester getraut zu werden. Ich hätte mir ein stilleres Fest gewünscht ohne die vielen Tränen, die über Charlottes ungewisse Zukunft geweint wurden, Tränen, die in all ihrer Freude auch meine liebe Braut vergoss.

Trotz seiner zunehmenden Gebrechlichkeit war mein Onkel Blumhardt aus Basel gekommen, um uns einzusegnen. Es ging vieles an mir vorüber während dieser Feier, in der sich die Unwiderruflichkeit des Jawortes und aller seiner Folgen meiner bemächtigte und mein Magen sich immer wieder in Aufregung zusammenzog. Aber eines ging von da an mit, der Text, der aus dem Munde des Inspektors großes Gewicht gewann: „Alles, was ihr bittet in eurem Gebet, glaubet nur, dass ihr es empfangen werdet, so wird's euch werden."

Eigentlich dürfte ich gar nicht sagen, welche Gedanken mir dabei durch den Kopf gingen, und auch nicht, was ich dachte, als ich Doris den Ring an die eiskalte Hand steckte. Ich sah in ihren Augen, dass sie mir bedingungslos und für alle Zeit vertraute, und versprach ihr im Stillen, darin nicht zu wanken. Aber ich dachte auch daran, welche Gewalt Jesus der Kraft des

Gebetes verlieh, wie er, weil er es gesagt hatte, den Feigenbaum verdorren ließ und wie wir einen Berg ins Meer stürzen könnten, wenn wir nur richtig beteten. Ein ungeheuerlicher Anspruch, aber so stand es bei Markus geschrieben.

Aber man soll nicht denken, dass ich immer nur auf geistlichen Wegen wandelte. Nun war Doris meine angetraute Frau, an der ich Rechte hatte, nur wie das in der Wirklichkeit aussehen sollte, wusste ich noch nicht. Der Tag verging mit einem Imbiss und allerlei Gesprächen, dann hatte Doris ihr Hochzeitskleid ausgezogen und stand in einem nüchternen grauen Reisekleid neben mir.

„Die Kutsche ist da, Christoph“, sagte sie leise und fasste nach meiner Hand, wie um sich meiner realen Gegenwart zu versichern.

Wir wollten, ehe ich mein Amt in Möttlingen antrat, meine Mutter in Stuttgart besuchen, es war eine Reise, die durch einen wunderbaren Teil des Schwarzwaldes führte, über Freiburg, Wolfach, Alpirsbach und durch das liebliche Neckartal nach Horb, dann schließlich von Tübingen nach Stuttgart.

Da wir erst gegen Abend aufgebrochen waren, kamen wir an diesem Tag nur noch bis Freiburg, wo ich in einer bescheidenen Pension unser Quartier bestellt hatte. Von der Stadt sahen wir nichts, denn es wurde schon dunkel und Doris schien nach dem langen und erregenden Tag sehr müde zu sein. Wir fürchteten uns wohl beide vor der Stunde der Wahrheit in einer fremden Umgebung, in einem fremden Bett, Doris ohne den Beistand ihrer Mutter und ihrer Schwestern, nun ganz auf mich angewiesen. Ich wusste schon, was ich begehrte und tun wollte, aber ich wusste überhaupt nicht, wie sie darauf vorbereitet war. Das war ein schlimmer Augenblick, als sie schließlich in ihrem langen weißen Nachtgewand mit hängenden Armen und angstvollen Augen vor mir stand, ein Augenblick, in dem ich unsere ganze weltfremde und prüde Erziehung verfluchte.

Aber Liebe tut viel, mehr als ich jemals zu hoffen gewagt hatte.

Doris war fröhlich auf dieser Reise, so heiter und gelöst, wie ich sie vorher noch nie erlebt hatte. Ihr gefiel die Landschaft und sie hätte sich am liebsten in jedem Städtchen, durch das wir fuhren, für ein paar Tage festgesetzt. Das ging natürlich nicht, denn meine freie Zeit war begrenzt, länger als bis Mitte September konnte ich nicht von Möttlingen fernbleiben.

Während wir durch die engen und steilen Täler fuhren, erzählte ich, was ich von dieser Gegend wusste – oder was sie am liebsten hatte – die Märchen und Sagen, die sich an Gewässer und dunkle Wälder knüpfen. Wir machten noch einmal Station in Horb, dem Städtchen, das um Burg und Kirche an einen steilen Berg geklebt ist. Ich war so glücklich, einmal ganz frei von allen Gedanken an Predigt und Gemeinde, ich sah Doris' helles Lächeln, das meine eigene Freude spiegelte. Und wir konnten reden miteinander, ungezwungen wie alte Freunde, wir konnten am Abend zusammen singen, als ich in der Wirtsstube ein verstaubtes Klavier entdeckte. Zu meinem Erstaunen kannte Doris viele fröhliche Wanderlieder, und als wir zum Schluss einen Abendsegen anstimmten, hatten sich mehrere Gäste um uns versammelt und sangen mit. Sie kannten uns nicht und bevor sie uns in ein Gespräch verwickeln konnten, entschwanden wir auf unser Zimmer.

An diesem Abend kam Doris gern und willig in meine Arme. Ich sage das, weil ich ewig dafür dankbar bin und weil es bis heute unserer Ehe neben vielen andern Dingen eine innere Harmonie verliehen hat. Ich sage das auch, weil ich inzwischen so vielen Frauen begegnet bin, denen die Wünsche ihrer Männer zuwider sind und die Männer wiederum darüber zornig und gewalttätig werden.

Ich bin dankbar, dass ich bei Doris auch ohne Erfahrung die richtigen Saiten anrührte, und damals in unseren ersten Ehetagen grollte ich allen, die uns ohne Sicherung auf so dünnes Eis schickten. In diesem Punkte gebe ich denen recht, die mir inneres Gleichgewicht zuschreiben, das mich vor schlimmen Fehlern bewahrte. Später, als unsere Kinder geboren wurden und starben, konnte ich mit meiner lieben Frau darüber sprechen, wie mir alles Göttliche und Menschliche aus der gleichen ewigen Quelle rinnt.

Auf der letzten Station unserer Reise ging ich mit Doris durch Tübingen, diese Stadt, die mich wie kaum eine andere geprägt hat. Ich konnte es mir nicht versagen, ihr wenigstens einen Hauch davon zu vermitteln. Wir standen an der Mauer neben dem Stift und sahen auf den Turm hinunter, wo immer noch der arme verwirrte Dichter Hölderlin wohnte. „In unseren Studienjahren habe ich ihn manchmal von ferne gesehen“, sagte ich zu Doris, „Freund Mörike und Waiblinger und noch einige andere führten ihn spazieren, wenn er gute Tage hatte und saßen mit ihm droben am Schloss in einem Gartenhäuschen. Ich konnte mich nicht entschließen, sie zu begleiten, mir war dieser verfallene Geist unheimlich. Aber Mörike und Waiblinger hatten in ihrer schwärmerischen Art immer die Hoffnung, der Dichter möge noch einmal in ihrer Gegenwart seine genialen Funken vom Himmel holen. Ich weiß nicht, ob ihnen das jemals zuteil wurde.“

„Du bist traurig", sagte Doris, „hast du nie gewünscht, wie deine Freunde ein Dichter zu sein?"

„Ich weiß nicht", sagte ich, „damals bewunderte ich vor allem Eduard, der solche Verse machte, dass mir das Herz stockte. Seine Worte und sein Blick bezauberten uns alle ...", ich brach ab, was sprach ich.

Doris schwieg und sah auf den Fluss hinunter, auf die stille Insel mit den Platanen und auf die Schwäne, die immer noch oder schon wieder dieses Ufer heimsuchten.

„Und jetzt", fragte sie leise, „ist es jetzt gut geworden?"

Da lachte ich und sagte: „Ja, jetzt ist es gut."

Auf dieser Reise waren wir wie die Lerchen, die in unversiegbarer Glückseligkeit mit jedem Ton an irdischem Gewicht verloren und immer höher in den blauen Himmel stiegen. Selbst in den ärmlichen und beschränkten Verhältnissen bei meiner Mutter in Stuttgart verließ uns dieses Gefühl nicht, schon deshalb, weil Doris und sie sogleich in das schönste Verhältnis zueinander kamen.

Aber die Gewichte holten uns ein, zuerst kaum zu bemerken, dann mit jedem Schritt, den ich zu tun hatte, fühlte ich sie an meinen Füßen. Das betraf nicht so sehr die äußeren Dinge, mit denen wir uns beschäftigen mussten, das betraf mich vor allem im Verhältnis zu der noch unbekannten Gemeinde.

Doris war entzückt über das geräumige Pfarrhaus, wenn sie auch eine steile Falte auf der Stirn bekam bei dem Gedanken, mit welchen Möbeln wir es füllen sollten.

Sie bereiteten uns einen wunderbaren Empfang, das ganze Dorf versammelte sich, um die neue Pfarrfrau zu begrüßen. Auch die Menschen von Unterhaugstett waren gekommen, so dass sich ungefähr 800 bunt gemischte Leute um Kirche und Pfarrhaus drängten. Es waren wohl nicht nur die Honneurs, die sie machen wollten, viele waren sicherlich aus purer Neugier gekommen. Aber was machte das, Doris war tief beeindruckt. Sie begrüßte alle, die sie erreichen konnte, freundlich und strahlend, mir schien es in manchem Augenblick, als sei sie hier die regierende Fürstin, die die Huldigung ihrer Untertanen entgegennahm.

Natürlich blieb es nicht so, die Menschen verliefen sich schnell genug. Dagegen trafen aus Stuttgart die Möbel ein, die wir dort ausgesucht hatten. Mir erschien es ein ungeheurer Luxus, fast überall so schönen Hausrat aufzustellen, aber Doris freute sich wie ein Kind über eine neue Puppenstube. Sie sang den ganzen Tag, und die bisher so schüchterne Pfarrmagd fühlte sich zu unermüdlicher Arbeit angetrieben.

Ich wusste gar nicht, wie unternehmend Doris sein konnte, denn eines Tages fuhr sie auf dem Wagen des Bürgermeisters nach Calw, wo er zu tun hatte, und kaufte einen Sparherd. Ich hatte gar nicht gewusst, dass es so etwas gibt, aber als das Ding schließlich ankam, zog Doris mich in die Küche und erklärte mir ganz genau, wofür sie das Geld ausgegeben hatte. Äußerlich sah es aus wie ein großer Blechkasten, aber im Innern war es ein wahres Wunderwerk von Schubkästen, in denen ein Kohlefeuer Tag und Nacht glühend gehalten werden konnte, und im obersten Fach schließlich hatten die Töpfe Platz, die man ohne Aufsicht zum Garen stehen lassen konnte. Da ich ein praktischer Mensch bin, gefiel mir dieser Mechanismus außerordentlich, und ich gab Doris mitten in der Küche einen Kuss, worauf die Pfarrmagd zu kichern begann und nach draußen rannte.

Die Zimmer wurden sehr behaglich, denn Doris wusste mit leichter Hand alles harmonisch zu ordnen. Jeder, der zu uns kam, fühlte dieses Gleichgewicht, und ich selbst maß dem Wort Häuslichkeit eine neue, wunderbare Bedeutung zu. Mein Arbeitszimmer wurde so zu einem Hort der Sammlung, zweckdienlich, aber nicht kühl, hier verfasste ich die zahlreichen Berichte über die Gemeindearbeit, meine Predigten und Briefe, und hier entstanden Liedverse, die mir manchmal wie nebenbei in den Kopf kamen. Wenn abends die Lampe brannte, kam Doris zu mir herein und setzte sich mit einem Buch oder einer Handarbeit auf ihren Stuhl am Fenster. Sie konnte schweigen, und aus diesem Schweigen wuchsen dann die schönsten Gespräche, wenn ich im Schreiben eine Pause machte und unsere Blicke sich unversehens trafen.

Wir hatten uns ein Idyll gemacht, fast ohne mein Zutun und durch Doris' Gegenwart war es eines geworden. Doch eines Tages fand ich sie weinend am Fenster unserer Schlafstube, es sollte wohl nichts Irdisches vollkommen sein. Warum sie weinte, war einfach genug, und ich hätte es fast voraussehen können.

„Sei nicht böse", sagte sie, „ich wollte es gar nicht sagen, aber ich habe Heimweh nach meinen Eltern und nach Sitzenkirch."

Vielleicht hatte ich zuviel von ihr erwartet und mit meinem eigenen Glück das verdeckt, was für eine Frau so ungleich schwerer zu vollziehen ist, der Bruch mit allem, was vorher war.

Hier versagte anscheinend die Kraft meiner Gebete, weil ich sie gar nicht auf die richtige Stelle angewendet hatte.

„Doris", sagte ich, „du darfst nicht verschweigen, wenn du traurig bist, nie, hörst du? Ich kann dir das Heimweh nicht nehmen, aber vielleicht lernst du allmählich, dieses hier als deine Heimat zu betrachten." Sie nickte, wenn auch immer neue Tränen über ihr Gesicht liefen. Was sollte ich sagen, in diesem Augenblick musste ich sie einfach weinen lassen und hoffen, dass ihr Schmerz mit der Zeit versiegen würde.

Wir mussten wohl beide anfangen, aus dem Schneckenhaus unseres ehelichen Glückes herauszukommen, und vielleicht bedurfte Doris eines äußeren Anstoßes noch mehr als ich. Für mich war die Arbeit längst in meinen privaten Kreis eingedrungen, und sie sah nicht immer so freundlich aus, wie sie zuletzt in Iptingen gewesen war. Barth hatte mir wahrhaftig in vieler Beziehung hartes Brot hinterlassen. Zuerst aber trachtete ich, Doris eine Arbeit zuzuweisen, die ihren Geist und ihre Geschicklichkeit in Anspruch nahm.

So taten wir das, was an vielen anderen Orten auch praktiziert wurde, wir gründeten eine Nähschule für Mädchen. Unten im Erdgeschoss des Pfarrhauses gab es einen großen Raum, wo die Mädchen sich versammeln konnten, und Doris fand, soviel ich das bemerken konnte, sehr schnell den richtigen Ton mit ihnen. Sie stürzte sich voll Eifer und Sachkenntnis in die Bestellung von Garn und Stoffen, von Wolle und Nadeln und hatte tagelang vor dem ersten Treffen zusammen mit Sophie, der Magd, den Raum gefegt und gescheuert, einen großen alten Tisch geschrubbt und gewachst und war auf die Jagd nach Stühlen gegangen. Man sagt so einfach, wir gründen eine Nähschule, aber bis wirklich alle sitzen können und irgendein Material in der Hand haben, ist eine andere Sache. Die Suche nach Stühlen war gar nicht so einfach, denn im Pfarrhaus gab es bei weitem nicht genug, und so machte sich Doris auf und ging im Dorf betteln. Abends erzählte sie mir, wie die Leute sie zuerst verwundert angestarrt hätten, um dann mit Feuereifer in Kammern, auf dem Dachboden oder gar in der Scheune nach Sitzgelegenheiten zu suchen.

Mir wurde dabei erst bewusst, wie arm die Menschen hier waren.

Lange Zeit kam ich nicht dahinter, warum ich mit den Möttlingern nicht warm wurde. Nichts Ungebührliches geschah, nichts, worauf man den Finger hätte legen können.

Aber vielleicht war es gerade das, was mich ärgerte, sie waren brav und ordentlich, kamen in die Kirche, hörten mir zu, gingen wieder fort, und der Alltag lief, wie er immer gelaufen war.

Und was hatten sie schon für einen Alltag, es gab den Schäfer, ein paar Weber, den Schuster und Bäcker und solche, die sich von der kargen Landwirtschaft ernährten.

Doris verstand nicht recht, worum ich mich bekümmerte, sie fand Freude in der Zuneigung der Nähmädchen und freute sich ebenso, wenn die Frauen auf der Gasse mit ihr von den täglichen Verrichtungen sprachen.

An einem Montag im November überkam mich schon in kalter und grauer Morgenstunde eine so finstere Stimmung, dass ich es nicht in meiner Studierstube aushielt, wo sich die Papiere auf dem Schreibtisch häuften. Beim Frühstück hatte ich schweigend dagesessen trotz der ängstlichen Blicke, die Doris mir zuwarf. Ich wusste selbst nicht so recht, was mich bedrückte oder ich wollte es nicht zugeben, weil es schmerzte. Zwei Dinge hatten mir den Sonntag gründlich verdorben, die gelangweilten Gesichter in der Kirche und das Gespräch, das ich nach dem Gottesdienst geführt hatte. Es schien, meine Worte erreichten die Menschen einfach nicht, obgleich ich genauso sprach wie in Iptingen.

Ludwig Rohr stand vor der Kirche, den Sonntagsrock bis oben zugeknöpft, den geraden schwarzen Hut auf dem Kopf, den er leicht mit dem Finger berührte, als ich zu ihm trat. Ich wusste, er war einer von denen, die nach Stuttgart gefahren waren, um für meine Anstellung zu plädieren. Jetzt sah er mich recht kühl an und fragte, warum ich noch nie in die Versammlungen seiner Stundenbrüder gekommen sei.

„Unser Pfarrer Barth war oft bei uns und auch bei denen in Unterhaugstett“, sagte er, „das war doch noch ein anderes Leben als jetzt. Heute gehe ich mit einem Freund nach Calw, um ihn zu besuchen.“ Damit wünschte er mir einen gesegneten Sonntag, winkte seiner Frau und ging sehr gerade und selbstbewusst davon.

Freund Barth war immer noch gegenwärtig, ob ich das nun wollte oder nicht. Ich konnte ihm nicht grollen und doch grollte ich ihm, gerade weil er hier seine Wurzeln noch nicht ausgerissen hatte, andere Wurzeln als meine.

Aber jetzt war der Sonntag vergangen und ein trüber Montag angebrochen. Ich schob die Papiere auf dem Schreibtisch zusammen, nahm in der Diele Hut und Mantel vom Haken und rief in die offene Küchentür: „Ich gehe fort.“

Unterhalb von Kirche und Pfarrhaus macht der Weg einen Bogen zum Dorf hinaus, überquert die Fahrstraße, die nach Unterhaugstett führt, und schlängelt sich durch ein feuchtes Wiesengebiet bis an den Waldrand. Ich wusste, dort draußen hatte der Schäfer seinen Pferch und eine notdürftige Hütte, in der er im Sommer bei seinen Schafen lebte, wenn sie abends zusammengetrieben waren. Im Dorf nannten sie ihn den Pfeifer, obgleich sein richtiger Name Heinrich Wendel war. An diesem Montag zog es mich einfach weg von den Menschen zu einem, der mit den Tieren und sich selbst redete. Ich ging durch die Wiesen, den Hut weit in der Stirn, und suchte zum ersten Mal seit meiner Heirat mit einem tiefen und bitteren Unmut fertig zu werden.

Der Pfeifer hatte einen großen zottigen Hund, den er Bruno nannte und den ich schon von ferne bellen hörte. Dennoch ging ich unbeirrt weiter in der Hoffnung, er möge meine Angst nicht riechen. Aber der Hund hatte nicht das geringste Interesse an mir, er umkreiste die Schafe, die auf einem Wiesengrund bei den Quellteichen des Monbaches weideten. Der Pfeifer stand nicht weit von ihnen und schnitzte an ein paar Weidengerten.

Ich wusste gar nicht mehr so recht, warum ich hierher gekommen war, zumal der Pfeifer mich gar nicht beachtete und erst seinen Kopf hob, als ich neben ihm stand.

„Guten Morgen“, sagte ich, „ich wollte die Schafe besuchen, die Sie zu meiner Begrüßung so schön geschmückt hatten.“ Er winkte mir und ging mitten in die Herde hinein, wo er drei dicht bei einander stehende Tiere an der dicken Wolle packte und zu sich heranzog.

„Diese waren's“, sagte der Schäfer und ließ sie wieder los.

Der Hund drängte sich heran und beroch meine Hosenbeine, dann verschwand er ans andere Ende der Herde.

„Sie sind nicht glücklich bei uns“, sagte der Pfeifer ohne Übergang, „und Sie haben Angst vor dem Hund.“

Er sprach nicht so, wie ich das hier wiedergebe, bei weitem nicht, ich hatte die größten Schwierigkeiten, seinen Dialekt zu verstehen. Ich gewöhnte mich daran, denn noch oft sagte er mir Dinge auf den Kopf zu, sehr direkt und stets genau richtig, ob ich es nun wissen wollte oder nicht.

Ich saß an diesem Vormittag mit ihm auf seiner roh gezimmerten Bank vor der Hütte, er teilte seinen Käse mit mir und meistens schwiegen wir. Manchmal wies sein schwieliger Daumen nach oben zu einem kreisenden Raubvogel. „Milan“, sagte er dann oder „Bussard“.

Mich überkam mit der Zeit eine wunderbare Ruhe, und erst als ich vom Dorf das Mittagsläuten hörte, besann ich mich auf das Pfarrhaus und die Arbeit.

„Danke“, sagte ich zu dem Schäfer und streckte ihm die Hand hin. Er nahm sie, lüftete seinen Schlapphut, dann steckte er zwei Finger in den Mund und ließ einen gellenden Pfiff ertönen. Jetzt wusste ich, woher er seinen Namen hatte. In wenigen Sekunden war Bruno bei uns und blieb reglos neben seinem Herrn stehen.

„Lassen Sie ihn an Ihrer Hand riechen“, sagte der Schäfer, „dann kraulen Sie ihn hinter dem Ohr, so wird er Sie kennen.“ Ich tat genau, was er sagte, und der Hund Bruno ist mein Freund geblieben.

Ich sagte es schon, dass mir Tatsachen im Leben am wichtigsten sind. Über sie versuchte ich mir zu den Möttlingern einen Weg zu bahnen. Da waren wieder wie in Iptingen zuerst die Schulkinder und die Konfirmanden. Aber da ich wusste, dass ich hier lange Zeit bleiben würde, suchte ich die Menschen in ihren Häusern auf, und das nicht nur, wenn dort trostbedürftige Kranke lagen. Hier herrschte keine geistliche Feiertagsstimmung, wie ich sie zuletzt in Iptingen erlebt hatte, und ich verstand ein wenig von dem, woran Pfarrer Schöpflin gescheitert war. Hier hatten die Menschen eine Menge Sorgen, und ihr Seelenheil interessierte sie nicht besonders.

Mir ist jede Art von Ironie fremd, das weiß jeder, der mit mir umgeht, aber das Leben hat oft Dinge von feinster ironischer Verflechtung in der Hinterhand. So ging es mir mit der Familie Dittus. In der Hauptstraße, wenn sie denn überhaupt diesen Namen verdient, steht das Gasthaus ‚Zur Krone', wo neben dem Ausschank von Bier und Wein Ludwig Friedrich Dittus seine Bäckerei betrieb. Doris war des Lobes voll über das gute Brot und die Wecken, die nie unter dem vorgeschriebenen Gewicht blieben. Ich suchte das Gasthaus aus anderen Gründen auf, denn um die Dinge des Haushalts brauchte ich mich wirklich nicht zu kümmern. Ich geriet ganz zufällig in einen Brauch hinein, der in der Wirtsstube herrschte, wo nämlich an manchen Samstagen die ledigen Burschen die ‚Morgensuppe' feierten. Das war ein wüstes Besäufnis am Tage vor einer Hochzeit, das sich trotz Verbotes bis weit nach Mitternacht ausdehnte und den Bräutigam halb betäubt und stumpfsinnig in der Kirche erscheinen ließ.

Ich war eines Abends darauf aufmerksam geworden, als ich von einem späten Krankenbesuch kam. Alle anderen Häuser waren schon dunkel, nur durch die Fenster der Gaststube fiel ein flackernder, unruhiger Lichtschein. Aber das war nicht alles, ich hörte Lärm und einen grölenden Gesang von Männerstimmen, der in Gelächter endete. Ich schwankte einen Augenblick, ob ich hineingehen sollte oder nicht, aber natürlich konnte ich es nicht lassen, mich da einzumischen. Mir bot sich ein Bild totaler Enthemmung, gemischt mit dem bösartigen Trieb zum Quälen. Einer war schon so besoffen, dass er auf dem Boden saß und nur noch blöde vor sich hin lachte, das war offensichtlich der Bräutigam. Die anderen hatten einen Kreis um ihn gebildet und begnügten sich nicht damit, ihm

Getränke einzuflößen, sie begossen ihn mit Bier, das ganze Gelage war schon zu einer höllischen Schweinerei ausgeartet.

Durch mein Eintreten kam ein kalter Luftzug in die Stube, der aber noch lange keine Ernüchterung brachte. Natürlich wussten sie, wer ich war, so brauchte ich gar nichts zu sagen. Dittus stand hinter der Theke, hatte die Arme verschränkt und sah gelassen auf das Treiben. Er verdiente daran und er sah so etwas nicht zum ersten Mal. Nur mit meinem Auftauchen hatte er wohl kaum gerechnet. Er reagierte aber durchaus nicht aufgeregt oder schuldbewusst, er sagte nur: „Das kommt schon wieder in Ordnung, Herr Pfarrer, ich schicke die Burschen jetzt nach Hause." Ich nickte, was hätte ich sagen sollen, eine Straf- oder Moralpredigt wäre in diesem Augenblick bestimmt fehl am Platz gewesen. Ich wusste, wer der Bräutigam war, als ich am nächsten Tag die Trauung vollzog, schien er das Gezeche der Nacht völlig vergessen zu haben. Lisabeth Winkler, seine Braut, sah ihn jedenfalls mit verklärten Augen an und schien vollkommen mit ihm zufrieden. Ich hatte keine Lust, mit den Neuvermählten über das nächtliche Gelage zu reden, wohl aber ging ich zu Dittus. Das geschah allerdings erst einige Tage später, ich hielt nichts davon, mich in frischem Zorn oder Unmut mit jemandem auseinanderzusetzen.

Dittus hatte sein Auskommen und war mit seinem doppelten Gewerbe zufrieden. Vielleicht hatte der Sinn für die Geschäfte sein feineres Empfinden überwuchert, denn das fand ich bei ihm nicht. Er war Realist, wie er sagte, wenn er es auch ein wenig anders ausdrückte. Der Tag, an dem ich zu ihm kam, war heller als die vorherigen und hatte mir so den Mut gestärkt zu dieser Unterredung. Denn es war klar, ich mischte mich hier in vieles, was mich eigentlich gar nichts anging. Für die nächtliche Ruhe zu sorgen, wäre Sache des Büttels gewesen, aber der ließ schon lange fünf gerade sein, weil alles andere ihm ständigen Ärger eingebracht hätte.

Ich dagegen ging einem möglichen Ärger nicht aus dem Weg, nur dass mein Eingreifen diesmal völlig ins Leere lief. Dittus hatte nicht das geringste Bewusstsein von Schuld noch irgendwelche Skrupel, seinen Kunden das Geld aus der Tasche zu ziehen. Das Ergebnis war ein relativer Wohlstand, denn als Bäcker war er ebenso tüchtig wie als Wirt. Als ich ihn schließlich aufsuchte, um ihm ins Gewissen zu reden, war er überaus freundlich und zuvorkommend, aber ebenso kühl und gelassen, was die Sache selbst betraf. Wir saßen am späten Vormittag in einer untadelig geputzten Wirtsstube an einem sauber gescheuerten Tisch, er schenkte mir Wein ein und wartete höflich auf das, was ich zu sagen hatte. Aber noch ehe ich den Mund auftat, wusste ich mit einem Schlage, hier saß ein Mensch, den ich nie zu irgendeiner geistlichen Inbrunst bekehren würde. Ich bekehrte ihn noch nicht einmal dazu, die Burschen vom Saufen abzuhalten. Meine Bitte, doch etwas mehr auf ein vernünftiges Verhalten zu achten, tat er mit einer Handbewegung ab.

„Ach, wissen Sie, Herr Pfarrer“, sagte er, „so ein Rausch ist schnell ausgeschlafen, und mancher trinkt sich auch seine Angst weg vor dem festen Zügel der Ehefrau.“ Es schien, er kannte die Menschen ganz gut, und auf seine Weise mochte er Recht haben. Ich aber wollte es dabei nicht belassen und sprach von dem guten Beispiel der Älteren, von der Verantwortung, die jungen Menschen zu leiten.

Er ließ mich reden, konnte aber ein spöttisches Lächeln nicht verbergen.

„Jeder hat seinen Beruf, Herr Pfarrer", sagte er, als ich mit meinen Vorhaltungen innehielt, „ich verkaufe und backe, Sie teilen andere Sachen aus. Aber ich schneide mir nicht selber meinen Verdienst ab." Damit erhob er sich, und die Unterredung war beendet.

Da stand ich, hatte kein einziges geistliches Wort angebracht und wusste auch, dass wir ihn nicht entbehren konnten, denn er war der einzige Bäcker im Ort.

Dittus, ich wusste, dass mir der Name aus irgendeinem anderen Zusammenhang geläufig war, Barth hatte mir von einer aufgeweckten Schülerin erzählt, die er vor Jahren konfirmiert hatte. Aber es schien, sie war nicht die Tochter des gegenwärtigen Bäckers. Ich dachte an meinen Vater, der sich in seinem Gewerbe als Bäcker nur so kümmerlich und dann gar nicht mehr hatte ernähren können, ich dachte an die Armut meiner Kindheit und hätte eigentlich Verständnis und Achtung haben müssen für die Tüchtigkeit des Bäckers Dittus. Aber die hatte ich nicht, ich mochte mich anstrengen, wie ich wollte.

Es gab viele vergebliche Anstrengungen in den ersten Monaten meiner Möttlinger Amtszeit, dazu gehörte auch meine Filialgemeinde in Unterhaugstett.

Mindestens einmal in der Woche wanderte ich hinüber zu Gottesdienst oder Bibelstunde. Der Weg führte mich eine Stunde lang zuerst über Felder, dann ein weites Stück durch dichten Wald, in dem mir fast nie ein Mensch begegnete. Ich hatte dann Zeit, mich in der Stille auf die Menschen einzustellen, die mir Ablehnung und kühles Misstrauen entgegenbrachten. Sie misstrauten mir, weil ich die Stundenbrüder, die es hier gab, nicht etwa bevorzugte und für besonders gute Christen hielt, was sie mir lange furchtbar übelnahmen. Bald kannte ich den Weg sehr genau, einzelne große Buchen oder Birken, die sich in den Tannenwald mischten, einen Denkstein, der an den Tod eines Holzfällers erinnerte und nicht zuletzt die große Wolfsgrube, die ich etwas abseits vom Weg fand, ein Viereck, über zwei Meter tief gemauert mit schrägen Ecksteinen, die jedem Tier die Flucht unmöglich machten. Ich hoffte sehr, dass es hier keine Wölfe mehr gab, denn im Dezember fiel früh und ausgiebig Schnee. Immer bringt man ja Schnee und Wölfe in Zusammenhang, obgleich es die Tiere genauso gut im Sommer gibt. Ich fragte den Schäfer, der es wegen seiner Herde wissen musste.

„Ich kenne die Wolfsgrube“, sagte er, „aber ich glaube, der letzte Wolf ist hier schon vor mehr als zwanzig Jahren geschossen worden.“

Ich kann nicht sagen, dass ich auf den einsamen Gängen Angst hatte, auch nicht, wenn es auf dem Rückweg schon dunkel wurde. Mir hat sich dieser Weg aus einem anderen Grund so tief eingeprägt, dass ich ihn noch heute blindlings Schritt für Schritt gehen könnte.

Aber je näher ich in meiner Erzählung zu den Ereignissen komme, die mein Leben so sehr veränderten, desto mehr zögere ich, mir und anderen davon Rechenschaft zu geben.

Weihnachten kam und ging, Doris sah in den ersten Monaten des neuen Jahres manchmal recht bekümmert und schuldbewusst aus. Wenn ich sie fragte, kamen ihr gleich die Tränen, aber sagen wollte sie nichts. Dabei war sie eine wunderbare Hausfrau, mir wurde bei solchen Überlegungen bewusst, wie reibungslos alles um mich ablief und wie wenig ich ihr dafür mit Worten dankte. Jeder Besuch wurde gastlich und freundlich empfangen und jedesmal, wenn Freund Barth uns besuchte, machte sie ein besonderes Fest daraus. Wenn sie nachts in meinen Armen lag, brach oft eine solche

Glut und Leidenschaft aus ihr hervor, wie ich nie bei einer Frau vermutet hätte. In solchen Augenblicken erschien es mir, ich sei genauso unwissend in die Ehe gestolpert wie sie. Am Morgen hatte sie dann einen neuen Hoffnungsschein auf dem Gesicht, und erst allmählich dämmerte es mir, wie sehr sie sich ein Kind wünschte und dass hier der Grund ihres Kummers lag.

Und ebenso dämmerte mir, was für ein unglaublicher Trottel und Dummkopf ich in manchen Dingen war. Ich konnte gelehrte Schriften und eindringliche Predigten verfassen, ich konnte junge Menschen belehren und im Zaum halten, aber die Psyche einer Frau hatte ich noch lange nicht ergründet. Ich sage das hier, weil es auch mit Gottliebin Dittus zusammenhängt, die mir erst ein Jahr später begegnete.

Der März allerdings brachte uns ganz andere Sorgen. Wie im Vorjahr, als ich mit der wärmeren Luft krank geworden war, wurde nun das Dorf von einer Typhuswelle ergriffen, und ehe noch Doktor Späth aus Merklingen die Symptome richtig gedeutet hatte, war die Ansteckung schon weit fortgeschritten. Keiner wusste so recht, woher die Krankheit kam, nur ermahnte uns der Doktor zu äußerster Sauberkeit und warnte uns vor dem Wasser des Dorfbrunnens. Wir hatten neben dem Pfarrhaus eine eigene Pumpe, aber es floss wohl alles aus derselben Quelle. Doris vergaß ihren Kummer und war ohne jede Furcht um die Pflege der Kranken bemüht. Am Abend sah sie oft so erschöpft aus, dass ich mir große Sorgen machte. Als ich sie davon abhalten wollte, in die Häuser der Kranken zu gehen, sah sie mich groß an und sagte: „Hast du so wenig Vertrauen? Sie sind arm und essen schlecht, und die Kinder haben gar keine Kraft, sich gegen die Krankheit zu wehren." Vor diesen Worten musste ich wahrhaftig schweigen, wo war mein Glaube und meine Zuversicht geblieben. Doris kannte solche Skrupel nicht, sie handelte. Dort wo die Nähmädchen sich versammelt hatten, entstand eine große Suppenküche. Der Sparherd und auch der große Feuerherd in der Küche wurden ununterbrochen in Gang gehalten, und wieder ging Doris betteln um Teller und Schüsseln und Löffel, damit niemand leer von unserer Tür wegging. Der Doktor kam alle paar Tage von Merklingen herüber und stapfte von Haus zu Haus, oft allerdings vergeblich.

Auch Ludwig Rohr, der in seinem geraden Sonntagsrock so stolz von seinen Stundenbrüdern gesprochen hatte, wurde schrecklich heimgesucht. An einem hellen frischen Frühlingstag Ende März rief er mich in sein Haus. Die Bauern hatten schon den Mist auf die Felder gebracht, man roch es im ganzen Dorf, und dennoch duftete die umgebrochene Erde auf den Äckern.

Rohrs Haus lag am anderen Ende des Ortes dort, wo der Weg nach Merklingen führt. Ich ging schweren Herzens, denn jetzt hatte der Tod längst keine freundliche sanfte Gestalt mehr, er schlug unbarmherzig nach Kindern und Müttern, mehr als einmal blieben nur die Alten in einer Familie übrig.

Rohr empfing mich unter der Tür mit versteinertem Gesicht, die Hand, die er mir bot, war eiskalt. Mutter und Söhnchen lagen zusammen in derselben Kammer, beide in einem Dämmerschlaf, der schon nicht mehr von dieser Erde war.

Ich betete leise, nicht um das Leben der Kranken, das war schon zu weit entrückt, ich betete für Ludwig Rohr. Er aber stand aufrecht und finster am Fußende des Bettes und starrte auf die Kranken hinunter. Zuerst verstand ich nicht, was er murmelte, aber ich sah seine geballten Fäuste, die gern auf einen greifbaren Feind eingeschlagen hätten. Dann lief es mir eiskalt den Rücken hinunter, der Mann neben mir murmelte Flüche. Es war wie eine kalte Welle der Gewalt, die zu mir hinüberschwappte und mich in eisigen Schrecken einhüllte. Mein Beten verstummte, ich sah, wie das Leben aus dem Gesicht der Frau entschwand, und nur wenige Augenblicke später hatte sie den Sohn zu sich hinübergezogen. Ich spürte, wie sich bei diesem unheimlichen Sog buchstäblich meine Nackenhaare sträubten. Ludwig Rohrs Gesicht war zu einer undurchdringlichen Maske erstarrt, und ich wagte nicht, noch irgendein Wort an ihn zu richten.

Wie es meine Pflicht und meines Amtes war, musste ich die beiden begraben. Ich habe nie an diesem Ort oder anderswo eine schlimmere Beerdigung erlebt.

Die meisten, die in dieser Zeit einen Menschen verloren, ergaben sich mit Trauer und Tränen darein, Ludwig Rohr aber ließ in einem plötzlichen Ausbruch seinem Zorn freien Lauf, Zorn auf Gott, auf uns, auf alles, ich weiß es nicht. In den Gesang der Schulkinder ließ er einen schrecklichen Schrei hören, dass sie verstummten und scheu zurückwichen. Dann raffte er mit beiden Händen von der aufgehäuften Erde neben dem Grab auf, schleuderte sie voll Wut auf die Särge und dann mitten in die Trauerversammlung.

„Ihr sollt verflucht sein“, schrie er, „und Gott dazu.“

Zwei Männer packten ihn schließlich und führten ihn weg.

Die Umstehenden zerstreuten sich in aller Eile, ich stand allein neben der Grube und segnete die Toten, dann winkte ich dem Totengräber, dass er sein Werk vollende.

Danach herrschte lange Zeit Unruhe im Dorf, und die flüsternden Gespräche wollten nicht aufhören. Ludwig Rohr, der Leineweber und Landwirt, saß in seinem Haus und ließ niemanden zu sich, kümmerte sich weder um seinen Webstuhl noch um sein Vieh, das die Nachbarn aus Mitleid versorgten. Auch ich durfte nicht in sein Haus, und eines Tages war er verschwunden.

Damals kam der Sommer strahlend und warm, es regnete zur rechten Zeit, und auf den Feldern wuchsen Korn und Rüben. Ich hatte es noch nie so stark empfunden, wie wenig sich die Natur um die kleinen Machenschaften der Menschen kümmert. Sie lässt wachsen oder verderben, Sturm und Hagel kommen, Regen oder Trockenheit. Auf dem kleinen Feld unseres Pfarrhauses wuchs helle Freude, Doris war guter Hoffnung, und sie verstreute über alle Menschen, die ihr begegneten, den Überschwang ihres Glückes.

Die Krankheit war verflogen, und wir kehrten in den Gang des Alltags zurück. Alltag – darin verbarg sich viel, die noch andauernden Morgensuppen, die Dittus im Verborgenen eifrig unterstützte, der Kleinkrieg mit den Stundenbrüdern und vor allem die Schule. Auch die schläfrige Gemeinde hatte ich noch nicht aufgeweckt.

In der Schule ereignete sich nichts Ungewöhnliches, aber das Gewöhnliche gefiel mir ganz und gar nicht. Der Hilfslehrer Merk, der zwei Jahre vor mir nach Möttlingen gekommen war, drillte die Kinder wie eine Truppe Rekruten, Wissen, meinte er, sei nur durch Zwang zu vermitteln. An allen Tagen, die ich in der Schule zu tun hatte, bot sich zuerst meinen Ohren seine trockene, knappe Kommandostimme, auf die eine kollektiv geleierte Antwort ertönte. Manchmal flog die Tür seines Klassenzimmers auf, ein verheultes Kind lehnte sich an die Wand und rieb sich die Striemen auf den Händen oder am Hinterteil.

Immer wenn ich an solchem kleinen Unglückswurm vorbeikam, strich ich ihm über den Kopf, sagte aber weiter nichts. Ich wollte mich nicht in die Methoden meines Kollegen einmischen, auch wenn sie mir nicht passten. Ich war damals und bin noch heute der Überzeugung, dass man Kinder mit Liebe und Respekt behandeln soll, wenn auch manche von ihnen es mir wahrhaftig schwer machten. Für Merk war die Rechnung einfach: gehorchen oder Strafe, lernen oder Strafe. Ich sah, wie sie sich diesem Regiment beugten und wie der Kessel überkochte, wenn sie in meine Stunde kamen. Er aber hielt seine Methoden nicht für verbesserungsbedürftig.

„Sehen Sie", sagte er zu mir, „im Schulexamen erziele ich sehr brave Ergebnisse. Ordnung und Zucht ist die beste Erziehung, und so lasse ich gern alles beim Alten."

Zunächst widersprach ich ihm nicht, bis zu dem Tag, als ein armer vor der Tür stehender Delinquent heftig aus der Nase blutete und vergeblich versuchte, mit seinem nicht gerade sauberen Ärmel den Strom aufzuhalten. Ich nahm ihn kurzerhand auf den Arm, trug ihn zu dem Kabinett, das den Lehrern vorbehalten war, legte ihn auf den Boden und wusch ihm das Gesicht. Zum Glück war die Wasserkaraffe gefüllt, was längst nicht immer der Fall war. Unter dem nassen Handtuch hörte die Blutung auf, und ich begann vorsichtig zu fragen, was denn der Grund für die Bestrafung gewesen sei. Der Kleine hieß Karel Dobric, und schon wegen dieses Namens wurde er oft gehänselt und auch deshalb, weil er für sein Alter klein und schmächtig war. Ich kannte ihn aus der Kinderkirche, wo er mir wie wenige andere mit großen Augen gebannt zuhörte.

Jetzt schluckte und stotterte er: „Ich weiß nicht – ich – ich hatte den Namen vergessen ..." – „Welchen Namen?", fragte ich.

„Der König, der in Stuttgart, ich habe Richard gesagt, und da ist der Herr Lehrer furchtbar wütend geworden."

Jetzt biss er sich auf die Lippen, um nicht zu weinen.

„Es ist gut, Karel", sagte ich, „du kannst nach Hause gehen, und ich glaube, du weißt nun, dass unser König Wilhelm heißt."

Er nickte, sprang auf die Füße und war schon aus der Tür verschwunden.

Dobric – ich kannte den Vater, er war Tagelöhner, und die Familie zählte zu den ärmsten im Dorf. Dennoch steckte Karel immer nach der Kinderkirche seinen Kreuzer in die Büchse, und er tat das so feierlich und wichtig, als hinge von ihm der ganze Unterhalt der Kirche ab.

Ich muss gestehen, dass ein großer Zorn in mir kochte, den Doris beim Mittagessen ungefiltert zu hören bekam. Ich nahm Ausdrücke in den Mund, die ich sonst lieber herunterschluckte, und hielt erst inne, als Doris mir vorsichtig die Hand auf den Arm legte.

„Lass unser Kind so etwas nicht hören, Christoph", sagte sie, aber sie lächelte dabei, sonst hätte ich mich über meinen Ausbruch noch mehr geschämt. Sie verstand mich, das wusste ich, denn Härte gegen Kinder duldete sie niemals.

Am nächsten Tag besuchte ich die Familie Dobric in ihrer Mansardenwohnung gegenüber der ‚Krone'. Hier war die sommerliche Wärme über die Stiege nach oben gekrochen, es roch nicht gut. Karel öffnete auf mein Klopfen die Tür und konnte seinen ersten Schreck nicht verbergen. Hinter ihm tauchte eine zierliche dunkle Frau auf, die Ähnlichkeit zu dem Sohn war verblüffend. „Herr Pfarrer", sagte sie leise und freundlich, „Sie wollen sicher über Karel mit uns sprechen."

Dobric war auch zu Hause, ob er an diesem Tag keine Arbeit gefunden hatte, weiß ich nicht. Er sah anders aus als Mutter und Sohn, gedrungen und stämmig mit einem breiten bäuerlichen Gesicht. Er lächelte nicht bei der Begrüßung, aber bot mir stumm einen Stuhl an. In solchen Momenten mochte ich nicht gern ein studierter Mann sein, zu dem die Leute einen großen Abstand fühlten, noch viel weniger mochte ich an unser geräumiges Pfarrhaus denken.

Es war nicht sehr hell in der Stube mit der schrägen Decke und dem kleinen Dachfenster, so sah ich erst nach einer Weile, dass in der Ecke noch jemand saß. Es war ein Mädchen von engelgleicher Schönheit, älter als Karel, deren Oberkörper sich sachte hin und her bewegte, immer hin und her und deren blaue Augen ins Leere starrten. Frau Dobric sah meinen Blick und sagte: „Das ist Elisabeth“, weiter nichts.

Jetzt wusste ich, warum von den Eheleuten immer nur einer in die Kirche kam und warum Karel nach der Schule ohne Aufenthalt nach Hause rannte, Wachablösung bei Tag und Nacht.

„Eigentlich kam ich, um über Herrn Merk zu reden, weniger über Karel“, sagte ich.

„Sie mögen uns nicht hier im Dorf“, sagte Dobric unvermittelt, „wir sind nicht von hier.“

Ich hörte die fremde harte Aussprache, die auch beim Sohn noch bemerkbar war und ich hörte ebenso den trotzigen Stolz.

„Wir sind aus Böhmen hierher gekommen, aber das ist eine lange Geschichte, und der Herr Lehrer schlägt Karel, weil er anders spricht, und dann lachen die Kinder.“

Karel nickte und drückte sich in die Ecke zu seiner Schwester. Er streichelte ihren Arm, aber sie wiegte sich hin und her, hin und her.

„Ich werde dafür sorgen, dass Karel nicht mehr geschlagen wird“, sagte ich und stand auf. In dieser

Familie geschah es mir, dass ich keinen Mut fand zu einem gemeinsamen Gebet.

Von der anderen Straßenseite hörte man laute Stimmen, Männer begrüßten sich.

„Da kommen die ersten Zechbrüder", sagte Dobric bitter, „dann hocken sie und ziehen über ihre Nachbarn her, und Dittus ist ein schlechter Mensch."

„Du musst nicht so reden, Franz", sagte die Frau, „was soll denn der Herr Pfarrer von uns denken."

„Ich denke, Ihr Mann hat ganz Recht", sagte ich, „aber ich wüsste gern, warum Sie Dittus für schlecht halten."

Die Frau wurde rot, also wusste sie etwas.

„Wir sind noch nicht so lange hier", sage sie leise, „aber Fräulein Ilgner, die unter uns wohnt, spricht gern von vergangenen Zeiten."

Ich setzte mich wieder. Dies war nicht Klatsch und Tratsch, dies ging an die Wurzeln der dörflichen Gemeinschaft, wie ich mit Dittus schon selbst erfahren hatte.

„Sie wohnt schon lange in diesem Haus, und von ihrem Fenster schaut sie auf die ‚Krone' hinüber, aber ihr gefällt nicht, was sie sieht, und ihr gefällt nicht, dass man nur bei Dittus das Brot kaufen kann."

Sie hielt inne und sah mich an, ob sie weitersprechen sollte.

„Erzähl dem Herrn Pfarrer, was du weißt", sagte ihr Mann, „es ist nicht alles so gut in diesem Dorf." Ich nickte ihr zu. „Der Vater war schon Wirt und Bäcker, und dann waren da die zwei Söhne, die beide Bäcker lernten bei ihrem Vater. Aber der ältere, der Johann Georg, ließ sich von seinem Bruder immer mehr in die Enge treiben, die Kunden liefen ihm weg, und der Ludwig nutzte das so lange aus, bis sein Bruder die Schulden nicht mehr bezahlen konnte und seine Hälfte der

‚Krone' an den Jüngeren verkaufen musste. Sie müssen wissen, der Georg hatte dreizehn Kinder, vielleicht war das ein Grund für seine Armut, oder er war einfach nicht tüchtig." Frau Dobric zuckte hilflos mit den Achseln. Sie musste wissen, wie es war, wenn der Mann nicht genug Geld verdiente und dazu noch im Dorf nicht besonders geachtet wurde.

Es war nicht so einfach, in all die verflochtenen Familienverhältnisse einzudringen, denn erst im Jahr 1840 begegneten mir einige der Kinder des verarmten Bäckers. Zu dem Zeitpunkt waren beide Eltern tot, und als vier der Geschwister in ein ärmliches Haus am Ende des Dorfes einzogen, hatte ich ganz andere Sorgen.

Das Warten auf unser Kind war nicht so einfach, wie wir das gedacht hatten. Das heißt, ich hatte mir noch nie darüber Gedanken gemacht, wie das für eine Frau ist, wenn die Geburt herannaht. Doris wurde müde und schwerfällig, sie schlief nicht gut und fing an zu weinen, wenn ich sie um etwas bat. Ich ging leise und vorsichtig mit ihr um, aber selbst bei unseren gemeinsamen Gebeten kamen ihr die Tränen, ich sah, dass sie große Angst hatte. Aber obgleich sie Tag und Nacht in meinen Gedanken war und in einem kaum unterbrochenen Strom der Gebete, war diese Wand der Angst nicht zu durchbrechen. Ich jedenfalls scheiterte daran.

„Hab doch Vertrauen", sagte ich immer wieder und nahm sie dabei in die Arme, „hab Vertrauen zu unserem gütigen Herrn, der dich behüten wird."

„Meine Mutter soll kommen", flüsterte sie dann und wollte in den Schutz ihrer Kinderzeit zurückflüchten.

So schrieb ich Anfang März einen langen Brief an meine Schwiegermutter und bat sie um Rat und Beistand, ich, der erwachsene Mann, Ratgeber und Theologe.

Statt eines Briefes kam sie selbst. Buchstäblich wie Eis an der Sonne schmolz die Angst dahin. Als Doris ihre Mutter umarmte, strahlte ihr Gesicht, nass von Tränen der Erleichterung und Freude. Was kein Gebet vermocht hatte, war hier in Sekundenschnelle vollendet, gründlich und ohne Schlacken.

Ich stand etwas hilflos neben dieser Erscheinung, froh, dass es Doris besser ging, aber mit dem Gefühl, dass ich irgendwie versagt hatte.

Noch bevor unsere Tochter in der Nacht des 20. März geboren wurde, hatte ich es erreicht, dass Lehrer Merk von Möttlingen an eine andere Schule ging. Ich hatte nicht mehr geschwiegen und ganz offen seinen Unterricht kritisiert. Von Amts wegen stand mir das zwar nicht zu, aber darum kümmerte ich mich wenig: Nicht nur Karel war – ohne es zu wollen – eine lebendige Anklage gegen seinen Lehrer geworden. Die letzte Auseinandersetzung kurz vor Weihnachten gab für mich den Ausschlag, auch bei der Behörde meine Bedenken anzumelden. Merk wurde an diesem Tag, als die Kinder eifrig über die Weihnachtsfeier tuschelten, die ich mit ihnen vorbereitete, so wütend und ungeduldig, dass er sogar eines der Mädchen schlug. Sie kam weinend zu mir, und ich putzte ihn ganz unchristlich und derb herunter.

„Ich glaube, wir zwei werden uns hier nicht mehr vertragen“, sagte ich zum Schluss, „so kann man Kinder nicht lehren.“

Er holte Luft zu einer Antwort, aber ich kehrte ihm den Rücken zu, für sein Handeln gab es nicht die geringste Rechtfertigung.

Es war ein Glück, dass die Schulbehörde mich kannte und mich später sogar zum Leiter der Schulkonferenzen machte. Jedenfalls verschwand Merk, und ein frischer junger Lehrer mit Namen Josef Dengler trat in Möttlingen sein Amt an.

Aber all das verschwand aus meinen Gedanken, als Doris mit ihrer Mutter bleich, aber gefasst die Schlafstube aufsuchte, und die lange Mühe der Geburt begann. Mich scheuchten sie fort, ich solle meiner Arbeit nachgehen, sagte die Mutter, es würde noch dauern.

Am Abend kam die Hebamme, die resolute Josefine Händle, die mein angespanntes Gesicht mit einem abschätzenden Blick streifte und dann Sophie anwies, von jetzt an heißes Wasser bereit zu halten.

Ich tat, was Männer eigentlich nicht tun, aber was ich absolut nicht lassen konnte, ich folgte der Hebamme und war fest entschlossen, neben Doris zu bleiben, bis das Kind geboren war. Es war eine harte Probe, die ich mir auferlegte, viel härter, als ich geahnt hatte. Leiden sagte ihr Gesicht, neben dem ich kniete, Schmerz, aus dem immer wieder Schreie hervorbrachen, unzugänglich für Worte. Ich konnte nicht beten, weil mir das Herz stockte vor dieser Qual, und ich dachte, wie sehr Gott seinen Fluch wahr gemacht hatte, dass das Weib mit Schmerzen seine Kinder gebären solle. Das sah ich nun. Die Zeit wurde außer Kraft gesetzt, bis ich endlich eine Viertelstunde vor Mitternacht den ersten Schrei des Kindes hörte und Doris erschöpft zurücksank.

„Es ist ein Mädchen“, sagte die Hebamme und hob das kleine blutverschmierte Wesen hoch, bevor sie es in die vorgewärmten Tücher wickelte.

Mutter Köllner legte mir die Hand auf die Schulter und sagte: „Geh jetzt, Christoph, wir müssen uns um Doris kümmern.“

Ich sah die blutigen Tücher und verließ das Zimmer mit Gefühlen, die ich schwer beschreiben kann. Dank und Freude mischten sich mit dem Grauen vor dieser Urgewalt der Natur. Ich weinte.

Wir nannten sie Marie Louise Wilhelmine, am 3. April taufte mein Freund Barth sie in unserer Möttlinger Kirche. Es wurde ein wunderbares Fest, zu dem mir alle Worte verstummten vor dem Wunder dieses kleinen Menschen, so schön und so vollkommen gebildet. Doris erholte sich schnell, ihr Gesicht bekam einen neuen, unergründlichen Ausdruck, wenn sie das Kind in den Armen hielt.

Zur Taufe kam meine Mutter aus Stuttgart und zu meiner großen Freude die Witwe meines Onkels Blumhardt aus Basel. Endlich war das Pfarrhaus mit Gästen gefüllt, die beiden Mütter belebten es mit ihrer liebevollen Gegenwart. Wir waren heiter beim Festessen, zu dem Barth eine witzige Rede hielt, in der er unserer Tochter mit Eloquenz alle Tugenden eines weiblichen Wesens anhängte. Er konnte das, ohne dabei seine Segensworte zu vergessen. Mir tat diese Heiterkeit gut, denn bei der Taufhandlung wollte mich die Fülle der Freude fast erdrücken, die Last dieses kostbaren Geschenkes, durch das unser Leben so reich und so unsicher wurde.

Barth war mitten in seiner alten Gemeinde vollkommen in seinem Element. Nach dem Gottesdienst drängten sich alle herzu, um ihn zu begrüßen, aber auch um uns zu gratulieren.

Eine recht unscheinbar aussehende junge Frau schloss mein Freund sogar väterlich in die Arme. Jung, was sage ich, sie war damals 25 Jahre alt, und eigentlich sah sie gar nicht jung aus. Es war schlimm, seit ich Doris kannte, verglich ich alle Frauen mit ihrem lieben feinen Gesicht. Dieses hier war eher derb mit einer breiten Stirn und einem breiten Mund, die Augen konnten mich nicht gerade ansehen.

„Christoph“, sagte Barth, „hier siehst du eine meiner ehemaligen Konfirmandinnen, Gottliebin Dittus.“

Sie lächelte nicht und gab mir nicht die Hand, sondern strebte ihrem Bruder und ihren Schwestern nach, die schon an der Straße warteten. Ich sah, dass sie hinkte.

Er mag mich nicht. Niemand mag mich. Das war schon in meiner Kindheit so. Meine Mutter hatte einfach zuviele Kinder, dreizehn waren wir, und ich das zwölfte. Schon als ich noch ganz klein war, kamen die Armut, der Hunger und die Schulden. Nie schlief ich allein in einem Bett, immer drängten mich zwei größere Schwestern an den Rand, ich fror, weil sie mir die Decke wegzogen. Sie mochten mich nicht, weil ich so viel krank war, oder ich war krank, weil sie mich nicht mochten. Sie sprachen über mich, wenn ich auf der Küchenbank lag, und sie dachten, ich schliefe. Ich war noch klein, aber ich verstand es ganz gut.

„Gottliebin ist schon wieder krank", sagte meine Mutter dann und zog fröstelnd das Tuch um ihre Schultern.

„Was hat sie denn nun wieder", hörte ich meines Vaters Stimme. Ich kniff die Augen zu, sie sollten nicht sehen, dass ich wach war.

„Krämpfe", sagte meine Mutter, „sie verdreht die Augen so schrecklich."

Vaters Stimme klang müde: „Hol Mutter Krause aus Münklingen, sie soll das Kind besprechen."

Ich wusste, wie das war, und ich wollte es nicht. Mutter Krause roch nach Kuhstall, und wenn sie mich anfasste, tat es weh. Ihre kleinen schwarzen Augen waren nicht gut, und was sie murmelte, nützte nichts. Aber meine Eltern glaubten daran.

In der Schule hänselten sie mich, weil ich den linken Fuß nachzog, ich weiß auch nicht, warum ich das tat. Vielleicht waren die anderen neidisch, denn ich wusste alle Antworten und konnte gut schreiben, trotzdem sagten sie hässliche Namen zu mir. Auch Ostern oder Pfingsten hatte ich kein neues Kleid oder wenigstens eine weiße Schürze, nur die abgetragenen von meinen Schwestern.

Mir tat alles weh, wenn ich am Küchentisch saß und meine Aufgaben machte, mein Rücken, meine Arme und mein Herz. Aber das sagte ich nicht, weil es ihnen lästig war. Pfarrer Barth war freundlich zu mir, er ließ mich in der Kinderkirche die Sprüche aufsagen, weil ich es so gut konnte. Aber ich dachte, er ist freundlich, weil Pfarrer zu allen Menschen freundlich sein müssen. Zu meiner Konfirmation bekam ich ein neues Kleid, und bei der Einsegnung sah mich der Herr Pfarrer so lieb an. Er hat mich nicht vergessen, heute hat er mich in die Arme genommen.

Im Pfarrhaus haben sie ein Kind bekommen, wir waren in der Kirche, als es getauft wurde, meine Schwestern Anna Maria, Katharina, mein Bruder Hansjörg und ich.

Der neue Pfarrer heißt Blumhardt, ich musste ihn immer ansehen, wie er am Taufstein stand neben seiner schönen Frau und dem Kind. Ich sah, wie er leuchtete, und das ging mir durch alle Glieder. Aber er mag mich nicht.

Vielleicht ist das so, weil wir in dem alten verkommenen Haus am Dorfende wohnen, das uns noch nicht einmal gehört. Es gehört uns gar nichts mehr, seit unsere Eltern tot sind. Die letzten Äcker sind verkauft, jetzt müssen wir zu viert im untersten Geschoss des Hauses leben, das eigentlich nicht besser als ein Keller ist. Sie lassen mich allein, wenn ich krank bin und sie Geld verdienen müssen. Ich kann nicht viel tun.

Wir wollen nichts aus dem Armenkasten. Ich fürchte mich, das Haus ist schrecklich, es will uns nicht haben oder vielleicht nur mich nicht. Ich habe gleich gelesen, was an dem Fensterladen neben der Treppe steht, ein Spruch aus alter Zeit:

‚Oh Mensch gedenk der Ewigkeit‘
versäume nicht die Gnadenzeit,
denn das Gericht ist nicht mehr weit.‘

Vielleicht hatte jemand in diesem Haus der Gnadenzeit nicht richtig gedacht und die schrecklichen Spuren seiner Untaten zurückgelassen. Ich kann solche Ströme spüren, ob ich es will oder nicht, und ich wollte, es wäre nicht so. Ich wusste es gleich, als wir das Haus zum ersten Mal betraten. Ein Schwall der Ablehnung kam mir entgegen, irgendwo polterte es, und mir wollten die Sinne schwinden. Andere Häuser waren viel freundlicher zu mir, dort wo ich auswärts gedient habe, wusste ich immer gleich, ob ich bleiben konnte oder nicht.

Hier wird es schwer sein, auch der Pfarrer macht es mir schwer, ich höre ihm so gerne zu und gehe in alle Versammlungen, die er hält. Ich wusste nicht, dass es so etwas gibt, aber ich liebe ihn und ich hasse ihn. Er ist stark, und etwas in mir ist auch stark, aber beides verträgt sich nicht. Ich muss dahin gehen, wo er hingeht, obgleich ich es gar nicht will. Jede Woche wandert er zur Erbauungsstunde nach Unterhaugstett, also muss auch ich dorthin. Er geht schnell und oft höre ich ihn von ferne singen, wenn der Weg durch den Wald führt. Meine Schritte sind langsamer, denn ich hinke immer noch, ein Gebrechen, das ich nicht ablegen kann. Meine Beine sind ganz gesund und sie schmerzen auch nicht, und warum ich so schief gehe und den Fuß nachziehe, weiß ich nicht. Mein Körper will es so. Wenn ich ankomme, hat die Bibelstunde meistens schon angefangen, und ich setze mich außer Atem in die letzte Reihe. Er sieht mich fast nie an, und wenn sich einmal unsere Blicke begegnen, muss ich wegsehen. Ich will, dass er betet, aber ich will auch, dass er damit aufhört, denn es reißt an mir. Ich weiß oft nicht, warum Gott mich mit so vielen Plagen behaftet, bei anderen Menschen tut er das nicht. Ich weiß mehr als viele andere, ich sehe die Krankheiten hinter den Leuten stehen, sie haben vielerlei Gestalt, und manche gehen zu mir über und quälen mich. Aber auch, was Pfarrer Barth uns erzählte von Jesus oder den Propheten, konnte ich sehen und ich wusste immer, dass er die Wahrheit sprach. Pfarrer Barth hatte mich lieb, aber Blumhardt mag mich nicht, und das Haus mag mich nicht. Es quält mich mit vergangenen Dingen. Es poltert und Leute gehen umher, die Geschwister hören es auch, sie fürchten sich.

Heute kann ich es kaum mehr begreifen, warum ich beinahe der Letzte war, der von den Vorgängen im Hause der Geschwister Dittus erfuhr. Die Hausleute, die im ersten Stockwerk wohnten, hörten den Lärm, die Nachbarn wurden in der Nacht davon gestört, nur mir trug man diese Geschichte nicht zu, noch nicht. Es schien, unheimliche Erscheinungen, die man nicht begriff, wurden ängstlich unter der Decke gehalten, man hielt sie für unschicklich und anstößig. Wie anstößig und abscheulich sie waren, sah und hörte ich erst zwei Jahre später. Vielleicht auch wurde ich so lange davor bewahrt, bis meine Kräfte sich gesammelt hatten, der Macht des Bösen zu widerstehen. Aber wenn ich es heute betrachte, und an die Lawine denke, die im Sommer 1842 über mich hereinbrach, kann ich mir kaum verzeihen, dass ich mich vorher durch zu viele Arbeiten zerstreuen ließ. Ich war ehrgeizig, das weiß ich wohl, ich wollte alles auf einmal, die Gemeinde erwecken, die Kinder belehren und ein guter Ehemann und Vater sein. Von unserem Töchterchen Marie ließ ich mich allzu gern von aller Arbeit abhalten, sie war das süßeste Ding, das man sich vorstellen kann. Wenn ich gefürchtet hatte, Doris wolle nach der Geburt lange Zeit oder überhaupt nichs mehr von mir wissen, so hatte ich mich sehr getäuscht. Eines Abends im Mai, als im Haus alles still war und unser Kind schlief und auch Sophie nicht mehr in der Küche klapperte, fing ich vorsichtig davon an. Da lachte sie und sagte: „Oh Christoph, ich dachte schon, du magst mich nicht mehr."

„Und die Schmerzen und all das?“, fragte ich.

„Schmerzen? Ich habe sie schon vergessen, sie sind wie ein Lufthauch, der vergeht.“

Was sollte ich dazu sagen, offenbar hatte ich vom Wesen der Frauen immer noch nichts begriffen. Im Sommer war Doris wieder schwanger und sie war sehr glücklich darüber, aber ich hatte trotz wachsender Arbeitslast den Ort meiner Bestimmung immer noch verfehlt.

Ich hatte mich in so vielem getäuscht, auch in dem neuen Lehrer, der anfangs mit viel Schwung und Fröhlichkeit seinen Unterricht begann. Nun riss auch bei ihm die öde Methode des Leierns und Aufsagens ein, gegen die ich mich fast vergeblich stemmte. Ich denke mit Grauen an die Schulvisitation des Sommers 1840, während ich doch in meinem kleinen Familienkreis so glücklich war. Meine eigene Stunde in Religion lief vortrefflich ab, ich machte mit den Kindern eine Art Frage- und Antwortspiel, aus dem sie fröhlich und unbefangen hervorgingen, weil wir miteinander stets auf diese Weise lernten. Aber als bei Dengler die Reihe ans Rechnen und Schreiben kam, stotterte selbst mein kleiner Karel herum und konnte keine Dreier- oder Sechserreihe aufsagen. Und beim Schreiben an der Wandtafel flossen die Tränen über all den unmöglichen Worten, die da zutage kamen, und selbst die Mädchen, die doch meistens sehr fleißig sind, konnten keinen Satz ohne Stocken lesen.

Der Schulrat machte ein finsteres Gesicht und nahm mich am Schluss beiseite.

„Was geht hier vor“, fragte er, „warum sind die Kinder bei Dengler so vernagelt und bei Ihnen nicht?“

Er brachte mich in Verlegenheit. Eine Antwort der Wahrheit gemäß wäre ein langer Vortrag über die verfehlten Methoden und die Unfähigkeit der Lehrer gewesen. Das stand mir nicht zu und hätte auch wenig geändert.

Erst mit der Zeit und erst hier in Möttlingen ging mir das ganze Dilemma des Pfarrerberufs auf. Ich sollte alles sein, Prediger, Lehrer, Tröster, Schlichter in Streitsachen, Partner des Bürgermeisters, mit dem ich mich allerdings sehr gut verstand. Ich habe in dieser Zeit eine ganze Reihe von Lehrern an mir vorbeiziehen sehen, und Gott möge mir verzeihen, wenn ich sage, sie taugten alle nichts. Die meisten waren einfach bequem, manche rauflustig oder versoffen, und Dengler, von dem ich schon gesprochen habe, stürzte mich in einen tiefen Zwiespalt. Das geschah am Anfang des Jahres 1841, kurz bevor unser zweites Kind geboren wurde.

Der Teufel mochte den Schulmeister reiten, dass er Dinge tat, von denen er wusste, ich würde sie bestimmt nicht dulden. Denn das kam noch zu den Aufgaben hinzu, die man von mir erwartete, eine Art Sittenrichter zu sein. Das war nun eine Seite meines Amtes, die ich aus vielen Gründen nicht mochte. Einfach zu sagen: du darfst oder du darfst nicht, trifft niemals das Richtige.

Zuerst war es nur ein Gemunkel, auf das ich wenig achtete, bis schließlich Sophie kichernd meiner Frau davon erzählte. Für Sophie war solcher Klatsch eine Belebung ihres Alltags, vor allem wenn die Gerüchte eine Amtsperson betrafen. Doris fragte mich wiederum ganz verschämt, ob ich schon von der Liebschaft des Schulmeisters gehört hätte.

„Du liebe Zeit, nein“, sagte ich, „was hat er denn für eine Liebschaft?“

„Sophie sagte, seine Hauswirtin habe den Schulmeister mit einer jungen Frau, die sie nicht kannte, im Bett angetroffen, als sie morgens wie üblich den Kaffee brachte.“

„Und woher weiß Sophie solche Geschichten?“

„Denglers Hauswirtin hat es beim Bäcker erzählt."

Ich fragte den Schulmeister sehr direkt, was hätte ich anderes tun können. Dengler antwortete mir genauso direkt.

„Es stimmt", sagte er, „sie ist von Münklingen und kommt ab und zu in meine Wohnung. Ihr Mann behandelt sie schlecht, und wir mögen uns gern."

„Warum heiraten Sie nicht?", fragte ich ihn.

„Heiraten?", er lachte verächtlich, „wovon soll ich eine Familie ernähren, wissen Sie, was ich verdiene?"

Ich wusste es und ich musste ihm Recht geben.

„Und", fragte er, „was machen Sie nun?"

„Ich muss es dem Amt melden, das ganze Dorf tratscht über Sie. Sie wissen, dass das nicht geht."

„Der Herr Pfarrer als Sprachrohr der Sittenreinheit", sagte er bitter, „Sie haben gut reden." Damit ließ er mich stehen. Ich konnte seine Bitterkeit verstehen, auch wenn das meine Handlungen nicht beeinflussen durfte. So verschwand der zweite Lehrer während meiner Amtszeit aus Möttlingen.

Dennoch hatte ich nicht ganz so gut reden, wie der Schulmeister dachte. Es kamen von allen Seiten so viele Ansprüche auf mich zu, dass ich meine wichtigste Aufgabe schmählich versäumte. Ich hatte nie für möglich gehalten, wieviel ein Haushalt mit Kind und Magd kostet, überhaupt dann, wenn man seine Gäste nicht knauserig bewirten möchte und dazu den Armenkasten nicht vergisst.

So ließ ich mich mit allerhand Schriften für die Jugend in Barths Calwer Verlag einspannen, kramte meine Kenntnisse in Mechanik hervor, um für heranwachsende Jungen etwas Interessantes zu schreiben. Ich hatte davon den Gewinn einiger Gulden, die wir bitter nötig brauchten. Aber ich hatte davon auch das traurige Gesicht meiner Frau, weil ich für stille Stunden zu zweit einfach keine Zeit mehr hatte. Ich war schon in unserer ersten Ehezeit Schuldner bei Doris' Eltern geworden, und musste es lernen, auch von anderen manche Gaben anzunehmen.

Zeit – es war sonderbar, ich bekam ein völlig neues Verhältnis zu ihr, Zeit als Spanne, in der Arbeit erledigt werden musste, Zeit, die man sparen wollte und doch nicht konnte. Nur eines hatte ich anscheinend vergessen: Gottes Zeit ist die allerbeste Zeit, in ihm leben, weben und sind wir. Mir war meine Gelassenheit abhanden gekommen.

So geschah es, dass mir Gottliebin Dittus als mein Schatten recht lästig wurde.

Ob ich in Möttlingen oder Unterhaugstett Bibelstunden oder Gebetskreise abhielt, sie war da. Oft hörte ich ihre ungleichen Schritte hinter mir, denn sobald sie in meine Nähe kam, verstärkte sich ihr Hinken. Sonntags saß sie immer am gleichen Platz in der Kirche, meistens mit einer ihrer Schwestern, aber sobald wir uns begegneten und ich sie begrüßen wollte, irrten ihre Augen ab und sie drückte sich unsicher davon. Ich hätte mich freuen sollen über ihr großes Interesse an meiner Verkündigung, aber das war mir nicht möglich. Meine Augen waren verschlossen und ich ließ mich leiten von der Abneigung, die mich befiel, wenn ich sie sah. Manchmal wusste ich sie im Wald ein Stück hinter mir, aber ich wartete nicht, denn ich wollte nicht mit ihr allein sein. Mit einem Wort, ich handelte, wie ich nie hätte tun dürfen, und im Laufe dieses Jahres häufte ich ein bitteres Versäumnis auf das andere.

Diesmal war es ein Sohn. Er wurde am 12. April morgens um halb acht geboren. Das Morgenlicht fiel auf ein kräftiges, schönes Kind, das wir am ersten Sonntag im Mai auf den Namen Karl Christian tauften. Doris war glückselig, weil sie dachte, ein Sohn wäre für jeden Mann das Ziel seiner Wünsche. Auch wenn ich es nie einem Menschen gesagt habe oder sagen werde, war und blieb doch immer Mariechen mein liebstes Kind. So ist es nun mal, dass Liebe ungleich gesät wird, ob wir das wahrhaben wollen oder nicht.

Aber auch Antipathie wird gesät, ich als Pfarrer war davor überhaupt nicht gefeit. Ich hatte bisher immer gedacht, Gottes Wort und Gebete könnten alles überwinden, aber auch hierin täuschte ich mich wie in manchen anderen Dingen. Vater Köllner, der mit Doris' Mutter zur Taufe kam wie auch meine eigene Mutter, blickte als erster mit seinen hellsichtigen Augen in diese Defizite meines Gemütes. Die beiden Mütter hingegen fanden mich vollkommen, sie schwammen im Glück des neuen Enkelkindes und bildeten mit Doris zusammen eine starke weibliche Gemeinschaft, die mir nur Gutes zutraute. Vater Köllner sah tiefer, wenn wir über die Gemeinde sprachen. Nicht umsonst hatte er in seinem Leben so viele Wege beschritten, er legte sofort seinen Finger auf den empfindlichen Nerv.

„Du verzettelst dich, Christoph“, sagte er, „leg nicht soviel Gewicht auf die äußeren Dinge. Hast du vergessen, was über die Lilien auf dem Feld geschrieben steht?“

Ich schwieg beschämt, denn ich hatte es tatsächlich manchmal vergessen oder ich hatte es nicht auf meine eigene Wirklichkeit angewendet. Das betraf nicht nur das Geld, sondern viel stärker noch das Gleichgewicht meiner eigenen Kräfte. Ein Pfarrhaus mit Kindern und einer Frau, die Behaglichkeit schafft, rüttelt in gewisser Weise an dieser Balance.

Im Herbst fiel das in voller Wucht auf mich nieder, obwohl ich erst einige Zeit später erkannte, wie falsch ich viele Dinge beurteilt hatte.

Immer wieder störte mich Gottliebin Dittus. Einmal im Sommer besuchte ich sie während einer ihrer zahlreichen Krankheiten, aber das war ein vollkommener Fehlschlag. Ihre Schwester Katharina hatte mich unter Tränen gebeten, Gottliebin nicht allein zu lassen. Ich trat im Erdgeschoss in die Küche, wohin man direkt von der Straße gelangte, und wurde in die hintere Stube geführt, wo es wegen des kleinen Fensters ziemlich dunkel war und ebenso feucht wie muffig roch. Zuerst sah die Kranke mich mit beinahe hungrigen Augen an, aber schnell steckte sie beide Hände unter die Decke, so dass ich sie nur mit Worten begrüßen konnte. Ich setzte mich auf einen Hocker neben das Bett, fragte sie nach ihrem Befinden, aber sie wollte mir nicht antworten.

„Möchten Sie, dass wir zusammen beten?“, fragte ich, da nickte sie fast unmerklich, aber als ich dann anfing zu sprechen, lief ein Zittern über ihre ganze Gestalt. Sie drehte den Kopf weg und murmelte Worte, die ich nicht verstand. Eine Weile fuhr ich fort zu beten, aber zusehends legte sich mir die schwere Luft der Kammer auf Herz und Gemüt, dass ich fast nicht mehr atmen konnte. So verging ungefähr eine halbe Stunde, nach der ich Gottliebin gute Besserung wünschte und wie auf der Flucht das Haus verließ. Danach besuchte ich sie nicht mehr, ich hätte es besser wissen müssen. Das häusliche Glück erfüllte mich so sehr, dass in diesem Sommer nicht viel anderes in mir Platz hatte.

Marie lernte laufen, und Karl lachte den ganzen Tag, sie lernte die ersten Worte, und er füllte mich mit einem Strom väterlichen Stolzes. Ich verfiel dem natürlichen Zauber des Lebens und ließ jene Kräfte brach liegen, die noch in Iptingen so stark gewesen waren.

Ende September gab es eine Reihe jener stillen Herbsttage, an denen man fast den Atem anhalten möchte, um das Blau des Himmels oder die schweren Früchte an den Bäumen nicht zu stören.

An einem solchen Tag ging ich früher als gewöhnlich nach Unterhaugstett hinüber. Ich trug einen Korb am Arm, denn der Wald duftete nach Pilzen. Dennoch kehrte ich mit einer ganz anderen Ernte zurück, die ich nicht gesucht hatte. Bei einer dicken Buche, die nun schon seit langer Zeit meine vertraute Wegmarke geworden war, bog ich in den Wald, wo ich unter den dichten Tannen Pfifferlinge und Steinpilze fand. Die hellen Frühlingsgeräusche des Waldes waren verstummt, kein Kuckuck mehr zu hören und auch die Spechte hatten schon ihr Gehämmer eingestellt. Nur ich störte die Ruhe des Waldes mit meinen knackenden Schritten, wenn ich auf einen trockenen Ast trat. Dann fing über mir ein Eichelhäher sein misstöniges Geschrei an und verriet der ganzen Umgebung meine Gegenwart. Ich ging in einem Bogen zur Fahrstraße zurück und kam dabei an die Wolfsgrube, die ich von Anfang an mit Schaudern und einer gewissen Neugier betrachtet hatte. Unten lag kein toter Wolf, sondern ein Mensch. Ich blieb eine Weile reglos stehen, ich weiß nicht, worauf ich hoffte oder wartete. Er war tot, so still liegt niemand, der schläft. Ich hätte mich hinunterlassen können, um ihn näher zu betrachten, nur wäre ich dann ebenso in der Grube gefangen gewesen wie er. Hinauf kam niemand allein.

Ich stellte meinen Korb mit Pilzen beiseite und eilte nach Unterhaugstett, holte ein Paar Männer zusammen, die mir mit Leiter und Stricken helfen sollten, den Mann aus der Grube zu ziehen.

Ich war froh über die praktischen Landleute und Handwerker, die sich mit wenigen Worten verständigten, sicher in die Grube stiegen, die Stricke anbrachten und den Toten nach oben zogen. Mich drängten sie vom Rand der Grube weg, und erst als sie den Mann auf den Waldboden legten, durfte ich hinzutreten und ihn ansehen. Wer eine Mütze aufhatte, nahm sie ab. Obgleich die Stirn blutverkrustet und blau unterlaufen war, gab es keinen Zweifel, der Tote war Ludwig Rohr. Seine Kleidung sah verschlissen und unordentlich aus, keine Spur mehr von dem gerade zugeknöpften Sonntagsrock. Er konnte noch nicht lange da unten gelegen haben, denn die Kleider waren trocken. Seine Augen standen offen und starrten blicklos in die Kronen der Bäume. Eines war deutlich, die Wunde an der Stirn war nicht durch den Sturz entstanden, ich glaubte eher, dass ihn jemand erschlagen hatte. Ich beugte mich hinunter und drückte ihm die Augen zu.

„Kann jemand Pferd und Wagen holen, wir müssen ihn nach Möttlingen bringen."

Der Bauer Eberhard Leng, der ein treuer Besucher meiner Bibelstunden war, winkte seinem Knecht, einem langen, schlacksigen Burschen, der nickte und ohne ein Wort im Wald verschwand.

So kam ich mit einer traurigen Fuhre nach Möttlingen zurück, ich hatte sogar in letzter Minute noch an meinen Korb voller Pilze gedacht. Auf halbem Wege kam uns Gottliebin Dittus entgegen und starrte mit offenem Mund auf den Toten, wir hatten in unserem Schrecken nicht daran gedacht, ihn zuzudecken.

„Geh nach Hause, Gottliebin", sagte ich, „heute ist keine Bibelstunde." Ich hatte sie unwillkürlich geduzt und dabei blieb es.

Da Ludwig Rohr nun kein Haus mehr sein eigen nannte, denn das war längst versteigert, bahrten wir ihn in der Kirche auf. Aber bevor wir ihn neben seiner Frau und seinem Sohn begraben konnten, musste der Amtsarzt von Calw den Toten in Augenschein nehmen. Zugleich kam ein Vertreter der Polizeibehörde, um mich zu befragen. Das waren zermürbende Tage, in denen ich mir neben allen Widrigkeiten große Sorgen um Doris machte. Sie erwartete unser drittes Kind und war bei der Nachricht von Rohrs gewaltsamem Tod schneeweiß geworden und musste sich ins Bett legen. Ich konnte nur beten, dass dieses Kind uns erhalten blieb.

Der Amtsarzt bestätigte meine Vermutung, dass Ludwig Rohr nicht in der Grube gestorben war, sondern dass ihn jemand erschlagen hatte. Ein furchtbarer Tod und eine schreckliche Rückkehr in die Heimat, aus der er vor Jahr und Tag geflohen war. Die Suche nach dem Täter führte zu nichts, da sich auch niemand einen Grund für den Mord denken konnte. Als wir ihn in die Erde hinabließen, war es mir ein Trost, ihn nun neben denen zu wissen, um die er so gelitten hatte.

Obgleich danach wunderbare Oktobertage anbrachen, in denen eigentlich jeder Mensch stille und dankbar werden musste, brachte Gottliebin neue Verwirrung in mein Haus.

Sie, die einen persönlichen Kontakt mit mir bis dahin gemieden hatte, brach auf einmal mit einer verworrenen Lebensbeichte bei mir ein, von der ich nicht die Hälfte verstand. Sie kam in meine Studierstube wie alle, die bei mir Rat und ein Gespräch suchten. Sie schien erfreut, dass ich nun Du zu ihr sagte, aber das zaghafte Lächeln verschwand sehr schnell. Was sie erzählen wollte, kam ohne rechten Zusammenhang heraus. Ich sagte, sie solle nur langsam sprechen und keine Scheu haben.

„Ich war ein schlimmes Kind“, stammelte sie, „und immer kam das Böse ...“

„Welches Böse", fragte ich, „was hast du getan? Kinder sind nun einmal nicht immer artig."

Sie schüttelte den Kopf.

„Ich habe nichts getan, es war alles böse, und dann wurde ich krank."

„Du meinst, du wurdest krank, weil du böse warst?"

„Nein, nein, nicht so – ich kann es nicht sagen", dann weinte sie und drehte und rang ihre Hände in fahriger Unruhe.

„Meinst du, wir könnten Gott zusammen deine Ängste vortragen und ihn um Frieden bitten?", fragte ich und legte beruhigend meine Hände auf die ihren. Bei dieser Berührung schien es Gottliebin wie ein elektrischer Schlag zu treffen, sie fuhr von ihrem Stuhl auf und rannte ohne ein Wort aus meiner Stube.

Was sollte ich daraus machen? Ich hielt sie für leicht hysterisch und dachte, dass ihr wahrscheinlich ein Mann und Kinder fehlten, die ihre Tage schon genügend ausgefüllt hätten. Zm ersten Mal dachte ich auch, dass ihre Anhänglichkeit an meine Bibelstunden nicht nur mit den geistlichen Inhalten, sondern mit meiner Person zu tun hätte. Es war ja nicht das erste Mal, dass eine Frau mich verehrend anschwärmte, und ich beschloss, Gottliebin tunlichst aus dem Wege zu gehen.

Ich hätte es wissen müssen. All mein Mut, in sein Haus zu gehen, hat gar nichts genützt. Es war schrecklich, in welche Schmerzen ich wieder gestürzt wurde. Er meint es gut, aber wir sind so entsetzlich weit voneinander entfernt. Ich weiß, dass er Kraft hat in seinen Gebeten, aber der Weg ist nicht offen, und was ich ihm sage, versteht er nicht. Ich bete oder versuche es, aber auch du bist so weit, o Gott. Manchmal denke ich, es gibt dich gar nicht, denn was ich leide, ist zu schwer. Vielleicht hast du auch nur das richtige Maß verloren und weißt nicht mehr, wie klein und schwach wir Menschen sind. Wenn ich das denke, schäme ich mich und möchte mit deinem Sohn Jesus reden. Er wenigstens soll doch liebevoll und barmherzig sein, so jedenfalls sagt man uns immer. Aber er spricht nicht mit mir, genauso wenig wie unser Pfarrer. Jetzt ist bald Weihnachten, und ich liege wieder krank. Dr. Späth aus Merklingen besucht mich manchmal, viele Arztbesuche können meine Geschwister nicht bezahlen. Mein Gesicht tut weh und ist mit Ausschlag bedeckt. Er weiß auch nicht, woher das kommt und kann kein rechtes Mittel gegen das Fieber finden. Am liebsten würde ich sterben und von all dem hier weggehen. Aber ich weiß, auch das zu denken ist nicht erlaubt. Vor allem vor dem Poltern würde ich gerne fliehen, es kommt immer wieder, selbst die Geschwister fangen an, mich mit Grauen anzusehen. Das einzig Gute an meiner Krankheit ist, dass unsere Hauswirtin mir erlaubt hat, oben in der Dachkammer zu schlafen. Da bin ich allein, und es ist nicht so dumpf. Für Katharina bringt es mehr Arbeit, aber so muss Hansjörg nicht alles ansehen, was mit mir geschieht. Es ist kalt hier oben, aber das macht mir nichts. Durch das Dachfenster kann ich den Himmel sehen, die Sonne und nachts, wenn ich nicht schlafen kann, die Sterne. Dann sind die Erscheinungen nicht ganz so schrecklich, denn immer noch kommt die Frau mit dem Kind im Arm. Katharina kann sie nicht sehen, nur ich. Sie legt mir eine große Last auf die Seele, wo ich doch an meiner eigenen schon genug zu tragen habe. Ich weiß auch nicht, was sie will, vielleicht geht sie deswegen nicht weg.

Es kommen immer neue Leiden hinzu. Wo Milch fließen sollte für ein Kind, das ich nicht habe, kommt Blut. Nur der Doktor weiß davon und Katharina, die meine Wäsche waschen muss. Niemand kann mir sagen, welche bösen Kräfte sich an mir zu schaffen machen.

Adventszeit, ich möchte gern mit den Großen singen oder mit den Kindern. O Heiland, reiß die Himmel auf. Für mich hat noch niemand den Himmel aufgerissen. Wenn ich mir das vorstelle, wie dann auf einmal das Licht da herunterfällt oder die Engel aus der Spalte herausbrechen. Hier um mein Bett wird es dunkel und ich darf keine Kerze haben, weil sich zu leicht ein Feuer entzünden kann unter dem Dach.

Ich hatte mir Vater Köllners Mahnung zu Herzen genommen und mich zusammen mit Doris in die Verheißungen der Adventszeit vertieft. Mit ihr sang ich die alten vertrauten Lieder. ‚O Heiland, reiß die Himmel auf, herab, herab vom Himmel lauf, reiß ab vom Himmel Tor und Tür, reiß ab, wo Schloss und Riegel für.‘ Welch eine wunderbare Vorstellung, dass alle Schranken fallen sollten oder noch viel wunderbarer, dass der Heiland der Welt als Tau und Regen vom Himmel fließt oder als Kraut und Blume aus der Erde wächst. Wir sangen in der Kinderkirche: ‚Es kommt ein Schiff geladen bis an sein höchsten Bord, trägt Gottes Sohn voll Gnaden, des Vaters ewig's Wort.‘ Ich erklärte den Kindern, wie die Menschen früherer Zeiten solche Bilder gemacht hatten, um besser zu verstehen, wie der göttliche Heiland als Mensch auf die Erde kommt.

Eine schöne, eine stille und friedliche Zeit, in der wir mit unseren Kindern Weihnachten feierten, eine noch stillere Zeit, als es im Januar anfing zu schneien und die lautlos herabfallenden Flocken alles zudeckten. Doris legte öfter als sonst die Hände auf ihren Leib, und ihr Blick verlor sich in Fernen, zu denen ich ihr nicht folgen konnte. Ich wusste nicht, was sie dachte, manchmal schien es mir, sie warte auf ihren eigenen Heiland. Vielleicht konnte auch nur eine Frau das Wunder der weihnachtlichen Geburt so recht verstehen, ich hatte inzwischen gelernt, in Gedanken solche Wege zu verfolgen.

Obgleich Doris mich dringend bat, bei Schnee und Kälte zu Hause zu bleiben, musste ich mich doch auf den Weg nach Unterhaugstett machen. Sie sorgte sich ganz unnötig, denn das Gehen in der Winterluft tat mir gut und ich hatte ein kindliches Vergnügen daran, Spuren in das unberührte Weiß zu treten. Auch war ich keinesfalls allein auf den meisten dieser Gänge, denn oft tauchte des Pfeifers zottiger Hund Bruno neben mir auf, schüttelte sich den Schnee aus dem Fell und trottete neben mir her. Niemals ließ er sich verleiten, einem geworfenen Stock oder Schneeball nachzujagen. Wenn ich das versuchte, sah er mich von unten beinahe vorwurfsvoll an, und ich begriff, dass er mich auf diesen Gängen als seine Herde betrachtete, die er zu hüten hatte.

Heinrich Wendel, der Schäfer, wohnte während des Winters im Dorf, und auch die Schafe hatten dort einen Stall. Als ich ihn fragte, warum Bruno mir durch den Wald folgte, lachte er und sagte: „Bruno sucht sich seine Freunde selbst, Sie sind, wie es aussieht, einer von ihnen. Keine Angst mehr?“ Ich schüttelte den Kopf und lachte. „Jedenfalls nicht vor Bruno.“

Aber durch seine Freundschaft verlor sich auch die Angst vor anderen Hunden, die ich bis dahin nie hatte loswerden können. Wenn er neben mir lief, auf dem Rückweg in der Dämmerung seinen Kopf an mein Knie drängte und ich meine Hand in sein dickes Fell grub, gingen mir seltsame Gedanken durch den Kopf, Gedanken, die nach den Gründen für Angst oder Abneigung suchten.

Ich war nicht Franz von Assisi, der mit den Tieren reden konnte, aber ich konnte doch lernen, endlich gegen mich selbst rückhaltlos ehrlich zu sein.

Was ist Liebe wert, wenn sie sich immer und immer von haltlosen Wellen des Gefühls leiten lässt und sich nicht pfeilgerade und ohne Bedingungen dem zuwendet, der geliebt sein muss? Ich hatte sträflich gehandelt, Gottliebin Dittus aus dem Weg zu gehen. Das hatte nichts mit einer vagen Antipathie zu tun, ich war ihr aus dem Weg gegangen, weil ich mich fürchtete. Mit meiner Hand auf dem Kopf des Hundes, der mir seine ungeteilte Liebe schenkte, wusste ich, dass ich der Aura des Bösen ausgewichen war, die zweifellos von ihr ausging und an der sie doch keine Schuld trug.

Mit einem Mal stand mir wieder das Sterbebett Luise Hartwigs in Iptingen vor Augen, zu der keine Gebete mehr durchgedrungen waren, nur weil ich Gottes Kraft zu gering eingeschätzt hatte.

Und ich Narr ließ mich abschrecken von ihrer Verehrung für mich als Mann und überhörte dabei den Notschrei ihrer gequälten Seele.

Doch als ich sie das nächste Mal in ihrem Haus aufsuchen wollte, war sie nicht da. Ich traf nur Anna Maria an, die mir zuerst gar keine Auskunft geben wollte, warum Gottliebin das Haus verlassen hatte.

„Sie ist bei Anna Magdalena“, stotterte sie schließlich, „auch unser Vetter Mose hat gesagt, sie soll nicht mehr in diesem Haus bleiben, wo es ständig poltert.“

Ich muss zu meiner Schande sagen, dass ich diesen Besuch bis in den April hinausgeschoben hatte.

„Wer poltert?“, fragte ich recht schroff, denn der letzte Verdacht, dass Gottliebin hysterisch sei, war immer noch nicht geschwunden.

Anna Maria mochte meinem Blick nicht begegnen, und als sie schließlich zu mir aufsah, fing sie vor lauter Aufregung an zu schielen.

„Ich kann es nicht erklären“, sagte sie leise und steckte ihre Hände unter die Schürze.

„Lass gut sein“, sagte ich, „ich werde mit Mose Stanger reden.“

Aber stattdessen ging ich geradewegs zu Georg Stanger, der Gottliebins Onkel und Taufpate war. Ich hätte mir bei ihm längst Klarheit verschaffen müssen. Das Ausmaß dessen, was ich zu hören bekam, war weit schlimmer, als ich mir vorstellen konnte.

Stanger war ein ernster, nüchterner Mann von Mitte sechzig, sicherlich niemand, der wilde abenteuerliche Geschichten erfand.

„Es ist gut, dass Sie kommen", sagte er. „ich wollte Sie schon lange um Rat fragen." Er war nicht einmal im Zweifel darüber, weshalb ich ihn aufsuchte.

„Erzählen Sie", sagte ich.

„Es ist schrecklich", fing Stanger an, „seit die Geschwister in dem Haus da draußen wohnen, poltert es von Zeit zu Zeit, Gottliebin wird ohnmächtig oder bekommt Krämpfe. Entweder ist das Haus verhext oder sie ist nicht ganz normal, ich muss das leider so sagen. Von ihrer Schwester höre ich, dass sie schon als Kind manchmal solche Zustände hatte. Sie ließen dann irgendeine Frau kommen, um sie zu besprechen."

Er sah wohl, wie ich die Augenbrauen hochzog, und lachte verlegen.

„Sie wissen, wie die Menschen gerne solchen Hokuspokus glauben, auch Gottliebins Eltern waren davon nicht frei."

Mir geschah es allerdings nicht zum ersten Mal, dass mir solch ein ‚Hokuspokus' begegnete, Stanger konnte davon nichts wissen. Aber ich wusste auch, dass manche Menschen eine Affinität zu übersinnlichen Erscheinungen haben, die wir zwar nicht verstehen, die aber dennoch vorhanden sind.

„Und was weiter außer dem Poltern?", fragte ich.

„Sie hat Erscheinungen, sie sieht eine Frau mit einem Kind im Arm, die ein Papier verlangt, um endlich Ruhe zu haben. Ich weiß nicht, ob Tote mit uns reden können oder ob Gottliebin eine lebhafte Fantasie hat." Er sah mich etwas ratlos an.

„Ich weiß es auch nicht", sagte ich, „ich habe noch nie einen solchen Kontakt gesucht. Gottliebin soll stärker und intensiver beten, dann wird dieser Spuk schon vorübergehen."

Stanger schüttelte den Kopf. „Das Gepolter dauert nun schon zwei Jahre, nachts ist es oft so laut, dass die Nachbarn es hören. Können Sie nicht mit diesen Geistern reden?"

„Oh nein", gab ich schnell zurück, „auf solche Beschwörungen lasse ich mich nicht ein. Ich weiß wohl, dass es dunkle und böse Kräfte gibt, die sich unserer bemächtigen wollen, aber ich will sie nicht auf den Plan rufen."

„Sie sind schon längst auf dem Plan", sagte Stanger, „und da ist noch etwas. Sie sagt, es gibt Lichterscheinungen, und sie sei zu einem schwarzen Papier geführt worden, in das Geld gewickelt war."

„Vielleicht hat sie es selber dort hingelegt, um sich wichtig zu machen."

Stanger schüttelte den Kopf.

„Es waren alte Kronentaler, so etwas kann Gottliebin nicht besitzen. Danach hörte das Gepolter für eine Weile auf."

„Gut", sagte ich einigermaßen erleichtert, „vielleicht ist diese Sache damit abgetan."

Ich glaubte es oder wollte es glauben, denn mein eigenes Hauswesen und meine Arbeit nahmen mich genug in Anspruch. Marie war nun zwei und Karl ein unruhiges Kind von einem Jahr, lebhaft und stets Aufmerksamkeit verlangend. Mariechens Schritte tappten durch das ganze Haus und mehr als einmal entwischte sie der Obhut von Doris oder Sophie und erschien in meinem Arbeitszimmer. Sie konnte gerade die Klinke erreichen und niederdrücken, und dann schob sich zuerst ihr fragendes Gesicht durch den Türspalt, um zu erkunden, was für eine Miene ich machte. Was für eine Miene sollte ich schon machen, wenn sie lachend ‚Papa' sagte und auf meinen Schoß kletterte. Und dann plapperte sie und fragte, steckte, wenn ich nicht aufpasste, ihren Finger ins Tintenfass und fuhr damit über ein Papier. Ich konnte um alles mit diesem Kind nicht böse werden, und die Zeit, die sie bei mir saß, konnte ich nie als verloren betrachten. Wenn dann Doris ganz erschrocken bei uns erschien, schüttelte ich nur stumm den Kopf, sie möge das Kind nicht schelten.

Es war Mai inzwischen, kühl und nass, wie es die Bauern lieben, zu kühl für alle, die sich nach warmen Sonnentagen sehnten. Im Haus herrschte eine gespannte Erwartung, in wenigen Wochen sollte unser Kind geboren werden. Doris war, obgleich das seltsam klingt, gelassener als ich. Sie ging im täglichen Getriebe des Haushaltes umher, als ginge sie das alles gar nichts an, manchmal wollte mir bei ihrem abwesenden Gesicht schier angst werden. Stärker als bei den anderen Kindern prägte sich ein weicher verschwommener Ausdruck in ihre Züge, dass sie mir fast fremd vorkam. Sie lauschte in sich hinein, als rede sie ohne Worte mit dem Kind. Später gestand sie mir, dass sie während der langen Wochen der Erwartung um dieses ungeborene Leben einen besonderen Schutzmantel der Liebe gelegt hätte.

„Warum gerade bei ihm?", fragte ich dann zum wiederholte Mal, und sie pflegte als Antwort zu lächeln und zu sagen: „Du weißt, warum." Seit damals kann ich verstehen, warum manche Madonnen mit einem Schutzmantel dargestellt werden, unter dem die Menschen ihre Zuflucht finden. Wir haben in unseren Kirchen solche Bilder nicht, aber ich kann sie nicht belächeln oder ablehnen wie manche Pfarrer, es geht so viel Tröstliches von einer milde lächelnden Maria aus. Auch ich suchte in den kommenden herben Monaten immer nur den direkten Weg zu Gottes Sohn, zu seiner göttlichen Kraft, obgleich er doch auch ein Mensch war wie seine Mutter.

Eine Woche, bevor das Kind geboren wurde, war Doris noch einmal in der Kirche zusammen mit ihrer Mutter, die uns auch diesmal ihre Hilfe nicht versagte. Gottliebin kam mit ihren Schwestern, und von ihrem gewohnten Platz ließ sie während des ganzen Gottesdienstes kein Auge von mir mit einem düster brütenden Blick.

Doris war schweigsam beim Essen, nur ab und zu sah sie mich an, fragend und voll dunkler Angst.

„Geh nicht mehr hin“, sagte sie schließlich, „geh nicht mehr in ihr Haus.“

Ich wusste, wovon sie sprach, wie sollte ich nicht, ich hätte die Blicke in der Kirche gerne woanders hingelenkt oder gemildert.

„Eifersüchtig?“, fragte ich halb im Scherz, um ihr die Angst zu nehmen. Aber sie schüttelte nur den Kopf und sagte: „Das weißt du besser“, und nach einer Weile fügte sie leise hinzu: „Trag nicht das Böse in unser Haus.“

Die letzte Woche des Mai erlebte ich in sonderbarer Anspannung. Es war nicht nur das Warten auf das Kind, ich spürte einen schmerzhaften Druck, der sich auf alle Glieder legte und mir das Atmen erschwerte. Doris bekam in diesen Tagen große angstvolle Augen, und wenn ich sie ansprach, schüttelte sie nur den Kopf. Selbst die sonst so nüchterne und fröhliche Mutter Köllner wurde von der drückenden Atmosphäre angesteckt. Ich fand sie manchmal laut betend auf einem

Stuhl, und wenn sie mich sah, fragte sie: „Was geht hier vor, Christoph?“

Ich wusste es selbst nicht und konnte nur beruhigend den Arm um ihre Schulter legen und dabei wünschen, dass mich auch jemand tröstete.

Am Abend des 31. Mai begannen die Wehen, aber es wurde nicht nur deshalb eine unruhige Nacht. Bei jedem Schreien und Stöhnen der Wöchnerin ertönte Lärm von draußen, der sich wie ein widersinniges Echo überall verbreitete. Die Hebamme, die später am Abend kam, machte ein grimmiges Gesicht, aber schüttelte auf meine fragenden Blicke nur den Kopf. Als der neue Tag erst eine Stunde alt war, hatten wir einen zweiten Sohn, der nun aus seiner Mutter Obhut in unsere feindliche Welt hinein musste. Ich war auch diesesmal dageblieben und hörte den ersten Schrei und hörte gleich darauf Doris' Frage: „Ist es gesund?“ – „Wir haben einen Sohn, Doris, und er ist gesund.“ Eine ungeheure Erleichterung breitete sich über ihr Gesicht, und trotz ihrer Erschöpfung fragte sie: „Hast du den Lärm nicht gehört?“

„Doch“, sagte ich, „ich habe ihn gehört, schlaf jetzt.“

Ich selber sollte in dieser Nacht sicher nicht mehr schlafen, ich öffnete in meinem Arbeitszimmer beide Fensterflügel weit und sprach mein Dankgebet in die kühle Nachtluft.

Von ferne hörte ich noch aufgeregte Stimmen, die sich langsam entfernten, dann war es still. Nach einer Weile klopfte es, Josefine Händle öffnete die Tür und fragte: „Darf ich?“ Sie hatte eine saubere Schürze vorgebunden, ich musste lächeln über diesen Sinn für properes Auftreten, wenn sie mit dem Herrn Pfarrer sprach, obgleich sie inzwischen längst wusste, dass ich auch anderes gesehen hatte.

„Was ist es, Frau Händle?", fragte ich, denn in ihrem Gesicht stand immer noch ein Sturm schlecht unterdrückter Gefühle.

„Es ist ein Skandal", sagte sie, „ausgerechnet in dieser Nacht, wenn ein Kind geboren wird, müssen sie solchen Lärm machen. Sie sollten etwas unternehmen, Herr Pfarrer."

„Wer hat den Lärm gemacht?", fragte ich, obgleich ich es längst wusste.

„Gottliebin Dittus", antwortete sie und stieß verächtlich die Luft durch die Nase aus. „Schon als ich hierher kam, war dort ein Gepolter und Gestöhne, man muss dem endlich Einhalt gebieten."

„Sie glauben, Gottliebin tut das mit Absicht?"

„Was weiß ich", sagte sie ebenso verächtlich wie vorher, „das ganze Dorf merkt schließlich, wie sie hinter Ihnen her ist. Einen Mann brauchte diese hysterische Person."

Ich legte ihr begütigend die Hand auf den Arm. „Es ist gut, Josefine", sagte ich, „ich werde mich darum kümmern. Und danke für Ihre Arbeit und Fürsorge."

„Ich gratuliere Ihnen zu dem Sohn, und ich tue, was mein Amt ist."

Damit marschierte sie aus meiner Stube.

Doris bestand darauf, diesen Sohn nach mir Christoph zu nennen, mit dem zweiten Namen sollte er Friedrich heißen. Diesen ersten Tag im Leben des Kindes hatte ich mir anders vorgestellt. Er fing so freudig und friedlich an, als ich leise zu Doris in die Schlafstube trat. Sie hatte den Sohn im Arm und war ein Bild des Glückes und der Zufriedenheit, aller Schmerz und Kummer der Nacht schienen wie weggeblasen.

„Lass Mariechen kommen und Karl", sagte Doris, „sie sollen ihren Bruder sehen." Im gleichen Moment sprang schon die Tür auf, Mutter Köllner hatte die Kinder nicht mehr zurückhalten können. Karl krabbelte wie der Blitz durch die Stube, weil ihm das Laufen noch zu unsicher war, und Marie hüpfte von einem Bein auf das andere und sang in hohen Tönen: „Bruder, kleiner Bruder!"

Das sind so Augenblicke, die uns vor Glück die Tränen in die Augen treiben und in denen die Welt heil und rund erscheint.

Mit dem Glockenschlag elf war diese Idylle vorbei. Bürgermeister Krause begehrte mich zu sprechen, und mit ihm kam Mose Stanger, der Gemeinderat. Die Geburt unseres Kindes hatte sich schon im Dorf herumgesprochen, aber deshalb kam der Bürgermeister nicht. Seine Glückwünsche waren eher beiläufig, ehe er mich sehr ernst und eindringlich bat, im Fall der Gottliebin Dittus einzuschreiten.

„Ich bitte Sie, Herr Pfarrer, mich und einige andere Männer in das Haus zu begleiten, zu sehen und zu hören, was dort vor sich geht und notfalls mit Ihrer Amtsgewalt dem Treiben ein Ende zu machen."

„Ich bin Seelsorger und nicht Exorzist, wenn es sich denn überhaupt um solchen Spuk handelt", entgegnete ich ihm, „ich lasse mich nicht gern auf dieses vage Gebiet ein."

„Ich weiß", sagte Krause, „und eben wegen ihrer Nüchternheit möchte ich Sie gern als Zeugen mitnehmen. Es geht nicht an, dass wir noch länger warten, die letzte Nacht war so arg, dass sich alle Nachbarn beschwert haben. Man verlangt sogar von mir, diese Person aus dem Dorfe zu entfernen. Auf jeden Fall werde ich morgen abend mit etlichen anderen in das Haus gehen, und zwar ohne mich vorher anzusagen."

Was sollte ich tun, es gab viele Gründe mitzugehen, und es gab noch mehr Gründe, mich da nicht einzumischen. Der Grund, der am schwersten wog, war Doris, die mich von Gottliebin und allen finsteren Mächten fernhalten wollte.

Beide Männer sahen mich immer noch schweigend an, sie konnten mein Zögern offenbar nicht recht begreifen.

„Es ist gut“, sagte ich schließlich, „ich komme mit.“

Doris weinte und wollte sich gar nicht beruhigen, bis Mutter Köllner mich aus der Stube schob. „Das geht nicht, Christoph“, sagte sie, „du schadest der Mutter und dem Kind.“

Diesem Dilemma konnte ich nicht ausweichen, so gern ich es auch getan hätte. In Wirklichkeit hatte ich schon lange nicht mehr die Wahl, das eine zu tun und das andere zu lassen, mich hielten schon die Kräfte im Bann, deren Stärke ich noch nicht ahnen konnte. Ob nun Doris weinte, ob der Säugling schrie, weil sie so unruhig war, ob auch ihre Mutter mich zurückzuhalten versuchte, am Abend ging ich fort, die Treppe hinunter und fand schon die Männer vor dem Haus der Gottliebin versammelt. Der Tag war heiß gewesen und mittags hatte ein unruhiger Wind trockenes Stroh und verdorrte Blätter über die Straße getrieben. Es war kein guter Tag für mich, und als ich jetzt den Bürgermeister begrüßte, war mir schlimm zumute.

Irgendwie mussten die Geschwister doch Wind davon bekommen haben, dass ihnen eine hochoffizielle Invasion ins Haus stand. Noch ehe wir klopften, öffnete sich die Tür, Katharina und Hansjörg baten uns herein. Ich hieß zwei der Männer über die Außentreppe in das obere Stockwerk gehen, sozusagen als Wache gegen alle Einmischung von außen.

Aber sobald ich die Schwelle überschritt, vergaß ich alle Gedanken an einen möglichen Schabernack durch Dritte. Ich vergaß auch alles, was ich jemals über die

Wucht elektrischer Schläge gesagt hatte. Der Bürgermeister war vor mir eingetreten und auch Georg Stanger, aber erst als ich den Fuß über die Schwelle setzte, gab es einen lauten Schlag, der das Haus erschütterte. Die Stille, die darauf folgte, war so vollkommen, dass sie mir fast noch grauenhafter vorkam als die Schläge. Wir alle standen reglos in Erwartung eines neuen Lärms, aber nichts erfolgte, und nach einer Weile winkte Katharina uns, ihr in Gottliebins Kammer zu folgen, die gleiche, die ich schon kannte. Sie lag vollkommen angekleidet auf dem Bett und wandte nicht den Kopf nach uns. Als ich eintrat, wurde ich mit zwei lauten Schlägen empfangen, schlimmer als die ersten, sie teilten sich nicht nur dem Gehör, sondern dem ganzen Körper mit. Ich wollte guten Abend sagen, aber ich brachte kein Wort heraus.

In meine Sprachlosigkeit hinein ging der Lärm von Neuem los, ärger als zuvor, und er schien von verschiedenen Seiten auf uns einzudringen. Die anderen sahen mich an, ob ich nicht etwas tun wolle, auch die Männer, die ich nach oben geschickt hatte, erschienen in der Tür, weil sie glaubten, hier unten sei ein Handgemenge im Gang – und dann, wie abgeschnitten, war es wieder still.

Aber ich irrte mich. Gottliebin fing an zu stöhnen, und gleichzeitig begann auf- und abschwellend das Klopfen, Fingerspiele auf dem Holz des Bettes, wandernd auf dem Boden entlang. Der Rhythmus änderte sich von Ort zu Ort, schnell und langsam hüpfend oder hart. Wäre ich katholisch gewesen, hätte ich mich bekreuzigt. Stattdessen fing ich an zu singen: „In Jesu will ich bleiben." Aber kaum waren die ersten Töne aus meinem Mund, gab es drei so gewaltige Schläge, dass die Wände zitterten und der Kalk von der Decke rieselte. Mir blieb das Lied im Halse stecken. Ich muss sagen, für diesen Abend hatte ich genug, mehr als genug. Ich drehte mich zu Katharina um, die zitternd am Bettpfosten lehnte.

„Bringt Gottliebin für diese Nacht aus dem Haus“, sagte ich. „Kann sie bei Ihnen bleiben, Stanger?“, wandte ich mich an den Mann, der zwar mit Entsetzen, aber doch ruhig, den seltsamen Erscheinungen zugehört hatte.

„Gewiss“, sagte er, „Gottliebin, komm, wir gehen.“ Widerstandslos wie eine Puppe erhob sie sich vom Bett und folgte ohne ein Wort ihrem Paten. Im Hinausgehen drehte sie sich noch einmal um, und der Blick, der mich traf, war so voller Hass und Zorn, dass mir der Mund trocken wurde. Welch eine Nacht, in der ich mich immer noch daran klammerte, für alles Geschehene reale und greifbare Ursachen zu finden. Morgen würde ich das Zimmer genau untersuchen lassen, den Fußboden aufbrechen, um Verbotenes aufzudecken.

Genau das taten wir am anderen Tag, Stanger, der Bürgermeister, ein Handwerksmann und ich. Als das Dielenbrett aufgehoben wurde, erschien wie ein Irrlicht über dem Sumpf ein blaues Flämmchen, darunter fanden wir schwarzes Papier und feine zarte Knöchelchen, die nur von einem Vogel stammen konnten. Wir legten das Brett zurück, sonst geschah nichts, nur dass ich ein paar der Knochen mitnahm. Ich hatte Greifbares haben wollen, hier hatte ich es, aber irgendeinen Sinn oder Zusammenhang konnte ich nicht finden.

Ich hörte, dass Gottliebin in ihr Haus zurückgekehrt sei, und am folgenden Tag erschien sie im Gottesdienst am Arm ihres Paten. Wäre sie allein gekommen, hätten wohl viele einen Bogen um sie gemacht, so hinkte sie ohne rechts oder links zu blicken, auf ihren gewohnten Platz zu. Stanger saß auf der Männerseite, aber seine Blicke gingen immer wieder zu Gottliebin hinüber. Sie betete und sang wie alle, aber hielt den Kopf beharrlich gesenkt.

Ich war froh, ihren Blicken zu entkommen, aber ich predigte lustlos und zerstreut und ging mit einem tiefen Gefühl der Leere ins Pfarrhaus. Als ich zu Doris in die Schlafstube wollte, verwehrte mir ihre Mutter den Eintritt.

„Sie will dich nicht sehen, sie sagt, du bringst einen üblen Geruch mit, sie fürchtet sich."

Oh Gott, verlass mich nicht so. Ich kniete in meinem Zimmer und suchte all meine Kräfte im Gebet zu sammeln und auf lichte Bahnen zu lenken. Es gelang mir nicht, nach den ersten gestammelten Worten klopfte es laut an der Tür, und eine Männerstimme rief, ich möge schnell kommen, Gottliebin sei dem Tode nah.

Ich wusste den ganzen Tag, dass er kommen würde, deshalb legte ich mich in meinen Kleidern aufs Bett. Aber er kam nicht allein, und das war schlimm. Ich weiß nicht, warum er so viele Männer mitbrachte. Wenn er sich vor mir fürchtet, können die ihm sicher nicht helfen. Ich weiß nicht, warum es im Hause poltert. Aber wenn er kommt, wird es wirklich schlimm. Ich kann sehen, dass er sich nicht wehrt gegen das, was mich befällt. Er steht nur da und will wissen, woher das alles kommt. Ich höre, sie haben ein Dielenbrett aufgebrochen, als wenn irgendwelche Geister darunter hocken. Ich hätte ihn für klüger gehalten, sonst predigt er doch von so vielen Dingen, die man nicht sehen kann und doch glauben soll. Nur weil das, was nicht in der Bibel steht, hier geschieht, sagen sie, das gibt es nicht. Als mein Pate Georg mich aufforderte, mit ihm zu gehen, folgte ich ihm gleich, es war gut, von den vielen Menschen wegzukommen. Und meine Base Anna ist lieb, sie ist die einzige, die kein Grauen vor mir hat. Sie streichelt mich und tröstet mich, kein Mensch weiß, wie gut das ist. Am andern Tag gingen wir in die Kirche, mein Pate und ich, aber die Leute weichen mir aus und wollen nicht mit mir reden. Der Gottesdienst war schrecklich, Blumhardt sah mich nicht an, und ich hielt den Kopf gesenkt, ich weiß schon lange, dass er meine Blicke nicht ertragen kann. Beten hilft nicht und Jesus hilft mir auch nicht, ich verstehe nicht, warum er gegen meine Worte taub ist.

Ich wollte wieder ins Haus zu meinen Geschwistern zurück, aber das hätte ich nicht tun sollen. Sie war schon vor mir da, die Frau mit dem Kind, oder sie hatte nur darauf gelauert, mich anzusprechen. Nie vorher war sie so schrecklich gewesen, größer als sonst, aufgebläht wie von einem heißen Wind. Ich fühlte, wie mein Körper zu zittern begann, wie mein Speichel zu Schaum wurde und keinen Platz mehr hatte in meinem Mund. Dann lag ich auf dem kalten Boden und sie trugen mich auf mein Bett. „Sie ist ohnmächtig“, hörte ich Katharina sagen. Aber sie irren, ich habe keine Macht über meinen Körper, das ist wahr, aber mein Geist ist da und hört und sieht alles. Ich sehe, was die Menschen mit mir tun, und ich sehe, was sie nicht sehen. Die Frau kam mit und stand neben meinem Bett, sie war wieder zusammengeschrumpft, nicht größer als sonst. Sie stöhnte und fasste meine Hände an, kalt, so eiskalt. Ich fühlte, wie mein Körper sich aufbäumte und ihren Händen zu entkommen suchte.

Katharinas Stimme war von ferne zu hören: „Diese schrecklichen Krämpfe, Hansjörg, lauf zum Herrn Pfarrer, ich fürchte mich so.“

Das Bett zitterte unter dem Ansturm des Kampfes, den mein Körper vollführte. Die Frau wollte mich nicht loslassen, und neben der ihren hörte ich noch andere Stimmen, die aber keinen Körper hatten. Sie flüsterten und manche schrien, aber ich verstand sie nicht. Wieviel Zeit dabei verging, weiß ich nicht.

Dann kam Blumhardt, seine handfeste Gestalt durchdrang den dunstigen Körper der Frau, als er sich neben mein Bett setzte. Lange schwieg er und betrachtete mich. Die Frau verwehte und ließ mich los, stattdessen spürte ich seinen warmen Griff, und meine eiskalten Hände wurden wie zum Gebet zusammengefügt.

„Jesu, hilf“, hörte ich ihn laut und deutlich sagen, „du bist stärker als der Teufel.“

Eine sanfte, wohltuende Wärme durchflutete mich, mein Körper wurde schlaff und ruhig, meine Hände blieben unter dem schützenden Dach seiner Worte gefaltet. Ich öffnete die Augen und sah, was ich schon vorher gesehen hatte, Blumhardts Gesicht dicht über mir und seine Lippen, die sich bewegten.

Er schreibt alles diesem Haus zu und will, dass ich es sofort verlasse und bei meinem Paten wohne. Ich tu ihm gern seinen Willen.

Ich musste nach verschiedenen Seiten Frieden stiften, zuerst und vordringlich mit Doris. Sie ging, als sie aus dem Bett aufstehen durfte, wie eine verlorene Seele durchs Haus, und selbst die Kinder brachten kein Lächeln auf ihr Gesicht. Ich sah, wie sie mit dem Säugling flüsterte, wenn sie ihn trinken ließ, ich sah auch, dass sie sich kaum um den Haushalt kümmerte. Die ganze Last der Arbeit lag auf Sophie, nachdem eine Woche später meine Schwiegermutter abgereist war. Auch mit ihr hatte ich keinen wirklichen Frieden gemacht, sie ermahnte mich nur beim Abschied, Doris nicht zuviel zuzumuten. Ich wusste schon, wie sie das meinte. So suchte ich denn, Geld hin oder her, für die Stunden des Tages eine Kinderfrau. Zum zweiten Mal, und diesmal sehr bescheiden, klopfte ich bei der Familie Dobric an die Tür. Wieder öffnete Karel, nicht weniger erschrocken als damals. Mein Entschluss war schnell gekommen, schneller als ein kühler Verstand ihn hätte ausdenken können. Ich sah den Mangel und die Not auf der einen Seite, und sah den Mangel an Hilfe auf meiner.

„Ist deine Mutter da?“, fragte ich. Karel nickte. Frau Dobric saß in der Stube und nähte, neben ihr wiegte sich Elisabeth hin und her.

„Ich brauche Hilfe, Frau Dobric“, sagte ich ohne Einleitung.

„Und da kommen Sie zu mir?“

Ihr Erstaunen war nicht so groß wie ich gedacht hatte.

„Sie wissen, unser jüngstes Kind ist noch klein, meine Frau hat zuviel Arbeit, und Sophie kann nicht alles machen. Können Sie uns ein paar Stunden am Tag mit den Kindern helfen? Natürlich bezahle ich Sie.“

Sie schwieg, und ihre Hände lagen sehr still auf der Näharbeit. Dann ging ihr Blick zu Elisabeth, und ich sah, wie ihre Augen sich in Trauer verdunkelten.

„Ich danke Ihnen für Ihr Vertrauen", sagte sie, „aber Sie sehen ja selbst ..."

„Kann sie gehen?", fragte ich.

„Oh ja", kam Karels helle Stimme aus der Ecke, „sie kann gehen und sie ist so lieb."

„Hören Sie", sagte ich dringlich, „wir brauchen die Hilfe im Haushalt, aber vor allem möchte ich jemanden im Haus haben, der sich um Doris kümmert. Sie fürchtet sich vor meinen Begegnungen mit Gottliebin Dittus."

Wieder schwieg Frau Dobric eine lange Weile. „Sie fragten, ob Elisabeth gehen kann", sagte sie dann leise, „heißt das, ich kann sie ins Pfarrhaus mitbringen?"

„Ja", sagte ich, „das heißt es."

„Dann komme ich", sagte sie, „und ich kann schon verstehen, dass Ihre Frau sich fürchtet."

Mir fiel in der Aussicht auf doppelte Hilfe ein Stein vom Herzen. Mit Doris einen wirklichen Frieden zu machen, war nicht so einfach. Ich hatte bei ihr elementare Ängste aufgerührt, von denen ich selbst nicht frei war. Am Abend zog ich sie zu mir in die Studierstube, und da sie sich von dem kleinen Christoph nicht trennen wollte, wickelte ich ihn in eine Decke und legte ihn neben sie auf das Sofa. Sophie hatte uns Tee gemacht, im Haus war es still geworden. Sie kämpfte nicht gegen mich, das sah ich jetzt, sie kämpfte für die Ruhe und das Heil der Kinder, vornehmlich für den Jüngsten, den sie in einer so unruhigen Nacht geboren hatte. Wir können nicht in die Zukunft sehen, aber ich fühlte, wie uns auch von diesem Kind Heil geschenkt wurde, von ihm, der später so gerade und stark in seinem Amt neben mir stand.

„Ich muss das tun, was ich angefangen habe", sagte ich in die Stille hinein, „ich möchte, dass du so fest an

Gottes Kraft glaubst wie ich. Ich kann nicht aufhören jetzt, sonst ist mein ganzes Amt vergeblich.“ Und dann erzählte ich ihr haarklein, was sich bei Gottliebin zugetragen hatte, ganz ohne Schonung.

„Es ist nicht zu Ende“, sagte ich, „ich fürchte, es hat gerade erst angefangen. Ich brauche deine Liebe, deine Kraft und deine Gebete, ich brauche alle Reserven, die wir von Gott erbitten können.“

Sie saß ganz still mit geschlossenen Augen, aber sie war nicht mehr fern von mir.

„Ich bete für dich“, sagte sie leise, „ich bete für die Kinder – und Gottliebin.“

Sie war so gut wie ihr Wort, sie saß später noch oft neben mir bei Gottliebin, und sie ist auch vor den abscheulichen Enthüllungen des Bösen nicht gewichen.

Man denkt, ein Dorf wie Möttlingen sei eine kleine in sich geschlossene Welt, aber auch darin irrte ich. Ich weiß nicht, wie, aber was hier geschah, hatte sich herumgesprochen. Als wenige Tage später der Reiseprediger Weiz bei uns zu Gast war, brachte er nicht nur seine, sondern auch die Meinung anderer mit. Er war Herrnhuter aus der Gemeinde in Königsfeld, vertraut mit den Seelenkämpfen der Menschen und fest davon überzeugt, dass wir hier auf Erden dem Bösen in sehr realer Gestalt begegnen. Er war nicht von ungefähr hierher gekommen, er kannte Gottliebin Dittus von früher.

Kaum hatte er sein Reisegepäck abgelegt und uns begrüßt, eilte er, sie zu besuchen. Ich sagte ihm, wo er sie finden könne. Bei seiner Rückkehr ins Pfarrhaus ermahnte er mich in dem, was ich schon wusste, dass ich nämlich ein schlechter Seelsorger sei und mich nicht genug um Gottliebin gekümmert hätte.

„Das sagst du, Bruder Weiz“, antwortete ich ihm, „es gibt andere, die mich dringend davor warnen, die

Grenze zu übersinnlichen Erscheinungen zu überschreiten, mein Freund Barth ist einer von ihnen."

Weiz sah mich an mit einem solchen Blick, der Menschen mit tiefer geistiger Erfahrung eigen ist.

„Bruder", sagte er, „wie siehst du dein Amt? Es gibt nichts, was wir fürchten müssen, gar nichts. Es gibt keine Mächte, über die Gott nicht Herr wird, hast du das vergessen?" Er schloss die Augen und atmete tief. „Weißt du nicht, wie einfach das ist: bittet, so wird euch gegeben. Weißt du nicht, dass er da ist, in dir, neben dir, du brauchst nur die Hand nach seiner Kraft auszustrecken."

Ich hatte es einmal gewusst, nur wenn ich Gottliebin gegenübertrat oder sie berührte, öffneten sich unberechenbare Ströme, die ich nicht einzudämmen wusste.

Weiz blieb drei Tage bei uns, und an jedem dieser Tage saß er einige Stunden bei Gottliebin.

„Sie ist der friedlichste und verständigste Mensch", sagte er zu mir, „nur von dir will sie nicht reden. Was hast du ihr getan?"

„Nichts", sagte ich, „gar nichts. Ich bin ihr bis jetzt lieber aus dem Weg gegangen."

Weiz sah mich an, als sei ich nicht recht bei Verstand.

„Ich verstehe dich nicht", sagte er, „man sprach von dir, als du in Iptingen Vikar warst, von der Kraft deiner Predigt und dem Zustrom der Menschen. Und jetzt?"

„Jetzt ist es anders", antwortete ich, „aber vielleicht habe ich vor ein paar Tagen einen neuen Anfang gemacht."

Ich versuchte es wenigstens. Als Weiz abgereist war, vertiefte ich mich Stunden und Tage in alle Begebenheiten, bei denen Jesus Dämonen ausgetrieben hatte. Ich suchte, da ich doch im Konkreten so gern zu Hause war, hierin einen gewissen Halt. Aber was hieß schon konkret, wenn ich nicht sah, was Gottliebin sah, wenn sich die Quelle des Polterns nicht offenbarte, und wenn schließlich der Strom der Antipathie zwischen ihr und mir noch nicht versiegt war. Ständig liefen bei aller Arbeit, die ich als Pfarrer zu verrichten hatte, diese Gedanken nebenher. Jesus, dachte ich, Jesus hatte die Macht, Jesus trieb die Geister aus den Besessenen, er ging übers Wasser, er heilte die Blinden, Jesus weckte den toten Lazarus auf. Die ganze Wucht dieser Taten überfiel mich, aber lieber Gott, ich war nicht Jesus.

Seine Stimme hörte ich erst einige Zeit später wieder, als die Leiden sehr groß geworden waren. Jetzt versuchte ich so redlich wie möglich in meinen Gefühlen und Gedanken auch Gottliebin gerecht zu werden als einem Geschöpf, das dämonischen Kräften als Medium und Sammelpunkt diente. Und ich wusste auch, endlich wusste ich es, dass ich zum Sammelpunkt anderer Kräfte geschaffen war.

Doris fand mich oft zerstreut und abwesend allem gegenüber, was im Haus geschah. Sie sah mich dann so traurig an, aber nicht einmal ihr konnte ich offenbaren, zu welchem Kampf ich mich rüstete. Nur wenn Marie weinte, weil ich keine Zeit für sie hatte, besann ich mich für eine Stunde und scheuchte alle anderen Gedanken fort.

Ich hatte recht daran getan, Frau Dobric ins Haus zu holen, sie hatte eine liebe stille Art, mit den Kindern umzugehen, die sogar Karls ungebärdiges Temperament beruhigte. So konnte Doris sich ganz dem Säugling widmen, und Sophie hatte die Hände frei. Doris trug es mir nicht nach, dass ich sie gar nicht gefragt hatte, im Gegenteil, die beiden Frauen schlossen sich in einem heiteren Bündnis gegen alle Unbilden des Alltags zusammen. Und dass Elisabeth mit in der Kinderstube saß, erwies sich in vieler Hinsicht als ein

Segen, den ich damals noch gar nicht erfassen konnte. Marie war von ihrer Schönheit völlig verzaubert, Doris erzählte mir, wie sie oft stille neben Elisabeth hockte, ihre Hände streichelte und die Augen nicht von ihrem Gesicht wenden konnte.

Es begab sich so viel in diesem Jahr, ich muss es nacheinander erzählen, auch wenn sich mir die Bilder oft genug ineinander verschränken. Es blieb nicht aus, dass auch Karel häufig im Pfarrhaus auftauchte, es war nicht zu übersehen, wie stolz er auf seine Schwester war, auch wenn sie nicht redete. Ich sah ihn manchmal von meinem Fenster, wenn er mit Sophie den Wäschekorb in den Garten schleppte, oder ich begegnete ihm auf der Gasse mit einem Korb voller Brote. „Sophie hat mich geschickt", sagte er dann, und ich sah, wie er sich allmählich ganz unserem Haushalt zugehörig fühlte.

In diesen Tagen, als Gottliebin schon bei ihren Verwandten wohnte, tauchten drei katholische Geistliche in Möttlingen auf. Sie liefen, wie man mir sagte, erst eine Weile im Dorf herum und fragten nach dem Dittus-Haus, ehe sie bei mir anklopften. Ich muss sagen, ich empfing sie recht kühl, denn was sie begehrten, ging mir völlig gegen den Strich. Sie wollten unbedingt ein oder zwei Nächte dem Poltergeist auflauern und ihre Studien machen, vielleicht auch einen altbewährten Exorzismus dort praktizieren. Ich habe nie in meinem Leben schneller nein gesagt, und zwar so entschieden, dass es ihnen sehr unfreundlich vorkommen musste. Mir war das gleichgültig, ich wollte sie so schnell wie möglich loswerden, denn irgendwelche Neugierigen konnte ich in dieser Zeit gewiss nicht brauchen. Ich ließ Hansjörg Dittus zu mir kommen und schärfte ihm sehr bestimmt und mit allem Nachdruck meines Amtes ein, niemanden in sein Haus einzulassen. Das war die erste

Aufgabe, die ich ihm übertrug. Später ist er mein getreuer Wächter vor dem Pfarrhaus geworden.

Aber wir hatten uns alle getäuscht. Was wir dem Haus verhaftet glaubten, wanderte mit Gottliebin in ihre neue Wohnung.

So sehr ich mich im Gebet auf Jesu Macht verlassen wollte, brauchte ich doch Helfer und Beistand auf dieser Erde. Ich wusste, Mose Stanger, Gottliebins Vetter, und der Bürgermeister waren fromme, vernünftige Männer. Mehr als einmal beriet ich mich mit ihnen, und nicht nur das, sie vereinigten sich im Gebet mit mir. Wann immer ich Gottliebin besuchte oder zu ihr gerufen wurde, war einer von ihnen dabei. Ich wollte um jeden Preis alles Geheime vermeiden und für mein Tun Zeugen haben, und diese einfachen Männer, die nicht studiert hatten wie ich, halfen mir mehr als mein gelehrter Freund Barth.

Im Juli ging ich in Stangers Haus, das nun auch vom Poltern und Klopfen heimgesucht wurde. Sie hatten Gottliebin eine eigene Stube gegeben, denn auch ihre Kusine Anna begann sich zu fürchten, wenn Zuckungen und Krämpfe einsetzten. Ich fand Gottliebin im oberen Geschoss des Hauses, sie lag ganz ruhig auf ihrem Bett, und ich bat Mose Stanger, bei geöffneter Tür auf dem kleinen Vorplatz zu bleiben, damit es in der Kammer nicht zu eng würde. Ich rückte mir einen Hocker heran und sprach einen Abendsegen, denn der Tag hatte sich schon geneigt. Dann hörte ich es, wie von der hölzernen Wand das leise Klopfen näher kam, über den Fußboden schlich, auf das Bett übersprang und dort einen wahren Trommelwirbel vollführte. Gleichzeitig fing Gottliebins Leib an zu zucken, ihre Augen verdrehten sich, dass nur noch das Weiße zu sehen war. Draußen hörte ich Mose Stanger aufseufzen, als sei auch er von der Unruhe betroffen worden. Jetzt musste ich Jesu Namen anrufen und darauf vertrauen, dass er mich hörte. Ich schloss die Augen, um nicht in das verzerrte Gesicht der Frau zu sehen, und richtete all meine Gedanken auf den, der versprochen hatte, dass wir in seinem Geist die Kranken heilen könnten. Ob ich laut oder leise betete, weiß ich nicht mehr, aber die Anrufung war dringlich und stark, er musste mich hören.

Die Antwort darauf war schaurig, fremd und völlig unerwartet. Gottliebin sprach, aber es war nicht sie, die sich hören ließ. Eine tiefe raue Stimme füllte die ganze Kammer: „Den Namen kann ich nicht hören."

Ich öffnete unwillkürlich die Augen, als ob etwa der zu sehen wäre, der da gesprochen hatte. Aber ich sah nur Gottliebins blicklose Augen und ihren weit geöffneten Mund. Draußen murmelte Mose: „Oh Gott, mir ist schlecht", und ich hörte, wie er sich vehement übergab. Zugleich wehte mich wie aus dem Nichts ein Geruch an, widerwärtig und fremd. Ohne nachzudenken, fing ich an, die wesenlose Stimme zu fragen in dem Drang, das Böse, Ungreifbare irgendwo festzumachen.

Spontan hat da das Hirn die üblichen Fragen bereit, die man bei kluger Überlegung nie stellen würde.

„Hast du keine Ruhe im Grab?"

Die Stimme lachte, scheußlich und zynisch und wurde unversehens zu der einer Frau: „Ruhe? Nein, unsere Taten folgen uns nach."

Ich konnte einfach nicht aufhören, obgleich ich wusste, dass ich Gottliebin so nicht von den dämonischen Kräften befreite, sondern sie immer mehr anzog.

„Was hast du getan?"

„Kinder getötet und im Acker vergraben."

„Bist du allein, wer ist bei dir?"

Jetzt röhrte die Stimme wieder so tief und scheußlich, wie vorher: „Er – der Arge". Ich stieß den Hocker um, kniete mich neben das Bett, fasste Gottliebins eiskalte Hände und drückte sie gefaltet auf ihren zuckenden Leib.

Nun rief ich laut: „Gott Vater, Sohn und heiliger Geist, steh uns bei.“ Ruhe kehrte ein, Gottliebin sank schlaff und entspannt zurück, schlug die Augen auf und fragte mit ihrer gewöhnlichen Stimme: „Ist sie fort?“

Ich konnte nicht länger daran zweifeln, Gottliebin war besessen. Das legte sich mir wie ein Stein auf die Seele, denn wer war ich, mich mit den Legionen der Hölle einzulassen. Am andern Tage berief ich die beiden Stangers und den Bürgermeister zu mir, um erneut mit ihnen zu beraten. Nicht ich, sondern Mose erzählte von der letzten Begegnung mit Gottliebin und wurde bei seiner Rede von Angst und Ekel geschüttelt.

„Wohin sind wir geraten?“, fragte er bekümmert, „und warum versucht Gottliebin den Herrn Pfarrer zu schlagen, der ihr doch helfen will. Doch sie kann es nicht, eine Handbreit vor der Berührung bleiben ihre Fäuste stehen wie festgebannt.“

„So ist es“, sagte ich, „ihre Wut richtet sich gegen mich, aber nur, wenn sie nicht bei sich ist.“

Zusammen mit diesen Männern, die so wohltuend nüchtern waren, suchte ich die Antwort in der Heiligen Schrift. Was lag näher als dass wir die Geschichte des Besessenen studierten, so wie sie bei Markus und Lukas aufgezeichnet steht. Was waren Zeit und Raum, wenn Vergangenes doch stets gegenwärtig blieb, aber was war auch unsere eigene Ohnmacht gegen Jesu Vollmacht. Und doch war sein Tun den Menschen ein Ärgernis, damals und heute, und was ich tat, wurde für viele ein Stein des Anstoßes.

Es war eine finstere, schreckliche Zeit, die auch der warme und heitere Sommer nicht aufzuhellen vermochte.

Ich klammerte mich an meine Gebete und den immer wieder gesuchten Glauben, dass mir Hilfe zukommen müsse. Aber es kam so, dass ich fast ein Doppelleben führte. Das eine spielte sich im Pfarrhaus ab, in der Familie, die ich liebte, in der Schule, wo ich die Kinder mit Stoff und Lebenslehren füttern musste, in der Kirche, wo eine träge Gemeinde allmählich hellhörig wurde – und das andere Leben begab sich in Gottliebins Stube, der ich, wie durch einen Magneten gefesselt, anhaftete.

Je häufiger ich sie besuchte, desto mehr dämonische Stimmen sprachen aus ihr. Aber sie sprachen nicht nur, etwas Fremdes tobte sich in ihrem Körper mit ungeheurer Wut aus.

Am Ende eines glutheißen Junitages hätte ich den Kampf beinahe aufgegeben. Georg Stanger hatte mich gerufen, weil er sich gar nicht mehr zu helfen wusste, denn Gottliebin gebärdete sich so wild und stark, dass niemand sie anzurühren wagte. Als ich eintrat, schlug sie den Kopf gegen die Wand, als wolle sie ihren Schädel zerspalten, und bei meinem Anblick schrie sie laut. Ihr Pate, der neben mir stand, bekam heftige Schläge auf Arme und Rücken, nur mich konnte sie nicht anrühren. Es war nicht eine Stimme, die wir hörten, viele wechselten in verschiedenen Tonlagen und in Sprachen, die wir nicht verstanden. Ich wollte sie zum Bett führen, damit sie Ruhe fände, aber ich wurde durch unsichtbare Kräfte von ihr ferngehalten. Zum ersten Mal teilte sich auch mir ein körperlicher Schmerz mit, so wie ihn Gottliebin empfinden musste. Ich fühlte mich in einen furchtbaren Strudel gezogen, ohnmächtig, allein.

Nach einer Weile wagte ich zu singen, irgendwo muss wohl ein geheimer Vorrat gespeichert sein, der uns in höchster Not den Mund öffnet:

Trotz dem alten Drachen,
trotz des Todes Rachen,
trotz der Furcht dazu.
Tobe, Welt, und springe,
ich steh hier und singe
in gar sichrer Ruh.
Gottes Macht hält mich in acht.
Erd und Abgrund muss verstummen,
ob sie noch so brummen.

Ich weiß nicht, wie ich die Töne fand, aber sie beschwichtigten alle verwirrten Stimmen.

Ich sah, wie Gottliebin mit der Hand winkte, als wolle sie jemanden verabschieden, ich sah, wie sie aufs Bett taumelte und in einen tiefen Schlaf versank. Neben mir hörte ich Stanger sagen: „Gelobt sei Jesus Christus", und ich konnte ihm aus tiefstem Herzen antworten: „... in Ewigkeit, Amen."

Was sollte ich anderes denken, als dass aus Gottliebin solche Verstorbenen sprachen, die in unaussprechlichen Regionen herumirrten und sich nun ihrer bemächtigt hatten.

Ehe ich an diesem Abend ins Pfarrhaus zurückkehrte, betrat ich meine stille, dämmerige Kirche. Nur die Konturen des Gekreuzigten waren erkennbar, nicht sein Gesicht.

„Rede mit mir", sagte ich.

„Ich rede immer mit dir", kam seine Stimme aus dem Dunkeln.

„Hast du die Geister ausgetrieben damals und in die Säue geschickt?"

Da lachte er leise und fragte: „Fürchtest du dich?"

„Du weißt, dass ich mich fürchte."

„Wappne dich ..." kam es wie ein Hauch aus der Ferne, dann war Stille.

Mir ist, als wollte dieser Sommer gar kein Ende nehmen. Ich habe mich noch nie darum gekümmert, wie schnell die Monate kommen und gehen. Man denkt einfach nicht daran, aber jetzt wird es mir mit Gewalt eingehämmert. Augenblicke bleiben stehen, wenn die Schmerzen mächtig meinen Körper peinigen. Dann gibt es wieder Stunden und Tage, die ganz friedlich und gemächlich einhergehen, in denen ich mit Anna die Stuben fege und das Gemüse vom Bauern hole.

Er versucht es, ich weiß, er versucht, das auszutreiben, was mich quält, aber er versucht nicht, mit mir zu reden. Er liebt mich nicht und er kennt mich nicht. Er liebt seine Frau und seine Kinder, ich sehe sie manchmal im Pfarrgarten. Frau Dobric kümmert sich um Marie, und auch ihr Sohn darf den kleinen Karl auf dem Arm tragen oder in einem Wagen ziehen. Warum fragen sie mich nicht, ob ich ihr helfen kann? Ich möchte ihn so gern da herausziehen aus seinem häuslichen Kreis oder zu ihm hineinkommen, ich möchte so gern, dass er mich endlich sieht. Ich bin nicht gut oder böse, ich bin nur geschlagen mit abscheulichen Dingen, die mich hässlich machen. Ich weiß, dass die Frau Pfarrer sich vor mir fürchtet und dass ich nicht in die Nähe ihrer Kinder kommen soll. Sogar Karels Schwester darf mitgehen, obwohl sie bestimmt nicht normal ist. Jedenfalls schaut sie nicht rechts und links und redet mit keinem. Karel führt sie an der Hand oder ihre Mutter. Ich glaube, meine Geschwister sind froh, dass sie mich für eine Weile los sind, aber ich bin allen Menschen lästig, die mit mir zu tun haben. Manchmal bekomme ich einen Zorn auf mich selbst, und dann denken die anderen, ich grolle mit ihnen. Meine Schwestern haben nur alle vier Wochen ihre Blutung, wie das bei Frauen üblich ist, ich aber werde jeden Mittwoch und Freitag damit geschwächt, und an manchen Tagen tropft das Blut aus meiner Brust. Ich weiß nicht, welche bösen Geister ich damit ernähren soll, allmählich sehne ich den Tod herbei.

Eines weiß ich inzwischen, Blumhardt kann die Geister vertreiben, aber sie gehen nie weit fort. Er vertreibt sie, aber er zieht sie auch an, denn es werden immer mehr, die mich aufsuchen und ihre Stimme erheben wollen. Deswegen mag ich diesen Sommer nicht mehr, die Hitze brütet Böses aus. Anna freut sich und lacht, wenn die Sonne scheint und auch abends noch die Luft warm bleibt. Dann geht sie, wenn es ihr Vater erlaubt, zu der großen Linde, die zwischen dem Pfarrhaus und der Kirche steht. Dort sitzen die Mädchen und singen, ich höre es nur von ferne, denn ich gehe nicht mit. Sie singen: „Ich hört ein Sichlein rauschen, wohl rauschen durch das Korn", oder sie singen: „Wenn alle Brünnlein fließen". Immer kommt ein Liebster darin vor oder eine Liebste, sie lachen, auch wenn die Lieder machmal traurig sind. Ich habe keinen Liebsten und ich singe nicht. Selbst in der Kirche fällt es mir schwer, in einen Choral einzustimmen, ich habe Angst, dass hinter meiner Stimme eine andere lauert, die plötzlich ausbrechen könnte. Das Böse wartet auch am Tage auf mich, schon zweimal haben unsichtbare Hände meine Füße und Beine umklammert, dass ich hinstürzte. Meine Knie und Hände sind aufgeschürft und heilen schwer.

Morgen früh geht Blumhardt nach Korntal zum Kinderfest. Ich fürchte mich, wenn er weg ist und ich fürchte mich, wenn er hier ist. Ich habe Grund, mich zu fürchten, denn in dieser Nacht seiner Abwesenheit töteten sie mich beinahe. Ich bat die Tante, bei mir zu schlafen, denn es ist so schauerlich, allein in der Stube zu liegen, wenn die Balken knacken und draußen die Käuzchen schreien. Wir löschten zeitig das Licht, denn ich war sehr müde vom Weinen, weil mich an diesem Tage eine große Traurigkeit erfüllte. Ich will auch sagen, warum ich so traurig war. Der Morgen war noch kühl, und ich ging ein Stück über die Felder in die Richtung, wo der Schäfer seine Hütte hat.

Ich kenne ihn und seinen Hund Bruno, der im Winter hier im Dorf herumläuft, wenn er keine Schafe hüten muss.

Er ist groß und stark und sieht beinahe aus wie ein Wolf, aber niemand fürchtet sich vor ihm. Er ist klug und gut erzogen, und man meint fast, er verstehe jedes Wort, das man zu ihm sagt. Ich sah von ferne die grauen Rücken der Schafe, die sich auf und ab bewegten. Ich dachte, ich sage dem Pfeifer guten Morgen, er ist nett und hat immer ein freundliches Wort.

Aber daraus wurde nichts. Als ich näher kam, verließ Bruno die Herde und schoss auf mich zu. Drei Schritte vor mir – ich wollte schon die Hand nach ihm ausstrecken – stemmte er die Vorderbeine auf den Boden, seine Nackenhaare sträubten sich und unter Knurren zeigte er sein fruchtbares Gebiss. Natürlich blieb ich stehen, was hätte ich anderes tun sollen. Ich dachte, jetzt pfeift der Schäfer gleich und ruft ihn zurück, aber es kam kein Pfiff. „Bruno", sagte ich, „du kennst mich doch." Da knurrte er noch mehr und wich nicht vom Fleck.

Ich drehte mich um und ging zurück, aber ich war jeden Augenblick darauf gefasst, dass der Hund mich von hinten anspringen würde.

Auch als die Tante das Licht gelöscht hatte, weinte ich noch, es muss etwas Schreckliches an mir sein, dass sogar ein Tier mir seine Abneigung zeigte. Zuerst, als der Schlaf kam, träumte ich wunderschön von einem bunten Garten, wie ich ihn mir als Kind immer wünschte. Glänzende Steine lagen an einem Teich, und von irgendwoher hörte ich Musik. Im Traum kannte ich sie ganz genau und wollte mitsingen, aber mein Mund öffnete sich nur zu einem Schrei, denn glühend heiße Hände umklammerten meinen Hals. Sie brannten mich und drückten mir den Atem ab. Meine wilden Bewegungen weckten die Tante, ich hörte ihre Stimme wie eine Erlösung: „Was ist, hast du geträumt?"

Sie zündete das Licht wieder an und schrie auf: „Was ist mit deinem Hals?" Ihre Stimme klang heiser, als würde auch sie gewürgt. Mein Hals brannte, riesige Blasen bildeten sich auf der Haut, wo mich die Hände angefasst hatten. Oh Gott, es war so schrecklich, ich fühlte mich von allen verlassen und konnte bis zum Morgen gar nicht aufhören zu weinen.

Mein Pate Georg ist gut, er ließ den Doktor kommen, der aber recht ratlos an meinem Bett stand. Da ich mit keinem Feuer in Berührung gekommen war, wollte er die Blasen nicht für Brandwunden halten, und doch sind es welche, ich weiß es.

Jeder, der sich einmal brennt, merkt wie das tut. Ich möchte sehr gern von dem Übel dieses Lebens erlöst sein.

Von der Taufe unseres dritten Kindes habe ich noch nicht gesprochen, denn sie weckt schmerzliche Erinnerungen, und ich möchte manches, was dieser Tag brachte, lieber vergessen. Ich wollte so gern bei diesem Sohne die heilige Handlung selbst vollziehen, wollte mit meiner Fürbitte als Schutzschild zwischen ihn und die bösen Mächte treten, am Taufbecken und im Angesicht der Gemeinde. Aber Freund Barth hatte sich ganz selbstverständlich angeboten, Christoph zu taufen, und mir fehlte der Mut, ihm das abzuschlagen. Ich hätte zu viele Erklärungen geben müssen und den schwelenden Zwist zwischen uns noch mehr geschürt. Denn Zwist gab es, das war gar nicht zu übersehen. In seinen Briefen war er der Mahner und Warner, der mich von dem Spuk und Teufelswerk, wie er es nannte, abzuhalten versuchte.

Schon am Vorabend der Taufe fing er trotz Doris' ängstlicher Miene an mit mir zu rechten.

„Wohin verirrst du dich, Christoph", sagte er und legte dabei, wie ein alter Freund das tun darf, den Arm um ihre Schulter, „siehst du nicht, wie deine liebe Frau darunter leidet?"

„Ich helfe ihm", sagte Doris leise und trat zum ersten Mal ganz entschieden auf meine Seite.

Aber Barth ließ nicht locker.

„Doris“, sagte er eindringlich, „du weißt, welchen Eindruck dein Mann auf die Menschen machen kann, lass dir davon nicht die Augen verblenden. Ich kenne Gottliebin Dittus, sie war eine aufgeweckte Schülerin, aber wenn sie nicht meine ungeteilte Aufmerksamkeit bekam, wurde sie störrisch und tat, als wüsste sie die Antwort nicht. Kennst du sie so?“

„Ich kenne sie so, und trotzdem, mein Freund, muss ich mich mit ihr und allem, was ihr geschieht, einlassen.“

„Hüte dich“, sagte Barth, „hüte dich vor allem, zu dem uns die Heilige Schrift keinen Zutritt verschafft. Willst du deine Familie in diese unsäglichen Machenschaften hineinziehen?“

„Ich bin seine Familie“, sagte Doris, „und ich gehe mit ihm.“

Sie hatte plötzlich in meiner Verteidigung alle Angst abgelegt. Und dann sagte sie noch etwas, das ich ihr so nie zugetraut hätte: „Wenn du morgen das Kind taufst, Christian, werden alle guten Mächte um uns sein. Jetzt wollen wir nicht mehr streiten.“ Dann sagte sie gute Nacht und ließ uns allein.

Aber wir folgten ihrem Rat leider nicht. Allzu heftig brannte in jedem von uns die Überzeugung, das Richtige zu tun oder zu glauben. Ich, der ich in die Verteidigung gedrängt war, fand auf einmal einen solchen festen Standpunkt, wie ich ihn vorher gar nicht gehabt hatte. Ich hörte wieder die Stimme des Königsfelder Predigers: ‚Bruder, wie siehst du dein Amt? Es gibt nichts, was wir fürchten müssen.‘ Ich versuchte, meinem Freund zu sagen, dass ich vieles fürchtete, dass ich das Netz spürte, das sich um mich zusammenzog.

„Mit Gottes Hilfe werde ich es zerreißen“, sagte ich, aber darauf kam die schnelle Antwort: „Versündige dich nicht, Hybris hat den Menschen schon oft zu Fall gebracht."

„Hochmut? Ach lieber Freund, du ahnst nicht, wie weit ich davon entfernt bin, du kannst es nicht wissen."

„Aber in Iptingen flog er dich manchmal an, dieser hochgestimmte Triumph, wenn die Menschen sich von dir ziehen und bekehren ließen. Das kannst du nicht leugnen."

Seine Augen funkelten kampfbereit. Ich weiß nicht, was ihn trieb, mir meine gelungene Erweckung in Iptingen vorzurechnen. Zugleich erinnerte er mich an etwas, das mich sehr traurig stimmte, aber was ich ihm trotzdem sagen musste.

„Ich leugne nicht, dass ich damals triumphierte, aber mein Werk ist schnell wieder in sich zusammengefallen. Schon bald nach meinem Weggang schrieb mir Schöpflin, dass mein Nachfolger im Vikarsamt die Zügel schleifen lasse und er selber nicht die Kraft habe, sie wieder aufzunehmen und anzuziehen. Du siehst, dass ich keinen Grund habe, zu triumphieren. Außerdem beurteilst du dieses Gefühl, das ich einmal hatte, ganz falsch. Ich freute mich nicht um meinetwillen, sondern um der Menschen willen, ob du es nun glaubst oder nicht, und was ich jetzt zu tun versuche, ist etwas ganz anderes."

Er hörte mich mit gesenktem Kopf an und versuchte nicht, mir in die Rede zu fallen, wie er das in manchem Wortgefecht gerne tat. Ich hoffte inständig, er sei leidenschaftlich genug Seelsorger und Theologe, um meine Bemühungen anzuerkennen. Aber er schwieg lange, zu lange und sagte schließlich:

„Freuen wir uns auf den Tauftag, jetzt gehen wir besser zur Ruhe."

Meine innere Harmonie war gründlich gestört an diesem Sonntagmorgen, als ich das Kind über das Taufbecken hielt, auch wenn Doris mit den beiden Kindern neben mir stand. Die ganze Familie Dobric war gekommen, Elisabeth und Karel saßen zwischen den Eltern, und der Vater legte immer wieder den Arm um seine Tochter. Das war ein schöner tröstlicher Anblick, denn bei dem Klang der Orgel hob Elisabeth lauschend den Kopf, eine Gebärde, die ich bei ihr noch nie gesehen hatte. Und noch etwas beruhigte allmählich mein Gemüt, auch wenn es schlimm ist von mir, als Pfarrer so etwas zu sagen, Gottliebin blieb dem Gottesdienst fern. So übergaben wir denn das Kind der Gemeinschaft der Gläubigen und dem Schutz des Heiligen Geistes. Diesmal blickte ich nicht zu dem Gekreuzigten auf, ich sah ihn stehen mitten im Wasser des Jordan, nass und glänzend in der heißen Sonne. Vielleicht halfen mir solche Bilder, seine Gegenwart herbeizuziehen.

Seine Gegenwart – ach Gott, am Nachmittag und Abend war sie ferner denn je. Schon kurz nach der Mittagsmahlzeit, bei der Barth noch zugegen war, wurde ich von Hansjörg in Stangers Haus gerufen. Noch bevor ich Gottliebins Stube betrat, hörte ich Stimmengewirr, ein Getümmel von Schritten, Klopfen und Poltern. Sie saß auf dem Bett mit glasigen, aufgerissenen Augen, den Mund weit geöffnet, würgend und spuckend. Ab und zu nahm sie die Hände zu Hilfe und zog etwas hervor, was wir alle nicht sehen konnten.

„Gottliebin“, sagte ich, „was tust du, was ziehst du aus deinem Hals?“ Jetzt kehrten ihre Augen in die Gegenwart zurück, sie sah mich.

„Es sind so viele in mir, die hinaus wollen, hunderte und die Fledermäuse und eine Schlange ...“ Sie fing von neuem an zu würgen. „Sprich mit ihnen, sie wollen mit dir reden“, keuchte sie.

Welch ein satanisches Reich braute sich hier in ihrem Kopf und Körper zusammen.

„Ich will nicht mit ihnen reden“, sagte ich laut und deutlich.

„Du musst“, brach es aus ihrem Mund hervor mit einer grässlichen fremden Stimme, „hab doch Mitleid mit den Verdammten, lass uns in dein Haus, lass uns in deine Kirche, rede, rede mit uns.“

Dies war schrecklich und wirklich. Wer sprach, wer begehrte mich zum Mittler, wer wollte meine Person benutzen oder besetzen?

„Schweigt, schweigt“, schrie ich und löschte alles aus, was mir vor Augen kommen wollte, das Gesicht der besessenen Frau, die Gesichter der Umstehenden, dieses elende Bett und die Kammer, ich rief ihn herbei, den vom Geist Getauften, den vom Wasser des Jordan Begossenen. Er sah mich an, mitten unter den Strahlen, die aus dem Himmel brachen, und der Luftzug des Taubenflügels streifte mein Gesicht.

Es herrschte vollkommene Stille, bis ich endlich die Augen öffnete. Stanger seufzte erleichtert auf, als ich mich von meinen Knien erhob, die Stube war dunkel geworden. Er ergriff meinen Arm, denn ich schwankte. Gottliebin lag reglos auf dem Bett, ein Lächeln auf dem Gesicht.

Es musste eine lange Zeit vergangen sein, seit ich gekommen war. Ich lehnte jede Begleitung ab und betrat das Pfarrhaus, in dem alle schon zur Ruhe gegangen waren. Ich lauschte an der Stubentür, hinter der Doris schlief, und hörte durch den offenen Spalt ihre ruhigen Atemzüge. Ich ging leise in mein Studierzimmer und schloss die Tür hinter mir.

Barth hatte nicht Recht, niemand von denen, die mich warnten, hatte Recht. Alle Gedanken, alle Worte, alle gelehrten Schriften waren nichts wert, gar nichts.

Sie waren nur gedrechselte Gehäuse, die im Feuer der Wirklichkeit verbrannten. Und auch beten war etwas anderes, als Worte zu machen. Sie alle, alle, die zögerten, die mich abhalten wollten, die sich fürchteten vor Erscheinungen, die nicht geläufig waren, wussten nichts. In dieser Nacht setzte ich mich an meinen Schreibtisch, ein nüchtern Studierender, und las die Geschichten der Menschen, die Jesus geheilt hatte. Wie töricht waren wir, an seine wunderbare Auferstehung zu glauben und zugleich daran zu zweifeln, dass er hier gegenwärtig war. Wenn Vermessenheit im Spiel war, wie Barth glaubte, so lag sie darin, dass wir uns aussuchten, was wir glauben wollten.

Ich wusste es schon, das eine tun und das andere lassen, das ging nun nicht mehr. Wir feierten Pfingsten und glaubten doch nicht, dass der Geist gekommen war. Wir sprachen das Glaubensbekenntnis und taten nicht, wie wir sprachen. Wir alle hatten unsere Quellen verschüttet, und weh dem, der das Wasser ausgrub. Trink nicht, sagen sie, es könnte vergiftet sein, trink nicht, du könntest uns Schaden tun. Ich wollte graben, bis der Quell wieder sprudelte, ich wollte ihn rufen, bis er kam.

Gottliebin Dittus war da, in meiner Gemeinde, in ihrem Haus und Bett, mit ihrer Besessenheit, die ich gehört, gesehen und gerochen hatte, und wenn ich je wieder eine Predigt halten wollte, die es wert war, gehört zu werden, musste ich mich auf alles einlassen, was mir begegnete.

‚Diese Art fährt nicht aus, denn durch beten und fasten', so hatte Jesus gesagt. Ich war nie nüchterner als in diesem Vorsatz, auch das Fasten zum Instrument meines Gebetes zu machen.

Anfangs sah Doris meiner Enthaltsamkeit mit Stirnrunzeln zu, aber ich merkte wohl, wie sie mir alle äußeren Dinge aus dem Weg räumte. Ich bin ein Mann, der die Dinge dieser Erde nicht verachtet, der gerne isst und trinkt und Gott für alle guten Gaben dankbar ist. Jetzt verließ ich diesen Weg, getrieben von der Notwendigkeit, alle möglichen Kräfte zu sammeln und herbeizurufen. Schon nach einer Woche, in der ich nur Wasser trank und nicht mehr aß, als zum Leben nötig war, erreichte ich Gottliebin, auch ohne ihr nahe zu sein. Das wurde am siebten oder achten Tag meines Fastens offenbar. Georg Stanger kam zu mir und sagte: „Es scheint mit Gottliebin endlich besser zu werden. Heute wollte ich Sie schon rufen lassen, weil ihre Krämpfe wiederkehrten. Aber dann sagte sie auf einmal ganz ruhig: ‚Lass, er ist ja hier.'"

Ich lernte beten ohne Worte, ich lernte mehr denn je meinen Geist und mein Gemüt in Wort und Bild der Bibel zu versenken. Jeden Morgen lange vor Tag stand ich auf und studierte die einzige Waffe, die mir für diesen Kampf tauglich schien. Ich wanderte durch alle Evangelien, ich folgte ihm als unsichtbarer Jünger, ich hörte ihn, wie sollte ich nicht. Jeden Morgen sagte ich laut zu mir: „Tu, wie er sagt." Wenn das die Einfalt des Gemütes ist, die man mir nachsagt, so will ich gern einfältig sein.

Mochte ich noch so sehr mit geistigen Dingen befasst sein, so konnte ich doch dem Alltag nicht entkommen. Ich wollte es gar nicht, denn mir gefiel das Leben in einem Dorf, in meinem Dorf. Andere können meinetwegen Prälat werden oder Hofprediger oder Professor und gelehrte Reden halten. Böse Zungen sagen zuweilen, mir hafte meine einfache Herkunft an, ich hätte nie den Dunst ärmlicher Stuben abgelegt. Mag sein, aber es störte mich nie, in Möttlingen war ich in diesen ärmlichen Stuben gern zu Hause.

Es war August geworden inzwischen, die ersten Erntewagen rumpelten über die Felder, an manchen Abenden wurde die Hitze durch ein Gewitter gemildert. Doris fürchtete sich vor diesen Gewittern, und Karl schrie, wenn der erste Blitz über den Himmel zuckte. Unser Säugling schlief meistens friedlich, er war ein ruhiges, freundliches Kind, anders als sein zappeliger Bruder. Nur Marie stand mit weit aufgerissenen Augen am Fenster und jauchzte bei jedem Blitz, und zu den Donnerschlägen schrie sie „bum, bum" und klatschte in die Hände.

„Hol sie vom Fenster weg", sagte Doris zitternd, wenn ich in der Nähe war. Dann nahm ich Marie auf den Schoß und erzählte ihr eine Geschichte, mit der ich auch Doris ablenkte. Ich weiß nicht, warum sie sich fürchtete, und ich dachte wieder an meine Vorträge in Iptingen. Vielleicht war sie ein Mensch, der die Kräfte der Natur stärker spürte als andere. Ich selber hatte mich schon als Kind davon frei gemacht, weil nach dem Tod meines Vaters sich alle auf mich verließen.

Sonst war es hier nicht wie in Iptingen, wo mich die Leute auf der Straße ansprachen und in ihre Häuser holten. Es war anders, es gab keine Separatisten, es gab keine theologischen Debatten, davon waren die Menschen hier weit entfernt. Es regte sich eine ganz andere Unruhe, die von Gottliebins Krankheit ausging. Natürlich wusste das ganze Dorf, dass sich bei ihr etwas Ungewöhnliches abspielte, und da ich mich nun eingemischt hatte, fing man an, sie mit anderen Augen zu sehen. Ich bekam keine ungeteilte Zustimmung, das sicher nicht, aber ich spürte, wie viele mir anders und aufmerksamer zuhörten. Es ist klar, dass in einem kleinen Dorf wie Möttlingen nichts verborgen blieb, wenn auch über die Einzelheiten in der Krankenstube Stillschweigen bewahrt wurde.

Später hat man viel über die Erweckung gesprochen, die mit dem Namen Möttlingen verbunden ist. Erweckung, was ist das schon, die Menschen haben oft einen ganz falschen Begriff davon. Was ich in Iptingen tat, nannten sie auch so, obwohl es keine war, das konnte man nun sehen. Sie kamen dort nicht mehr zur Kirche, die Begeisterung hatte sich abgekühlt, die Menschen gingen wieder in ihrem alltäglichen Trott. Ich wusste schon, dass ich mich hier in Möttlingen hüten musste, einen Luftballon aufzublasen, der alsbald wieder zerplatzte. Aber die Unruhe war da, leiser und nicht so vehement.

In diesem August gab es schöne Tage, an denen das tägliche Leben, in dem gar nichts Besonderes geschah, eine stille Harmonie ausstrahlte, jedenfalls ich empfand es so. Inzwischen war Ludwig Dittus gestorben, bei seinem Nachfolger in der Wirtsstube fanden keine Morgensuppen mehr statt. Ob das eine moralische Einkehr war, wusste ich nicht, ich freute mich dennoch darüber, offenbar hatte der neue Wirt sie schlichtweg verboten.

Auch Gottliebin war nicht immer an ihre Stube gefesselt, zuweilen sah ich sie Arm in Arm mit ihrer Base Anna Magdalena durch das Dorf gehen. Ich atmete erleichtert auf, denn ich dachte, nun wäre sie endgültig auf dem Weg der Besserung. In der Schule bei den Kindern musste ich allerdings immer wieder eine schwelende Unruhe beschwichtigen, die mit Gottliebins Krankheit zu tun hatte. Sie flüsterten untereinander und warfen mir seltsame Blicke zu, manche kreuzten ihre Finger, wenn ich sie ansprach. Kinder hören mehr als wir glauben, und sie lassen sich schnell auf Pfade der Fantasie locken, wo ihre krausen Gedanken freie Bahn haben. Wie in Iptingen versammelte ich sie zu Betstunden in der Kirche, ich erzählte ihnen Geschichten aus meiner Kindheit und knüpfte daran die Gebete, die ich auch an unserem Alltag und an unserer Wirklichkeit festzumachen suchte. Sie hingen an mir, und an ihren Augen sah ich, dass sie mir alles glaubten. Aber ich ging auf schwankendem Grund. Blitzschnell kamen oft die Fragen, die sich eben auf die Dinge ihres täglichen Lebens bezogen: „Kannst du nicht machen, dass unser Hund nicht die Leute beißt, mach doch, dass unsere Kuh wieder Milch gibt ..."

Wie sollte ich ihnen Grenzen definieren, die ich selber nicht genau kannte, wie sollte ich ihnen Unterschiede erklären, die für sie gar nicht vorhanden waren? So sagte ich mir: „Nein, das kann ich nicht, ich kann nur beten, dass Gottliebin gesund wird." Sie nickten, aber ich sah, dass sie mir alles Mögliche zutrauten.

Wie trügerisch die Ruhe dieser Augustwochen und meine Hoffnung auf Gottliebins Genesung war, zeigte sich allzu bald.

Es war ein Mittwoch, ich kam von meinem Gang nach Unterhaugstett zurück, wohin Gottliebin mir nun nicht mehr folgte, und ich wollte noch einen Umweg über den Friedhof machen, um mit dem Totengräber zu sprechen. Dieser Totengräber war kein älterer magerer Mann, wie man ihn sich so gerne in Geschichten vorstellt. Friedrich Kerner war jung, kräftig und heiter, er arbeitete schnell mit knappen Bewegungen und er hatte seinen Kopf bei der Arbeit. Ich mochte ihn gern, denn auch sein Verhältnis zum Tod, mit dem er genug zu tun hatte, war von heiterer Gelassenheit, wie ich aus vielen Gesprächen wusste. Jetzt stand er neben der frisch ausgehobenen Grube, in die morgen die Witwe Krull hinabgelassen werden sollte. Seine Hacke lag neben ihm, und mit der Schaufel klopfte er die Ränder fest, damit alles schön ordentlich und gerade aussah. Als er mich kommen sah, stieß er die Schaufel in den ausgehobenen Erdhügel. Sein Gesicht war nicht heiter wie sonst, und er sprach, noch ehe ich ihm guten Tag wünschen konnte:

„Herr Pfarrer", sagte er und deutete mit dem Kopf hinüber zu Ludwig Rohrs Grab an der anderen Seite des Friedhofs, „da steht sie nun schon so lange ich hier grabe und murmelt und winkt mit den Händen." Gottliebin stand da drüben und schien uns gar nicht zu bemerken. Es stimmte, sie sprach und winkte einer unsichtbaren Person, sich zu entfernen.

„Warte hier", sagte ich zu Friedrich, „ich werde mit ihr reden."

Sie erschrak nicht einmal, als ich sie ansprach, und sie wartete auch nicht auf meinen Gruß oder meine Frage.

„Ich sehe ihn schon zum zweiten Mal", sagte sie, „er hat Ludwig Rohr getötet."

„Wer?", fragte ich, „kennst du ihn?"

„Nein, ich kenne ihn nicht, er sagt, dass er es war." Sie sprach ganz nüchtern, und ich musste glauben, dass sie wirklich jemanden gesehen hatte.

„Ich kann das", sagte sie und sah mich an, „ich kann Leute sehen, die ihr nicht seht." Sie hatte mir noch nie so gerade in die Augen geblickt.

Dann ging eine Welle von Schmerz über ihr Gesicht, sie presste beide Hände auf den Leib und flüsterte: „Ich muss jetzt gehen."

„Was war das?", fragte Friedrich, als ich zu ihm zurückkehrte.

„Sie sieht Leute", sagte ich, „sie meint, Ludwig Rohrs Mörder ließe sich am Grabe sehen."

Der junge Mann mit dem frischen gesunden Gesicht wurde blass.

„Das ist unnatürlich", sagte er leise, „sie soll nicht mehr herkommen."

Ich schwieg, weil ich in diesem Augenblick wirklich nicht wusste, was ich sagen sollte. So lenkte ich denn die Rede auf die morgige Beerdigung und sah allmählich die Farbe in sein Gesicht zurückkehren.

Beim Abschied sagte ich einfach: „Fürchte dich doch nicht, es wird schon alles gut werden."

Er nickte nur und sprang in die Grube zurück, obgleich seine Arbeit dort schon fertig war.

Am nächsten Tag kam Gottliebin ins Pfarrhaus. Ich hörte sie unten mit Sophie sprechen, ich hörte Marie in der Küche lachen, dann kamen die Schritte die Treppe herauf. Sie war blass, aber ganz ruhig, ich dachte, nun könnte endlich ein vernünftiges Gespräch zustande kommen. Aber aus der Nähe und bei Tageslicht sah ich, wie mager sie geworden war und welch eine tiefe Hoffnungslosigkeit aus ihren Zügen sprach.

Kaum hatte ich ihr einen Stuhl angeboten, fing sie an zu sprechen, ohne dass ich sie fragen musste.

„Ich weiß nicht mehr, was ich machen soll", sagte sie, „gestern auf dem Friedhof fing es wieder an, Bauchschmerzen und das Blut. Heute habe ich Ruhe, aber morgen ist es wieder da, ich weiß es. Warum ich? Warum sprechen all diese Leute aus mir? Es tut so weh, nur wenn Sie kommen und beten, wird es besser." Da ich schwieg und sie nur ansah, fuhr sie fort, es schien, als wolle sich mancher Kummer endlich Bahn brechen. „Ich möchte gerne erzählen, was sie mit mir machen manchmal in der Nacht, aber ich kann nicht, es ist grässlich und unanständig." Jetzt senkte sie den Kopf und weinte. Ich wagte nicht, ihr die Hand auf den Kopf zu legen, wie ich oft bei den Kindern tat. Vielleicht hätte es sie getröstet. So sagte ich nur: „Wir wollen zusammen beten, ich weiß, dass Gottes Hilfe immer gegenwärtig ist."

Sie nickte und wurde unter meinem Gebet ganz ruhig, aber als sie aufstand, lag so viel Verzweiflung und Angst auf ihrem Gesicht, dass ich sie am liebsten in die

Arme genommen und bei mir im Pfarrhaus behalten hätte. Ich tat es nicht, aus vielen vernünftigen Gründen tat ich es nicht.

Gestern war ich bei Blumhardt, aber ich habe nicht alles erzählt, was ich ihm hätte sagen müssen. Er ist ein Mann, wie soll ich da von meinem Körper sprechen mit all seinen furchtbaren Plagen. Jetzt ist es Nacht, ich liege wieder im Haus meines Paten auf dem Bett, sie schlafen alle, und ich hätte viel Grund, dankbar zu sein. Dankbar – wie soll ich das machen, wenn ich nur von einem Übel geheilt bin, so viele andere aber bleiben. Ich höre die Glockenschläge vom Kirchturm, wenn wieder eine halbe Stunde vorgerückt ist, ich sehne den Schlaf herbei, genauso wie ich ihn fürchte. Im Schlaf kommen sie, und wenn ich erwache, ist alles voll Blut. So war es in der vergangenen Nacht. Dann kam der Tag, der fast mein letzter geworden wäre. Schon am Morgen zogen sich die Wolken am Himmel zusammen, schmutzig und gelb, als hätte man Spülwasser am Himmel ausgegossen. Ich konnte nicht richtig atmen in der stickigen Luft, ich wollte weg von allen Menschen, die mir doch nicht helfen konnten. Ein tiefer Groll wandelte mich an gegen alles um mich her. Warum halten sie mich im Hause meines Paten fest, ich wäre viel lieber bei meinen Geschwistern. Hansjörg ist so ruhig und praktisch, in seiner Gegenwart wurde manches Mal meine Angst geringer.

Gestern aber stieg sie von Stunde zu Stunde mit der zunehmenden Hitze des Tages. Keine Sonne wollte sich zeigen, nur dieser bedrückende Dunst kam aus den Wolken zu uns herunter. „Ich geh jetzt nach Hause“, sagte ich zu meiner Tante, „hier halte ich es nicht mehr aus.“

Bevor sie etwas sagen konnte, war ich schon auf der Gasse. Auf der kurzen Strecke, die ich zu gehen hatte, zog sich in mir wie ein Klumpen der Entschluss zusammen, meinem Leben ein Ende zu machen. Was sollte ich noch hier. Mich würde niemand heiraten, und arbeiten konnte ich nicht. Ich dachte, was man mit Tieren macht, die krank in einer Herde herumhinken. Ganz von ferne begann das erste leise Grollen des Donners, ich hätte ihn gern vom Himmel heruntergerissen, damit er mich erschlage.

Katharina war allein, sie stand in der Küche und schnitt Karotten. Verlockend blitzte das Messer in ihrer Hand.

„Gib es mir", sagte ich noch vor jedem Gruß und langte danach.

„Gottliebin, was tust du hier, geht es dir besser?"

„Nein", sagte ich, „gib mir das Messer."

Katharina ist kein furchtsamer Mensch, aber in diesem Augenblick riss sie ihre Augen vor Schrecken auf.

„Gottliebin, Schwester, was willst du?", stieß sie hervor.

Da lachte ich und konnte gar nicht mehr aufhören, ich lachte noch mehr, als Katharina anfing zu weinen. Oh, scheußliche Welt, sollten sich doch die anderen einmal ängstigen. Ich lachte noch immer, als ich die Treppe zur Dachkammer hinaufstieg.

Zum Glück hat die Tür einen Riegel, ich stieß ihn zu mit Wucht, dass die Tür zitterte. Ich wusste, wo das Seil lag, mit dem sie früher die Säcke auf den Speicher gezogen haben. Auch der Balken ist noch an der Luke und ragt nach draußen. Wie von selbst knüpften meine Finger die Schlinge und warfen das Seil über den Balken. Hei, würde ich im Winde schaukeln, im böigen Gewitterwind, der schon hin und her sprang und den Staub aufwirbelte. Was für ein Tanz, in dem ich mittanzen konnte, endlich frei. Ich lachte und schrie in den Wind hinaus, und nebenher waren meine Finger geschäftig, den Knoten am Balken festzuziehen.

Ich schob eine Kiste an die Luke, stieg hinauf und legte die kühle Schlinge um meinen Hals. Ein Schritt, und es war für immer zu Ende.

Jetzt liege ich hier und weiß nicht mehr, warum ich es nicht getan habe. Ich weiß kaum, wie ich hierher zurückgekommen bin. Das letzte Stück muss mein Bruder mich getragen haben, ich hörte nur Katharinas Schreie und das besorgte Murmeln meiner Tante. Wieder dachten sie, ich wäre ohnmächtig, aber ich spürte, wie das viele Blut aus mir herausfloss. Jemand legte mir ein Tuch unter und eines über die Brust. Mir tat nichts weh, ich wäre gerne lautlos verblutet. Ich spürte, wie er die Stube betrat und hörte auch den Laut des Schreckens aus seinem Mund.

„Sie hat versucht, sich aufzuhängen“, sagte mein Onkel, „Hansjörg hat sie im letzten Augenblick festgehalten.“

Bei Blumhardts ersten Worten tat ich die Augen auf, aber ich sagte nichts, als er mich ansprach. Wenn er jetzt nicht wenigstens eines meiner Gebrechen heilte, würde ich es wieder versuchen, wieder und wieder.

Ich weiß, dass er betet, aber ich weiß nicht, wie er es macht. Bei anderen sind es Worte, Worte, Worte, bei ihm geschieht eine Wandlung der Dinge, er ruft eine starke heilende Gegenwart herbei. Diesmal schloss er nicht die Augen wie sonst, er sah mich an und ich hielt seinen Blick fest. Was für eine Wonne, so gehalten zu werden von einer unwiderstehlichen Kraft.

Jetzt sind sie alle fort, ich liege allein in einem sauberen Hemd, in einem sauberen Bett, das Blut ist fortgewischt und versiegt. Du musst dankbar sein, sage ich fortwährend zu mir, aber ich kann nicht beten, ich kann nicht dankbar sein. Meine Worte, wenn ich sie spreche, bewirken nichts. Ganz andere Worte, die ich nicht sagen sollte, kommen aus mir hervor, ich klage Gott an, dass er seine Gunst so ungerecht verteilt. Er ist mächtig und tut, wie er will, ich bin schwach und kann nicht tun, wie ich will.

Niemals, auch nicht im Tübinger Stift mit all unseren schwankenden Gefühlen war ich so von Grund auf erschüttert und verunsichert wie jetzt. Es ging weit über menschliches Begreifen, was uns geschah. So wie Gottliebin sich zu mir gedrängt hatte, bedrängten mich nun die Geister, die aus ihr sprachen. Ich zweifelte inzwischen längst nicht mehr daran, dass sie den Mörder neben Ludwig Rohrs Grab gesehen hatte, wenn ich auch keine greifbaren Schlüsse daraus ziehen konnte. Ich zweifelte auch nicht daran, dass sie die Frau mit dem Kind in einer Ecke der Kirche sitzen sah.

Aber aus meiner Erschütterung erwuchs auch Gutes, das nichts mit Gottliebin zu tun hatte. Der August war vergangen, seine Hitze gebrochen, ein kühler, feuchter, windiger September ließ alle Kreatur aufatmen. Ich sprach mit Georg Stanger und bat ihn, mich nur dann zu Gottliebin zu rufen, wenn äußerste Not es gebot. Ich wandte mich ernsthaft und ausdauernd der Arbeit an meinem Schreibtisch zu und machte mich jeden Nachmittag für eine Stunde frei, die Doris und den Kindern gehörte. Besucher durften in dieser Zeit nicht vorgelassen werden, wohl aber blieben manches Mal Karel und Elisabeth bei uns sitzen. Marie hörte mir gespannt zu, wenn ich Geschichten erzählte, die ihrem Verständnis angepasst waren, und auch Karl lauschte auf den Klang meiner Stimme. Karel lächelte dann, weil mein Söhnchen auf einmal so artig war, und er lächelte, weil auch Elisabeth uns zuzuhören schien.

Vielleicht hatte ich in all dem Aufruhr der Gefühle vergessen, was für ein leises, stilles Kind sie war. Es lag nicht daran, dass sie nicht sprach, sie hatte einfach einen Mantel der Stille um sich, ich kann es nicht anders sagen. Von ihrer Schönheit ging ein sanfter magischer Strom aus, zugleich wohltuend und verwirrend. Sie war dreizehn, wie ihre Mutter sagte, auf der Schwelle, die Kindheit zu verlassen.

„Hat sie jemals ein Wort gesprochen?“, fragte ich. Frau Dobric schüttelte den Kopf.

„Nein, nie.“

„Versteht sie, was man zu ihr sagt?“

Frau Dobric zögerte. „Ich weiß nicht, manchmal scheint es mir so. Karel unterhält sich auf seine Weise mit ihr.“

Das hatte ich schon gemerkt, wie Karel seine große Schwester liebte, wie er mit ihr sprach, unbekümmert darum, ob sie ihm antwortete oder nicht.

Er war ein seltenes, liebenswertes Kind, dieser Karel, der mit seinen zehn Jahren schon so viel auf sich genommen hatte. Was sage ich, er selber schien von keiner Last zu wissen, nicht von der Armut noch von der Fürsorge für seine Schwester. In der Schule sorgte ich mit aller Autorität dafür, dass er weder schief angesehen noch geschlagen wurde. Der neue Lehrer war ein unterwürfiges Kerlchen, dem ich über solche Praktiken unverblümt meine Meinung sagte. Nach den vier Jahren, die ich nun schon in Möttlingen war, konnte ich mir das erlauben, auch deshalb, weil Doris durch ihre Arbeit und Krankenpflege überall Zuneigung und Achtung gewonnen hatte.

Der September wurde für mich ein guter Monat. Die Strenge der Arbeit, die Strenge im Essen und Trinken, die Ruhe, die ich wochenlang vor Gottliebin hatte, bescherten mir eine innere Freiheit, wie ich sie schon lange nicht mehr gekannt hatte. Meine Briefe an Barth wurden gelassener, ich sah mich nicht mehr zu einer dauernden Verteidigung gedrängt. Auch hatte ich angefangen, alle Ereignisse, Gottliebin betreffend, so kurz und sachlich wie möglich aufzuschreiben.

Doris hing mit großer Liebe und Bewunderung an mir. Ihre Liebe ließ ich mir gern gefallen, die Bewunderung suchte ich von mir abzuwehren. Wir kamen uns sehr nahe in dieser Zeit, da auch die Abende hauptsächlich ihr gehörten. Sie brachte dann oft den schlafenden Christoph mit in mein Zimmer, der sich nie von unseren leisen Stimmen stören ließ. Ich las ihr aus meinen Schriften vor, die ich für Barths Verlag verfasste oder ich sprach mit ihr über den Text der nächsten Predigt. Ihre Ansichten waren oft so verblüffend einfach und bei näherem Zusehen gar nicht zu widerlegen. Ich lernte viel von ihr so ganz abseits aller umwälzenden Gefühle und Gedanken. Ohne es zu wissen, drang ich vielleicht jetzt erst in die Seele meiner Frau ein, die so ganz andere Erfahrungen gespeichert hatte als ich. Wenn sie das Einfache und Naheliegende erkannte, so tat sie es, und so sah sie auch die Predigt-Texte, die ich mit ihr besprach.

Täglich kam Frau Dobric, sie waren inzwischen treue Freundinnen geworden, schon deshalb, weil beide in der Behandlung der Kinder ganz und gar übereinstimmten.

Eines Abends sagte Doris: „Frau Dobric lässt dir eine Bitte vortragen, die sie selber nicht zu äußern wagt."

„Wie das, bin ich so streng?"

Doris lachte. „Oh nein, sicher nicht. Aber hier geht es um eine schwierige Sache. Frau Dobric fragt, ob du nicht im kommenden Jahr Elisabeth mit den anderen Konfirmanden einsegnen kannst."

Zu meiner Schande muss ich gestehen, dass ich selbst gar nicht auf diesen Gedanken gekommen war. Ich sah Doris an. „Was meinst du?" Da lachte sie wieder und sagte: „Das fragst du mich?"

Offenbar hatten die beiden Frauen schon öfter darüber gesprochen und erst am Ende ihrer Überlegungen mir die entscheidende Frage gestellt. Doris mit ihren guten geraden Gedanken, die stets ins Schwarze trafen, und Frau Dobric mit der Liebe zu ihrer Tochter beschämten mich.

Ich antwortete, ohne zu zögern: „Sicher kann ich sie konfirmieren, warum denn nicht."

Bei unserer nächsten Begegnung tat Frau Dobric etwas völlig Unerwartetes, sie küsste mir die Hand. Ich weiß wohl, dass ihr vielleicht die richtigen Worte fehlten, aber nun schob sie mich wieder dahin, wo ich schon manches Mal gewesen war.

„Lassen Sie das", sagte ich unfreundlicher als ich wollte, „Sie müssen mir nicht danken."

Da nun meine Gedanken stärker als sonst auf Elisabeth gelenkt wurden, gingen sie in eine Richtung, die mir zuerst sonderbar und unstatthaft erschien. Und wenn ich vorher sagte, das alles hätte nichts mit Gottliebin zu tun, so war das gar nicht richtig. Natürlich hatte es mit ihr zu tun, allerdings auf eine verschränkte Weise.

Wie ich es angefangen hatte, stand ich immer noch sehr früh auf, nicht nur um die Bibel zu studieren, auch um Briefe zu schreiben. Diese Morgenstunden schenkten mir ganz unerwartet eine große Klarheit des Denkens, die sich oft genug im Getriebe des Tages wieder verlor. Wenige Tage nach dem Gespräch mit Doris schrieb ich an meinen Freund Eduard Mörike. Das hatte ich schon lange, lange nicht mehr getan, und die Gedanken an ihn waren mir seit unserem Aufenthalt in Tübingen immer wieder abhanden gekommen. Es war wohl so, dass Elisabeths schwebender Geisteszustand mich gerade auf diesen Freund verwies, in dem sich so viel leuchtende Klarheit mit so viel dunkler Verwirrung mischte. Ich wusste, dass er vier Jahre vor mir seine Pfarrstelle in Cleversulzbach angetreten hatte, und ich wusste auch, dass sein Beruf ihm nicht gefiel. Wer ihn so kannte wie ich, konnte sich darüber nicht wundern. Schon früher verließ er zu gerne die Spuren der Theologie, um in ganz anderen Gärten zu wandeln, die von wundersamen Stimmen erfüllt waren. Ich hatte ihn seit damals nicht gesehen, mir schwebte immer noch sein unvergessenes Jünglingsgesicht vor. Sicher hatte er sich verändert wie wir alle, das sagte mir mein Verstand, aber ebenso sicher hatte er nicht jene Geistesgaben verloren, die ich nun bei ihm suchte.

Elisabeth beschwor, ohne dass ich es mit dem Verstand erklären konnte, jenes Mädchen herauf, um das Mörike so gelitten hatte. Er wie kein anderer wusste um verborgene Strömungen der Seele, auch er wusste um übersinnliche Erscheinungen, wie ich sie hier erlebte. Rat suchte ich eigentlich nicht, schon gar nicht solchen, den Barth mir gab und noch etliche andere, ich suchte einfach einen antwortenden Ton, der keine Dissonanz erzeugte.

Ich schrieb von den schrecklichen Erscheinungen der Besessenheit und ich schrieb ihm von Elisabeth, deren verschlossene Seele wir nicht erreichen konnten.

Seine Antwort war gänzlich anders als ich mir vorgestellt hatte. Ich sah mit Herzklopfen die unveränderte Handschrift, die mir früher so viel Liebe und feurige Versicherungen übermittelt hatte. Davon war nun nicht mehr die Rede, auch wenn er sich an unsere alte Freundschaft erinnerte. Der Brief war von den Sorgen seines Alltags beschwert, von mangelnder Gesundheit und der Trauer über den Tod seiner Mutter. Erst ganz zum Schluss hieß es: ‚Wenn du dich mit den Geistern der Hölle einlassen willst, so tu es, du bist sicher stark genug. Wenn du aber Elisabeth in das Reich der

Lebenden holen willst, zerbrich nicht das kostbare Glas, aus dem sie gemacht ist.‘

Ich sah den Freund erst sechs Jahre später wieder bei seinem Besuch in Möttlingen. Er war verändert, so sehr verändert, dass ich im Verborgenen bittere Tränen weinte.

Aber davon zu reden ist noch nicht Zeit.

Ich hatte versprochen, sie zu konfirmieren, und Mörikes Mahnung kam mit einer gewissen Berechtigung. Meine sonderbaren und unstatthaften Gedanken gingen dahin, sie durch Gebete zu heilen. In dem Kampf mit den Dämonen war ich fast gewaltsam gedrängt worden, hier drängte mich niemand. Wie weit durfte ich das Vertrauen auf die Erhörung meiner Gebete ausdehnen? Ich wusste es nicht. Aber einmal gefasste Gedanken sind hartnäckig und lassen sich nicht mehr auslöschen.

Wenn ich Elisabeth länger betrachtete und ihren immer noch abwesenden Blick auf mich zu ziehen suchte, sah Karel mich ängstlich an. Einmal am Ende des Tages, als er sie nach Hause führen sollte, sagte ich zu ihm: „Du brauchst keine Angst zu haben, ich wünsche deiner Schwester nur Gutes. Ich höre, wie du mit ihr sprichst. Antwortet sie dir manchmal?“

Er wurde rot und schwieg.

„Nun?“, fragte ich.

„Sie kann antworten“, sagte er leise, „aber nur wenn wir beide allein sind.“

„Spricht sie?“

„Nein, aber sie nickt oder schüttelt den Kopf.“

An diesem Abend musste Doris auf meine Gesellschaft verzichten. Noch bei Tageslicht betrat ich die Kirche und saß so lange darin, bis erst die Dämmerung und dann die Dunkelheit einfiel. Ich wollte mit ihm reden, von dem ich alles Heil erwartete, aber er antwortete nicht. Ich bat sehr demütig um seine Hilfe, denn ich glaubte einfach nicht daran, dass die Gabe so großer Schönheit gepaart sein sollte mit einem dumpfen Abgrund des Geistes. Ich ließ meine Gedanken schweifen zu solch hellen, freundlichen Bildern, in denen das Mädchen herumging und mit den Menschen redete. Lieber Gott, dachte ich, lieber barmherziger Heiland, komm als Tau und Regen vom Himmel und fall sanft und leise auf dieses Kind. Aber er antwortete nicht.

In der nächsten Zeit übte ich mich in einer Tugend, die ich nicht hatte, in Geduld. Der gleichmäßige Strom der Arbeit half mir dabei und die immer noch beibehaltene mäßige Lebensweise. Es ist etwas Seltsames, mit dem eigenen ungeduldigen Temperament auf Kriegsfuß zu stehen, auch dort, wo man Hilfe von Gott und nicht von sich selbst erwartet. Es ist eine Arbeit, langwierig und ermüdend bis zum körperlichen Unbehagen. Ein geduldiger Mensch kann das nicht wissen. Ich hörte nicht auf, jeden Tag still in der Kirche für Elisabeth zu beten, aber mir war, als höre er mir gar nicht zu.

Im Oktober versammelte ich die Konfirmanden zu ihrem ersten Unterricht. Sturm kam auf an diesem Nachmittag, ein großer Ast brach von der Linde, unter der die Mädchen im Sommer so schön sangen.

Zuerst sprach ich zu den Mädchen ohne Elisabeth. Sie sollten wissen, welch ein Mensch auf sie zukam, oder eher, wen sie in ihrer Mitte dulden sollten.

Zur zweiten Stunde brachte ich sie selber mit, ohne die Mutter und ohne Karel. Sie folgte mir willig, als ich sie an der Hand vom Pfarrhaus zur Schulstube führte. Die Mädchen starrten uns an, obgleich ich sie davor gewarnt hatte, zwei kicherten, sicher mehr aus Verlegenheit als aus Übermut. Ich führte Elisabeth zur letzten Bank, damit sie alle sehen konnte, aber selbst nicht den Blicken ausgesetzt war.

Ich hielt den Unterricht wie immer, bei den Mädchen vielleicht etwas strenger als sonst, denn ich wollte ihre ungeteilte Aufmerksamkeit, sie sollten sich nicht dauernd nach Elisabeth umsehen.

Ich erreichte, was ich wollte, nur Elisabeth erreichte ich leider nicht. Vielmehr verfiel sie wieder in die Gewohnheit, die ich bei unserer ersten Begegnung an ihr gesehen hatte, sie wiegte sich sachte hin und her. Ihren Blick konnte ich selten erhaschen, sie hielt ihn beharrlich auf das Pult gesenkt. Wenn der Unterricht zu Ende war und manche Mädchen mir die Hand gaben, stand meistens schon Karel vor der Tür, um seine Schwester abzuholen, aber manchmal brachte ich sie auch selber nach Hause, weil ich Gelegenheit suchte, mir ihrem Vater zu reden. Franz Dobric ging mir, wie es schien, lieber aus dem Wege. Ich hätte gern etwas von seiner Herkunft und Geschichte gewusst, so wie er sie damals angedeutet hatte.

Lange schon hatte ich aufgehört, die Menschen nur nach dem Augenschein zu beurteilen, vielmehr suchte ich seit dem Kampf um Gottliebin mehr denn je hinter die Fassade ihres Denkens und Handelns zu kommen. Barth nannte das anmaßend, er meinte, ich mische mich in zu viele unzulässige Dinge. Manchmal reute es mich, dass ich ihm von alledem schrieb, doch damals glaubte ich noch an die unverbrüchliche Kraft unserer Freundschaft. Heute denke ich anders darüber.

Elisabeth nahm wohl nicht viel von dem wahr, was im Unterricht gesprochen wurde, jedenfalls gab es keine äußeren Anzeichen dafür. Aber ich blieb dabei, wenn ich Gottliebin durch meine Gebete helfen konnte, musste es auch zu diesem abwesenden Kind einen Weg geben, nur dass sie auf eine ganz andere Weise verstört war.

Eines Tages im November erschien Franz Dobric im Pfarrhaus und bat um eine Unterredung. Ich vermutete, dass seine Frau nichts davon wusste.

Zuerst blieb er verlegen und stumm an der Tür stehen und rührte sich erst, als ich ihm einen herzlichen guten Abend bot. Der Ofen knackte, draußen war schon die Dunkelheit gekommen, nur der erste dünne Schnee gab einen helleren Schein.

Ich rückte zwei Stühle zusammen, winkte dem Mann Platz zu nehmen und sah ihn wartend an. Seine blauen Augen waren die Augen Elisabeths, aber wach, aufmerksam und skeptisch.

„Verstören Sie mein Kind nicht noch mehr“, sagte er unvermittelt, „Sie meinen es gut, ich weiß, aber es hat keinen Zweck.“

„Ich bete für sie“, antwortete ich, „und Ihre Frau bat mich, Elisabeth zu konfirmieren.“

„Ich war dagegen“, sagte er, „aber ihr ist soviel an diesem Segen gelegen. Vielleicht weiß Gott ja, warum er sie und uns eines Tages so geschlagen hat.“

„Eines Tages?“, sagte ich.

Er nickte, „Als sie noch klein war, lachte sie, und ihre Augen sprühten von Leben. Sie sagte ‚da-da‘ und ‚mama‘, was kleine Kinder so lallen.“ Er schloss die Augen und schluckte, ich sah, wie dieses vergangene Bild ihn schmerzte.

„Eines Tages“, fuhr er fort, „als sie gerade anfing, richtige Worte zu formen, verschwand das Lachen, und ihr Mund wurde stumm.“

„Was war geschehen?“, fragte ich.

„Ich weiß es nicht, nichts woran ich mich erinnern kann.“

„Erzählen Sie mir von Ihrer Heimat“, sagte ich, und nach einer Pause: „Ich verspreche Ihnen, behutsam mit Elisabeth umzugehen.“

„Meine Frau kommt gerne ins Pfarrhaus“, sagte er, das war wohl auf seine Art eine Antwort auf mein Versprechen, und dann erzählte er mir von seinem Dorf im böhmischen Bergland nahe an der österreichischen Grenze. Karel wurde dort geboren, sie lebten von der Landwirtschaft und dem Holz des Waldes, Karel ging in die Schule und lernte seine ersten Buchstaben.

„Im Oktober, als er gerade sieben war“, sagte Dobric, „brannten in einer Nacht fast alle Häuser des Dorfes ab. Der Sturm tat ganze Arbeit, er jagte unbarmherzig das Feuer von einem Haus zum andern, wir konnten nur die Kinder und wenige Kleider retten. Danach wollte fast niemand mehr bleiben, und auch wir begannen die lange Wanderung auf der Suche nach Arbeit. Ich kann nicht alles erzählen, was uns begegnete, bis wir hierher kamen. Aber eine rechte Heimat haben wir noch nicht gefunden.“

Schlimm, wie eine Gemeinde Fremdkörper abstieß, ich hätte mich wirklich früher darum kümmern müssen. Elisabeth blieb stumm, ich jedenfalls konnte sie mit meinen Gebeten nicht aus ihrem Gefängnis hervorlocken.

Als die Adventszeit herankam, war alle Hoffnung auf eine Besserung bei Gottliebin verloren. In der Woche zwischen dem ersten und zweiten Advent musste ich zweimal zu ihr eilen, denn ihr Pate Stanger wusste sich gar nicht mehr zu helfen. Sie wohnte immer noch dort, aber ihre Anfälle von Besessenheit wollten trotzdem nicht verschwinden.

Mein erster Besuch bei ihr währte nicht lange, denn in dem Augenblick, als ich ihre Kammer betrat, ertönte aus ihrem Mund ein Schwall der Gotteslästerungen, eine Flut und Fülle von unflätigen, scheußlichen und zotigen Worten, die Gott und seinen Sohn verhöhnten. Gottliebin sah mich dabei aus tückischen Augen an, lauernd und böse. Es war so furchtbar, dass ich nur einige Minuten versuchte, dem Einhalt zu gebieten, dann drehte ich der Szene den Rücken und ging nach Hause. Soviel Hass und Greuel konnten nur aus den untersten Tiefen der Verdammnis kommen, ich wollte und konnte den Dämon, der da rief, nicht durch meine Gegenwart ermutigen. So setzte ich mich zu stillem Gebet in meine Studierstube. Ich war ganz gewiss, dass am Ende nur einer die Oberhand haben konnte, denn ich fühlte mich eingehüllt in Gottes lichte Gegenwart. Kraft – der Mensch lernt solche Worte erst nach und nach, an diesem Abend fühlte ich Gottliebins Dämon dahinschmelzen und zu flüchtigem Dunst werden.

Stanger sagte mir am andern Tag, das Toben habe nach kurzer Zeit aufgehört und Gottliebin sei ganz vernünftig geworden. Ich war fröhlich und stark an jenem Tag, ich tröstete Doris, die bei diesem neuen Ansturm fast verzagen wollte. Sie bat mich zwar nicht wie am Anfang, meine Besuche bei Gottliebin zu unterlassen, aber ich spürte wieder die Angst um das werdende Leben in ihr. Unser viertes Kind war auf dem Weg.

Als ich in der gleichen Woche wieder zu Gottliebin gerufen wurde, hörte ich schon im Hausflur eine gemeine, zynische Stimme räsonieren. Georgs Frau Maria stand unten an der Treppe und hielt sich die Ohren zu.

„Oh, Herr Pfarrer“, rief sie, „machen Sie bitte ein Ende, das darf doch ein Christenmensch gar nicht anhören.“ Sie zitterte, aber ich fürchtete mich nicht. Bei meinem Eintritt in die Kammer verstummte die

Stimme wie abgeschnitten, nur vor dem Fenster hörten wir einen klagenden Laut entschwinden.

„Ich mache es nicht mit Absicht", sagte Gottliebin leise und verzagt, „es tut so weh."

Was konnte ich anderes tun, als sie mit guten Worten zu trösten und ihr meine Hände segnend auf den Kopf zu legen. Sie weinte so sehr, dass mich ein großes erbarmendes Mitleiden mit ihr überkam, wie ich es noch nie für sie empfunden hatte. Aber ich hütete mich, meinen Besuch bei ihr zu lange auszudehnen.

Ich sagte, ich sei stark und fröhlich gewesen in solchen Augenblicken, aber das ist nur die halbe Wahrheit. Manchmal nachts zwischen Traum und Wachen fühlte ich den ungeheuren Strudel einer Welt, von der wir Menschen nur einen Bruchteil kennen und erkennen. Was immer Gottliebin trieb und zum Reden brachte, hatte irgendwo seinen realen Ursprung, auch wenn wir ihn weder sahen noch zu erklären vermochten. Ich konnte mich nur an das halten, was ich gewiss wusste, das was Gott durch Jesus zu uns gesagt hatte. Nicht nur für Gottliebin betete ich, sondern ebenso dringlich für die Erhaltung meines nüchternen Verstandes, der mir jetzt nötiger war als jemals. Ich musste meine Arbeit tun in diesem irdischen Tagewerk des Pfarrers und mich dazu in vielen Briefen gegen Vorwürfe und Beschuldigungen von geistlichen Brüdern wehren und verteidigen. An keinem Tag ließen mich die Gedanken los an die satanischen Verstrickungen der menschlichen Seelen, die ihren Frieden nicht gefunden hatten. Immer wieder sagte mir mein Verstand, man könne nicht die verheißene Erlösung für real halten und zugleich die Verdammnis leugnen. Einfach – nein einfach war das nicht, es eröffnete mir unendliche Regionen und Perspektiven, vor denen mir schauderte, und Gottliebin mit ihrer Besessenheit war sicher nur ein winziger Teil.

Er war böse auf mich, ich konnte es sehen, auch als ich mit fremden Stimmen sprechen musste. Hätte er mich doch länger getröstet und angefasst. Aber vielleicht weiß er gar nicht, was alles von ihm ausgeht. Ich bin sicher, er ist einer der Erleuchteten, die wie die Apostel auf der Erde herumgehen. Noch hat er nicht ernstlich versucht, mich zu heilen, er sieht nur das Böse, das er vertreiben muss. Ich sehe noch eine lange Zeit des Leidens vor mir. Jetzt ist Winter, ein kalter Februar beißt in die Glieder, und ein freudloses Weihnachten ging vorbei.

Es kamen Gaben für uns aus dem Pfarrhaus, Kuchen und gestrickte Sachen, aber ich mag diese Geschenke der Barmherzigkeit nicht. Sie zeigen uns, dass wir arm sind, aber das wissen wir ja schon. Meine Schwestern freuten sich und waren böse mit mir, dass ich ein mürrisches Gesicht machte. Das ist nun zum Glück alles vorbei. Jetzt ist es kalt und ich bin wieder im Haus meines Paten, sie meinen, sie könnten da besser für mich sorgen. Mag sein, nur wissen sie nicht, wie weit, weit weg ich von ihnen bin. Wenn ich erzähle, wohin ich fliege, so glauben sie es nicht. Vor ein paar Tagen lag ich wie angenagelt auf meinem Bett, es herrschte wieder große Aufregung, sie dachten, ich läge in einer tiefen Ohnmacht oder sei gar tot. Nichts von alledem ist richtig, ich sah sie um mich herumstehen, auch Blumhardt war gekommen, aber gleichzeitig flog ich in unvorstellbare Gegenden. So etwas gibt es hier gar nicht. Engel können es nicht schöner haben, ich schwebte, ohne Flügel und ganz mühelos, mit der kleinsten Bewegung meiner Hand konnte ich meinen Körper steuern. Ich wollte, ich wäre nie zurückgekommen in dies mühevolle Dasein. Das Land verschwand unter mir, ich war über einem unendlichen Wasser, das bald im Sonnenschein, bald unter Wind und Regen lag. Mich focht das nicht an, mich konnte nichts davon berühren. Es war herrlich anzusehen, und ich dachte, hierher kommt kein Mensch. Aber doch kamen Schiffe in diese Einöde, ich sah eines mit geblähten Segeln durch die Wellen pflügen und sich im Wind schräg zur Seite neigen. Niemand wird es mir glauben, dass ich die Menschen auf diesem Schiff sprechen hörte, obgleich sie weit, weit unter mir waren. Sie redeten in einer fremden Sprache, dennoch verstand ich genau, dass sie Menschen verkaufen wollten, die sie irgendwo gefangen hatten. Aber ich flog schneller als das Schiff, es versank als winziger Punkt am Rande der Welt. Ich sah ein Land, von dem ich nie gehört haben konnte, ich schwöre es, ein Land mit fremden Bäumen und Leuten, die in ihrer braunen Haut beinahe nackt herumgingen. Sie wissen nicht, wie das ist, dass ich gleichzeitig hier und dort bin. Das Schreckliche kam nach dem Schönen, ich schwebte über einer Erde, die rumpelte und tiefe Risse bekam, in denen viele Menschen versanken, aber schlimmer noch war der riesige Berg, aus dem Feuer hervorbrach, so furchtbares Feuer, dass die Hölle nicht schlimmer sein kann.

Blumhardt stand neben mir und betete, ich möge wieder aus der Ohnmacht erwachen, aber diesmal wusste er wirklich nicht, wovon er sprach. Als ich zurückkehrte von meiner Reise und die Augen aufschlug, seufzten sie erleichtert. Bald danach ging Blumhardt weg, und auch die anderen ließen mich allein. Ich bin es so gewohnt, aber ich bin traurig.

Ich hasse meinen Körper, mein Hinken wird schlimmer, und ich höre manchmal auf der Gasse die Kinder spotten oder sehe, wie sie meinen Gang nachmachen. Vielleicht geht mein Geist deshalb so oft auf die Reise, der Flug übers Meer war bei weitem nicht die einzige Entrückung in andere Gegenden, das ist schön, dabei leide ich nicht. Ich weiß nicht, was mich mit Blumhardt zusammengeschmiedet hat hier in diesem Dorf, in dem sonst gar nichts geschieht. Er glaubt, meine Leiden seien bald zu Ende, ich glaube das nicht. Ich fühle noch vieles vor der Tür stehen, das sich meiner bemächtigen will. An den Abenden, ehe der Schlaf kommt, bete ich zum Heiland, so wie sie mich das von Kind an gelehrt haben. Ich spreche die Worte und versuche, mir seine Person nahe herbeizuziehen. Aber noch nie ist mir das gelungen.

Es gibt so vieles, was er gesagt hat, nur auf mich trifft es niemals zu.

‚Kommt her zu mir, die ihr mühselig und beladen seid, ich will euch erquicken.' Er muss doch wissen, wie sehr ich beladen bin, wie mühselig ohne Ende. Er will, dass ich leide, warum, das weiß nur er allein. Vielleicht vergibt er mir nicht, dass ich meinem Leben ein Ende machen wollte. Aber wie soll ich das alles erklären und begreifen, ich bin nicht klug und gelehrt wie Blumhardt, auch wenn ich noch so viel Zeit zum Nachdenken habe.

Ich wusste es, gestern hat er mich wieder mit Hämmern geschlagen, schlimmer als je zuvor, wer auch immer es ist, der mich schlägt. Sie haben es alle gesehen, die mit Blumhardt zusammen in meine Kammer kommen. Mir war so übel den ganzen Abend, und die Tante kochte mir Kräutertee. Tee, oh Gott, gegen das, was mich befiel, half kein Tee. Ich würgte und erbrach, was ich nie gegessen hatte, Sand. Trocken und heiß stieg er durch meine Kehle auf und überschüttete mein Bett, wieder und immer wieder. Aber dann, als wäre ich ein höllisches Ungeheuer, kamen verrostete Nägel aus meinem Mund und eine Schuhschnalle, die mein Pate schon lange vermisste.

Blumhardt sah zu, Gott verzeih ihm, mit aufgerissenen Augen sah er zu, kein Wort des Gebetes kam aus seinem Mund. Vielleicht war nicht nur mir alle menschliche Rede vergangen. Es dauerte lange, bis ich von den Krämpfen erlöst wurde und einer nach dem anderen meine Kammer verließ. Blumhardt ging zuletzt, er stand mit hängenden Armen neben meinem Bett, als habe ihn aller Sinn und Verstand verlassen. Dann nahm er ein paar von den Nägeln auf und steckte sie in die Tasche. Er hat sie aufbewahrt, ich weiß es.

In diesem Frühjahr ging es Doris nicht gut. Ihr war übel und sie hatte mit Schwindel zu kämpfen, so dass ich wegen der Treppen im Pfarrhaus große Besorgnis hatte. Einmal an einem freundlichen Märztag begleitete sie mich zu Gottliebin, die meistens bei ihrem Paten wohnte. Ich ging jetzt öfter in Stangers Haus, denn alle Bewohner hatten sich mir eng und freundschaftlich angeschlossen. Auch Gottliebin saß dann still und friedlich bei uns, wenn wir miteinander sprachen oder beteten. Es war neben allen schrecklichen Ereignissen in diesem Haus allmählich eine Zelle des Friedens und der Zuversicht gewachsen. Doch Doris bekam dieser Besuch nicht gut. Sie sprach mit Gottliebin und Marie Stanger, sie dankte dem Hausherrn für all seine Hilfe, aber dann wurde ihr das Sprechen schwer und sie begehrte, nach Hause zu gehen. Sie legte sich nieder und ich saß eine lange Weile bei ihr auf der Bettkante, ihre kalten Hände in meinen. In der Kinderstube lärmten Marie und Karl, aber Doris blieb still und in sich gekehrt.

„Was ist es, Doris“, fragte ich, „fürchtest du dich?“

„Ja, ja, ja,“ antwortete sie so heftig, wie ich sie gar nicht kannte, „du siehst doch, dass ich mich fürchte. Ich kann diese Frau nicht ertragen, bitte, bitte, geh nicht mehr hin. Ich kann nichts mehr ertragen, mir ist so übel“, und sie fing hemmungslos an zu weinen und konnte lange Zeit nicht mehr aufhören. Ich hielt sie in meinen Armen und flüsterte ihr liebe Worte ins Ohr, bis das Weinen versiegte.

„Ach Christoph“, sagte sie leise, „warum muss gerade uns all dies begegnen? Das ganze Dorf redet davon, man sagt sogar, die Dämonen hätten gedroht, unser Haus anzuzünden. Warum, warum wir?“

„Ich weiß es nicht, Doris", sagte ich, „ich weiß es wirklich nicht."

„Geh nicht mehr hin", flüsterte sie noch einmal.

„Ich muss, Doris, du weißt, dass ich es muss. Mir ist die Kraft gegeben, ich kann nicht aufhören."

„Denkst du gar nicht an unser Kind?"

„Ich denke daran, in jeder Stunde denke ich daran. Wollen wir sie Rahel nennen?"

Da lächelte Doris und schüttelte den Kopf. „Wir werden einen Sohn bekommen", sagte sie, „das weiß ich."

Darauf mochte ich nichts sagen, vielleicht wusste sie es wirklich. Theophilus, dachte ich, dann soll er Theophilus heißen.

Aber noch bevor das Kind im Juni geboren wurde, geschah im Hause der Geschwister Dittus so Entsetzliches, dass ich es kaum beschreiben mag. Aber es geschah auch, dass meine Gebete auf wunderbare Weise erhört wurden.

Es war wieder Mai, dieser schöne Monat, den ich so liebe, ich weiß auch nicht recht, warum. In meinen Augen und meinem Herzen ist es ein blauer Monat, obgleich das Land so grün ist. Vielleicht sehe ich nur den Himmel, der zu keiner anderen Jahreszeit so strahlt.

Doris schwieg, als ich zu Gottliebin gerufen wurde. Leute aus dem Dorf kamen zum Pfarrhaus gerannt, weil sie durch das Fenster von der Straße her die helle Aufregung der Geschwister gesehen hatten. Gottliebin wohnte wieder zu Hause, und das war anscheinend gar nicht gut.

Doris hielt meine Hand fest, als ich gehen wollte. „Bring kein Unglück über uns, Christoph", sagte sie leise und dringlich, „du weißt nicht, von welch schrecklichen Bildern ich manchmal erfüllt bin."

Ich legte ihr meine Hand auf wie zu einem Segen, es geschah, ohne dass ich darüber nachdachte. „Du bist behütet, Doris“, sagte ich, „fürchte dich nicht.“ Da neigte sie den Kopf und ließ mich ohne ein Wort gehen.

Ich war auf vieles gefasst, aber nicht auf das, was ich sah. Gottliebin saß in der unteren Kammer auf einem Hocker, den Kopf nach vorn gebeugt, und blutete. Ich weiß nicht, wie so etwas möglich ist, ohne dass der Mensch stirbt, sie blutete aus der Nase, den Ohren und Augen. Der Fußboden war glitschig und rot, Hansjörg stand hilflos mit einem Eimer neben seiner Schwester, als ob das irgendeinen Zweck gehabt hätte.

„Gottliebin“, rief ich, „was geschieht dir? Kannst du sprechen?“ Jetzt sah ich erst, dass auch ihre Kleider voll Blut waren, es tropfte von ihrem Ärmel.

„Ich verblute“, sagte sie so leise, dass ich es kaum verstand, „du siehst doch, dass ich verblute.“

Was für ein furchtbares Sühneopfer geschah hier. Wenn je böse Kräfte im Spiel waren, dann musste es jetzt ein Ende haben. Ich seufzte tief und rief den an, der selber für uns geblutet hatte. Später wusste ich nie mehr, warum ich es tat, ich hob meine Hände über all dem Greuel und vertraute ohne Worte auf seine mächtige Gegenwart.

„Es hört auf“, hörte ich Hansjörg irgendwo aus der Ferne sagen, „es hört auf.“ Katharina kam herbei, schob mich zur Tür hinaus und sagte: „Wir müssen sie waschen.“ Ich stand auf der Gasse, mir war so übel wie noch nie in meinem Leben. Es war Mittag, ein heller Maimittag, an dem das geschah.

Eigentlich hätte ich viele Dinge zu erledigen gehabt an diesem Tag, Betstunde in Unterhaugstett, Männerabend in Möttlingen, dazu meine Familie, die jeden Nachmittag auf mich wartete.

Doris kam mir in der Tür entgegen, es schien, das Dorf schwirrte von Gerüchten und Gerede.

„Es ist alles gut“, sagte ich, „sorge dich nicht, ich muss jetzt noch einmal fort, aber nicht zu Gottliebin.“ Sie nickte erleichtert und zog Karl mit sich fort, der von mir auf den Arm genommen sein wollte.

Wie schon einmal vor Jahren nahm ich den Weg über die Felder, mich verlangte es, mit dem Schäfer zu sprechen. Seine Hütte lag verlassen, aber ich folgte der Spur der Schafe bis zu einer Waldlichtung, wo das Blöken der Lämmer zu hören war.

Bruno unterbrach für einen Augenblick seinen kreisenden Lauf um die Herde, um mich zu begrüßen. Der Pfeifer stand auf seine Hirtenschaufel gelehnt, er begrüßte mich auf seine ruhige Art, wir waren nun schon längst keine Fremden mehr. Ich stellte mich neben ihn und sah zu, wie die Lämmer das Euter der Muttertiere suchten, ich hörte die vielen verschiedenen Stimmen, die sicher nur der Schäfer zu unterscheiden wusste, wieder wie damals im November zog ein Raubvogel über dem Wald seine Kreise.

Ich freute mich an dem Gewimmel der Tiere und an den klugen Manövern des Hundes, der kein Schaf in den Wald entkommen ließ. Es war verlockend, hier zu stehen und den Gedanken nachzuhängen oder einfach nur anzuschauen, was vor Augen war. Ich atmete tief und fing an, dem Schäfer zu erzählen, was bei Gottliebin vorgefallen war. Er hörte mir ohne sichtbare Regung zu, nicht einmal sein Stab wanderte von einer Hand in die andere.

„Wie ist so etwas möglich“, fragte ich, „so widernatürlich und so widerwärtig?“

„Wie es möglich ist, weiß ich nicht“, sagte er, „ich weiß nur, dass in der Natur manches vorkommt, was wir nicht erklären können. Ich habe schon viel von dem gehört, was mit Gottliebin geschehen ist. Mein Hund hier weiß auch, dass mit ihr etwas nicht stimmt. Jedesmal, wenn er ihr begegnet, sträuben sich seine Nackenhaare."

Hunde können wohl noch mehr als die Angst eines Menschen riechen, so wie Bruno das bei mir getan hatte. Ich sah zu, wie zwei Lämmer sich um das Euter des Muttertieres drängten, das eine war schwarz und kräftig und schubste immer wieder das kleinere beiseite. Der Schäfer sah auch, was ich sah.

„Müssen Sie da nicht eingreifen?", fragte ich.

„Nein, nein", sagte er, „die Natur bahnt sich ihren eigenen Weg, es wäre töricht, sie zu stören."

„Und Gottliebin, ist das auch eine Seite und Weise der Natur?" Ich hatte diese Frage gar nicht stellen wollen, sie war mir fast zu schnell auf die Lippen gekommen.

„Vielleicht", sagte er bedächtig, „die Natur hat viele Gesichter."

„Ich habe eingegriffen", sagte ich, „was ich sah und hörte, erschien mir zu böse."

„Ich weiß", sagte der Pfeifer, „das hat sich nun schon weit herumgesprochen, und jetzt möchten Sie wissen, ob es richtig war."

Ich nickte. Er sah mich unter dem Rand seines Schlapphutes an, immer noch bedächtig und zugleich sehr skeptisch.

„Ich denke, solche verdrehte Natur wie Gottliebin tobt sich eines Tages von allein aus", sagte er.

„Sie leidet", wandte ich ein.

„Sie will leiden", antwortete er mir sehr trocken, „es gibt solche Menschen."

Von dieser Seite hatte ich es noch nicht gesehen, aber der Schäfer sprach wie mein Freund Barth und noch manche Theologen. Irgendwie schauderte mir bei dieser Konsequenz, leben und sterben lassen, sich nicht in Unerklärliches einmischen.

Da ich ihm nicht antwortete, meinte er: „Sie sind mit mir nicht zufrieden.“

„Zufrieden? Womit könnte ich schon zufrieden sein?“

Wieder kam Bruno und steckte seine kalte Nase in meine Hand.

„Glauben Sie ihm“, sagte der Schäfer mit einem kurzen Lachen, „Sie machen es schon recht.“

Ich kraulte Bruno hinter den Ohren, hob die Hand zum Gruß und machte mich auf den Heimweg.

Sie will leiden. Dieser Satz hörte nicht auf, mir in den Ohren zu klingen. Das war ein schlimmer Satz, der alles in ein anderes Licht rückte, ein Satz, den ich nicht gern wahrhaben wollte.

Doris atmete erleichtert auf, als ich in die Tür kam, aber die nachmittägliche Stunde mit der Familie wollte nicht recht gelingen. Marie und Karl stritten sich, und Christoph, der nun schon ein Jahr alt war, flüchtete sich heulend auf meinen Schoß. Das kam wohl, weil ich wie geistesabwesend saß, weil auch Doris' Geplauder mich gar nicht erreichte. Immer wieder durch alles Reale, das ich vor Augen sah, mischte sich das Bild der blutenden Gottliebin, die so erbärmlich auf ihrem Hocker saß.

„Gottliebin ist wieder bei Stangers“, sagte Doris unvermittelt, „es geht ihr gut.“

Ich kann niemandem die widersprüchlichen Gefühle beschreiben, nicht die Stimmen, die in mir um die Vorherrschaft stritten. Fast war ich geneigt, meinem Freund Barth Recht zu geben, meine Hände von allem zu waschen und nur noch meinen Tagesgeschäften nachzugehen.

Sie will leiden. Des Schäfers Meinung war mir nicht gleichgültig, denn sie führte mir versteckt den Mangel an eigener Einsicht vor Augen. Ich hatte wahrhaft während der ganzen Zeit, die ich mit Gottliebins Dämonen kämpfte, noch nie ihre Person richtig betrachtet und wahrgenommen. Wenn das, was der Schäfer sagte, wirklich zutraf, dann war sie hysterisch in hohen Graden, und ich stritt mit Schimären. Diese Einsicht war fast schlimmer als alles, was vorausgegangen war. Dann hatte es auch keinen Zweck, um die Erweckung von Elisabeths Geistesgaben zu beten, dann war ich mit all meinen Bemühungen auf einem furchtbaren Holzweg.

An diesem Abend saß ich wieder in der Kirche, dort wo ich schon so oft auf Antworten des Gekreuzigten gewartet hatte. Der Aufruhr und der Zweifel wollten sich nicht legen, und lange Zeit konnte ich nur warten und mich sammeln.

Aber ich musste sprechen, irgendwann musste ich sprechen, und ich wollte hier nicht weggehen, ehe ich eine Antwort hatte. Das wenigstens war mir noch real und greifbar, dass er da war und dass er mich hörte.

„Sie leidet“, sagte ich leise, aber hörbar, „willst du, dass sie leidet?“

„Leiden ...“ seine Stimme war ganz nah, „du weißt nicht, was das ist.“

„Aber du weißt es ...“

„Ich weiß es, ich kann es dir sagen.“

Ich wollte mir die Ohren zuhalten, aber seine Stimme war allgegenwärtig.

„Wir waren nackt und blutig von den Peitschenhieben, als sie uns auf dem Hügel an die Querbalken hämmerten. Mich zogen sie zuerst hinauf und nagelten meine Füße an. Die andern beiden schrien, und Maria, meine Mutter schrie, ehe sie auf den Boden fiel. Blut und Schmerzen ...“ die Stimme verlor sich.

„Geh nicht weg“, rief ich, „du musst mir antworten.“

„Ich gehe nie weg“, kam die Antwort leise und schnell.

„Sind die Dämonen wirklich oder ist Gottliebin nur hysterisch?“

„Hysterisch – das Wort kenne ich nicht. Sie ist krank, heile sie.“

Meine Sinne müssen mich verlassen haben, ich fand mich im Stockfinstern auf dem kalten Boden wieder.

Die Tage bis zur Geburt unseres vierten Kindes brachte ich in einer völligen inneren Abgeschiedenheit zu. Wenn Doris mit mir sprach, antwortete ich ihr, wenn die Kinder nach mir verlangten, nahm ich sie auf den Arm oder streichelte sie, ich tat in meinem Amt, was ich tun musste, nur Gottliebin ging ich aus dem Weg.

Sie ist krank, heile sie. Andere Worte hatten in mir keinen Platz. Er hatte es gesagt, also konnte ich es tun.

Ich war sicher, wenn der Himmel zusammenstürzte oder der Boden unter mir einbrach, er war da.

Nach außen hin muss ich fast kalt und abweisend gewirkt haben, später haben sie mir das oft gesagt. Ich weiß es nicht mehr. In mir wuchs, wie das Kind in einer Frau, eine zusammengeballte Energie, die ich noch nicht abzurufen wagte. Nicht einmal den Kindern legte ich mehr die Hand auf, wie ich das früher so gern getan hatte, ich fürchtete, ein Feuer zu entzünden, für das die Zeit noch nicht reif war.

„Was ist dir, Christoph“, fragte Doris am Abend des 5. Juni, als sich die ersten schwachen Wehen bemerkbar machten, „du hast mich schon viele Tage nicht mehr in den Arm genommen.“

„Ich wollte dir und dem Kind nicht wehtun, du weißt, wie es bei Gottliebin war."

„Ich habe fortwährend daran gedacht, auch wenn du nicht davon gesprochen hast."

„Jetzt wird alles gut", sagte ich, und nahm sie endlich in die Arme. Dann schickte ich Sophie, die Hebamme zu holen. Ich blieb die ganze Nacht neben Doris, bis morgens um acht der erste Schrei unseres dritten Sohnes ertönte. Doris schrie nicht, ich legte, von innerem Zwang getrieben, bei jeder Schmerzwelle meine Hände auf ihren Leib und spürte darunter, wie das neue Leben nach außen drängte. Zuerst hatte mich die Hebamme beiseite schieben wollen, aber ich schüttelte nur den Kopf und blieb an meinem Platz.

Am 18. Juni kam Barth, den ich nun schon lange nicht mehr gesehen hatte, um Theophilus zu taufen. Eine stolze, glückliche Familie stand um den Taufstein, ich hatte Christoph auf dem Arm, die beiden andern hielt Doris an der Hand. Christoph krähte vergnügt und wollte gar zu gern in das Taufwasser patschen. Ich ließ ihn krähen, sollte er doch auf seine Weise in unseren Dank einstimmen. Marie stand mit großen Augen, sie war nun drei und verstand schon einiges von dem, was wir mit dem kleinen Bruder taten.

Ob Gottliebin in der Kirche war, wusste ich nicht, ich wollte ihr erst wieder begegnen, wenn sie meiner bedurfte. Mit Barth diskutierte ich nicht mehr, seine Fragen schnitt ich ab, dieser Tag sollte durch nichts verdorben werden. Er wurde sehr heiter und harmonisch, es kann sein, dass mein Freund eine ungewohnte Sicherheit in mir spürte, die seine üblichen Fragen ins Leere laufen ließ. So wandte er sich den Kindern zu und machte Spaß mit ihnen. Nach Tisch erzählte er Marie und Karl eine wunderbar weitläufige Geschichte von allerlei Tieren, der vor allem Marie mit offenem

Mund zuhörte. Jedesmal, wenn der Erzähler eine Pause machte, zupfte sie ihn am Ärmel und drängte: „Weiter, weiter."

Am Abend, als es im Haus still geworden war, kam Doris und legte mir die Arme um den Hals.

„Ich danke dir für diesen Tag", sagte sie, „so schön war es schon lange nicht mehr. Ist es nun vorbei mit Gottliebin?" „Nein", antwortete ich, „es ist noch nicht vorbei, aber ich werde sie heilen."

Später, viel später, als wir schon lange nicht mehr in Möttlingen wohnten, gestand Doris mir, dass sie sich in jenem Augenblick fast vor mir gefürchtet hatte.

„Du bist so sicher", sagte sie.

„Ja", antwortete ich. Was mir begegnet war, erzählte ich keinem Menschen.

In den nächsten Wochen war ich oft für mehrere Tage von zu Hause fort, um Material für meine „Geschichte der Mission" zu sammeln, die nach und nach in Barths Calwer Verlag erschien. Ich legte mir kaum Rechenschaft darüber ab, warum ich die Reisen gerade zu diesem Zeitpunkt machte, aber solche Handlungen, die ohne viele Überlegungen geschehen, erweisen sich oft als sehr heilsam. So ging es mir. Jedesmal, wenn ich Möttlingen zu Fuß oder im Wagen verlassen hatte, hoben sich meine Schultern in tiefen Atemzügen. Ich lenkte dann meine Gedanken nach außen auf praktische oder geistige Probleme und kam mir vor wie ein fahrender Schüler, der nicht weiß, was ihm begegnen wird. Zweierlei geschah an solchen Tagen, wenn ich etwa in Stuttgarts Bibliothek studierte oder zu Unterredungen mit Missionsfreunden zusammenkam, der dumpfe Druck dörflicher Geschehnisse wurde von mir genommen, und in gleichem Maß wuchs meine innere Sicherheit. Selbst die Familie entschwand in ungeahnte

Fernen, und ich empfand auf manchem meiner einsamen Fußmärsche die Wucht und Berechtigung zölibatärer Klausur und Besinnung. Es fügte sich, dass während dieser Zeit des Sammelns Briefe kamen aus Übersee, die vom Wirken der Missionare in Afrika, China oder Indien berichteten. Mir war zuweilen, als ob sich die Kraft des heiligen Geistes in meinem kleinen unscheinbaren Dorfe wie durch ein Brennglas sammelte.

Sie ist krank, heile sie. An jedem einzelnen Tag ging dieser Satz mit mir.

Der August kam, keine drückende Hitze lag über der Erde. Es regnete viel, und auf manchen Feldern schimmelte und faulte das Korn auf dem Halm. Die ersten Kartoffeln waren klein und schwarz, so dass Doris große Sorge hatte, woher wir unseren Vorrat für den Winter nehmen sollten. Ich hatte diese Sorge nicht, vielmehr dachte ich kaum an unsere irdischen Bedürfnisse, obwohl ich das eigentlich hätte tun müssen. Ich war mitten in einem Strom der Schaffenskraft, in dem mir die Worte für meine Abhandlungen und Predigten ungefragt zuflossen. Und es schien, als ob dieser Strom allmählich die Gemeinde berührte und erweckte.

Mitte August kam ich nach mehrtägiger Abwesenheit nach Möttlingen zurück, und ehe ich noch das Pfarrhaus betreten konnte, fand ich mich von Menschen umringt, die mich freudig begrüßten. Das hatte ich zuvor noch nicht erlebt, und ich gab ihren Gruß mit einer Art innerem Jubel zurück, anders kann ich es nicht ausdrücken. Aber zugleich sah ich auch einige betretene Gesichter, darunter das von Katharina Dittus.

„Oh, Herr Pfarrer“, rief sie, „wie gut, dass Sie kommen, mit Gottliebin ist es wieder arg“, und sie wollte mich gleich zu ihrem Haus ziehen.

„Nein, nein, Katharina", sagte ich, „das muss bis morgen warten, jetzt gehe ich zuerst nach Hause." Katharinas Gesicht verdunkelte sich, weil ich eine solche Bitte kurzerhand abschlug. Aber eines war sicher, ich wollte mich nie mehr, weder von ihr oder Gottliebin noch von irgendwelchen Geistern, bestimmen lassen.

Auch Doris und Frau Dobric waren voll von dem, was mit Gottliebin während meiner Abwesenheit geschehen war. Es schien, das ganze Dorf redete über nichts anderes.

„Es ist furchtbar", sagte Doris, „Hansjörg kam vor zwei Tagen hierher in der Hoffnung, dich zu treffen. Du weißt, ich mag nicht mit ihm gehen, das geht über meine Kraft."

„Was war mit ihr?", fragte ich.

„Was Hansjörg erzählte, konnte ich kaum glauben. Mir kam es vor, als ob Gottliebin sich auf Taschenspielerstücke verlegt hat. Aber du weißt ja, Hansjörg stottert manchmal herum, wenn er aufgeregt ist."

„Und?", fragte ich.

„Sie zieht, wie er sagt, Nadeln aus der Nase und dem Mund, und manchmal sollen sie direkt aus der Haut kommen. Ich kann das gar nicht glauben."

Das war in der Tat schwer zu glauben, und ich dachte wieder an die skeptischen Worte des Schäfers.

Ich ließ mit Absicht noch einen Tag verstreichen, ehe ich die Geschwister Dittus aufsuchte. Die Schwestern kamen mir zitternd und verweint entgegen, sie hatten mich schon vom Fenster aus kommen sehen. Gottliebin stand in der Küche, so musste ich einmal nicht an ihr Bett treten, wie ich das schon gewohnt war. Ich begrüßte sie freundlich und gelassen, aber sobald sie mich sah, ging ein Zucken über ihr Gesicht, das sich blitzschnell zu einer Fratze verzerrte, und aus ihrem

Mund kam kein Gruß, sondern ein langgezogenes Stöhnen. Sie drehte mir abrupt den Rücken zu und flüchtete in ihre Kammer. Es war deutlich genug, ich war der Auslöser für neue Krämpfe oder sonderbare Zustände. Was auch immer der Grund dafür sein mochte, ich folgte ihr ohne zu zögern und mit der Gewissheit, nichts und niemand könne mir schaden. Sie stand neben dem Bett, die Fäuste geballt, und ihre Backe blähte sich, als wolle tatsächlich ein Gegenstand daraus hervorkommen. Ich trat zu ihr, nahm ihre Hände und sagte: „Lass das, Gottliebin, keine böse Macht kann dich treiben, Dinge zu tun, die du nicht tun willst", dabei sah ich ihr in die Augen und fuhr fort: „Du bist behütet und beschützt, deine Krankheit wird von dir genommen werden." Ihre Züge entspannten sich, die geblähte Backe brachte nichts hervor, und sie sprach, als wäre nichts geschehen: „Guten Tag, Herr Pfarrer, es ist schön, dass Sie wieder da sind."

„Ich erwarte dich morgen nachmittag mit deinen Schwestern zur Betstunde in der Kirche", sagte ich und verabschiedete mich.

War es so einfach geworden? Ich mochte auch mit Doris nicht darüber sprechen, ich sagte nur: „Es war nichts Besonderes, Hansjörg hat furchtbar übertrieben."

Doris sagte nichts, aber ich sah, dass sie mir nicht ganz glaubte. Ich glaubte es ja selber nicht recht.

Ein Entschluss war inzwischen in mir gereift, Gottliebin sollte und durfte nicht so sehr Mittelpunkt und Triebfeder meines Handelns sein. Wenn ich mich als Jünger und Apostel des Herrn verstand, wie ich inzwischen gar nicht mehr anders konnte, so musste es weiter reichen, als nur eine einzige Person zu heilen. Waren nicht alle, die mir anvertraut wurden, mit irgendeinem Schaden behaftet, den ich beheben sollte?

Ich – natürlich nicht ich, nur er durch mich. Wenn ich das so begriff und beim Wort nahm, war es wahrhaftig einfach.

‚Alles, was ihr bittet in eurem Gebet, glaubt nur, dass ihr's empfangen werdet, so wird es euch werden.'

Bei unserer Hochzeit war uns das auf den Weg gegeben worden, nur meine unverrückbare Gewissheit war nicht immer auf diesem Weg geblieben. Aber Vollmachten waren nicht an Zeit gebunden.

Heute kann ich kaum mit Worten beschreiben, was mich erfüllte, und wie das Licht um mich wuchs. Auf Doris und die Kinder schüttete ich zuerst davon aus. Nicht, dass ich etwa mehr Zeit mit ihnen verbrachte, nur die Zeit war anders erfüllt. Marie überhäufte mich mit Zärtlichkeiten und ihren kleinen, feuchten Kinderküssen, und Karl wurde ganz still, wenn er auf meinem Schoß saß und ich etwas erzählte. Frau Dobric kümmerte sich in dieser Zeit viel um Christoph, den man ständig hüten und beschäftigen musste. Oft hielt Doris unseren kleinen Theophil auf dem Arm, wenn sie bei uns in der Kinderstube saß, einen merkwürdigen Ausdruck von Staunen auf dem Gesicht. Am Abend fragte sie dann zuweilen: „Hat es bald ein Ende mit Gottliebin, wirst du sie heilen?"

Ich antwortete ihr stets auf gleiche Weise, ich nickte dann, und ihr Ausdruck des Staunens verstärkte sich.

Zur Betstunde am folgenden Nachmittag kamen so viele Leute, wie ich es seit Iptingen nicht mehr erlebt hatte. Ich weiß nicht, was sie trieb, war es Neugier oder Unsicherheit oder wollten sie wirklich Worte der Erbauung hören. Ich hatte nicht die geringste Mühe, ihre Aufmerksamkeit zu fesseln, meine Hände waren voll Energie, dass ich kaum wagte, sie in großen Gebärden zu erheben. Wir beteten Psalmen zum Lobpreis

Gottes, und zuletzt forderte ich die Gemeinde auf, mit mir für die Genesung Gottliebins zu bitten. Es war das erste Mal, dass ich öffentlich über sie sprach, und ich tat es aus einer Eingebung des Augenblicks heraus. Das Echo kam in Seufzern und freudigen Zurufen, in vielen Augen sah ich Tränen. Zuerst sprach ich, aber schnell kamen einzelne Stimmen aus der Gemeinde, kurze Rufe um Hilfe oder leise Worte der Fürbitte. Ich ließ sie sprechen, und erst nach einer Weile, als Stille eintrat, stimmte ich das Vaterunser an, das zu einem lauten Strom aller Stimmen wurde.

Gottliebin war nicht gekommen, und vielleicht war das besser so. Noch Monate schwankte ihr Geisteszustand zwischen Phasen normaler Freundlichkeit und heftigen Anfällen von Selbstzerstörung. Aber ich verzweifelte nicht, ich lebte vielmehr in der unbedingten Gewissheit ihrer Heilung. Es geschah so viel in dieser zweiten Hälfte des Jahres 1843, dass ich oft die Einzelheiten gar nicht sortieren kann. Vieles ballte sich zusammen, was in Wirklichkeit nach und nach eintrat, aber oft spielt einem die Erinnerung verschobene Perspektiven zu.

Nicht nur in Möttlingen erlebte ich eine neue Zuwendung der Menschen. Meine Gänge durch den Wald nach Unterhaugstett veränderten sich auf eine wundersame Art. Immer noch hatte ich die Gewohnheit zu singen, wenn die Luft nicht gar zu kalt war. Es tönte so schön zwischen den Bäumen, und im Sommer antworteten mir die Amseln mit langen Kantilenen. Oft erfand ich auf diesen Wegen neue Melodien und Texte, die sich fast von allein zusammenfügten und von denen ich später manche aufschrieb. Ich weiß nicht genau, wann es begann, es muss wohl schon September gewesen sein, denn die Brombeeren fingen an, sich schwarz zu färben. Diesmal sang ich: ‚Großer Gott, wir loben dich', weil mir so froh zumute war, da tönte mir von Unterhaugstett her der zweite Teil des Verses entgegen, von ein paar kräftigen Männerstimmen gesungen. Singen war bisher nicht gerade ihre Stärke gewesen, vor allem die Männer hatten eher mürrisch die Gesichter verzogen, wenn ich Choräle mit ihnen zu vollem Klang zu bringen versuchte. Jetzt aber ging im Wechselgesang die erste Strophe zu Ende, bis wir schließlich zusammentrafen. Sie waren zu fünft, und jetzt, da sie mich sahen, wurden sie ganz verlegen. Aber ich lachte und sagte: „Das war ein schönes Getön durch den Wald." Die Bibelstunde, die ich mit ihnen hielt, wurde sehr heiter, wir sprachen an diesem Tag über den listigen Joseph, der seine Brüder so an der Nase herumführte. Vielleicht hatten sie diese Geschichte noch nie von der heiteren Seite gesehen, es war überhaupt die Meinung weit verbreitet, dass alle Begebenheiten in der Bibel todernst seien.

Irgendwie hatte ich noch keinen von diesen Bauern oder Handwerkern richtig lachen sehen. Ich dachte an den Tag zurück, als sie mir geholfen hatten, den toten Ludwig Rohr aus der Grube zu holen, und ich dachte an die Zeit zurück, als ich hier meine Arbeit angefangen hatte. So lange war das her. Aber an diesem Nachmittag lachten sie, und einige begleiteten mich ein Stück auf meinem Heimweg. Und so hatten wir von da an unsere verschiedenen Melodien, die wir uns zusangen, und stets war ich auf einem Teil meines Weges in Gesellschaft. Ich weiß bis heute nicht, warum es so lange dauerte, das Eis zu schmelzen, aber ich rechnete weder ihnen noch mir diese Zeit vor.

Danach kam es zu einem wunderlichen Wettstreit zwischen den beiden Gemeinden. Unsere Wechselgesänge blieben nicht verborgen, das hätte ich voraussehen können. Jetzt kamen mir auch stets etliche

Möttlinger entgegen, wenn ich von Unterhaugstett zurückkehrte.

Wenn ich allein in meinem Studierzimmer saß, Papiere vor mir auf dem Schreibtisch oder in Gedanken über das Thema der nächsten Konfirmandenstunde, wenn die Stimmen der Kinder und die alltäglichen Geräusche des Hauses gedämpft zu mir drangen, kam ich mir vor wie der reichste Herrscher über ein großes Land. Ich wollte niemanden beherrschen, das sicher nicht, aber ich hatte mehr Schätze als ein König, der über Gold, Silber und Edelsteine verfügt, der Schiffe, Korn und ein großes Heer besitzt. Diese Bilder drängten sich mir immer wieder auf, wenn ich abzuwägen versuchte, was in meiner Gemeinde geschah.

Seit der Fürbitte für Gottliebin kamen jeden Tag Menschen auf mich zu, die mir gute Worte sagten oder die ihr Gemüt befreien wollten, von der Last einer versteckten Schuld. Sie kamen nicht nur zu mir, ich sah und hörte sie ebenso untereinander reden, auch solche, die sich früher in selbst nicht ganz begriffener Feindschaft aus dem Weg gegangen waren. Ich weiß nicht, ob man so etwas Erweckung nennt.

Gottliebin aber, der die öffentliche Fürbitte nicht verborgen geblieben war, reagierte darauf anders als die Bewohner des Dorfes. Sie richtete eine geballte Wut gegen sich selbst und brachte sich eines Tages mit einem Messer eine furchtbare Wunde bei. Diese Wunde war sehr sonderbar. Ich sah sie und ich bezeuge vor Gott, dass ich die Wahrheit spreche. Wieder hatte man mich geholt, nachdem Hansjörg mit Mühe seiner Schwester das Messer weggenommen hatte. Sie saß einfach da und betrachtete den Schnitt in ihrem Arm, fast abwesend und gelassen, so wie man etwa eine Ameise über den Tisch krabbeln sieht. Was ich jetzt sage, haben mehrere Menschen gesehen, Gottliebins Geschwister und die beiden Stangers. Ich nahm ihre Hand und strich mit der anderen über die Wunde. Sie schloss sich und hinterließ keine Spur auf der Haut. Meine Hände taten das, ich dachte nichts dabei und sprach nichts. Nur Katharina schrie auf und wurde ohnmächtig.

Das war der Anfang einer anderen Heimsuchung, die niemand und ich am wenigsten voraussehen konnte. Die Stimmen, die vorher aus Gottliebin gesprochen hatten, suchten sich nun einen Weg durch Katharinas Mund. Ich sah die beiden Schwestern zusammen, Gottliebin saß still und lauschte wie bei einem Schauspiel und starrte fasziniert in Katharinas Gesicht. Diese aber war auf seltsame Weise gespalten, sie sprach sozusagen mit zwei Stimmen und als zwei Personen. Die eine plärrte und lästerte, und die andere sah mich ängstlich an und sagte: „Ich muss das tun, ich kann nicht aufhören“, und dann verfiel sie wieder in schauderhafte Flüche und Verwünschungen. Ich war nun nicht mehr in Sorge, ich könne etwa solchen Erscheinungen nicht entgegentreten. Ich rief still oder laut um Hilfe, die mir in diesen Monaten niemals versagt wurde. Die Anfälle Katharinas verschwanden, wenn auch erst in der Weihnachtszeit ihr letztes herzzerreißendes Geschrei zum Schweigen gebracht werden konnte. Gottliebin versuchte noch ein zweites Mal sich zu verwunden. Hansjörg kam, mich zu holen, aber ich sagte: „Lass, sie soll selbst zu mir kommen“, und ich befahl ihr im Stillen, im Pfarrhaus zu erscheinen. Nun war ich nicht mehr Spielball von schlimmen Gewalten, denn sie kam tatsächlich nach einiger Zeit die Treppe herauf. So tat ich denn ihrem Dämon nicht mehr die Ehre an, mich von ihm herbeizitieren zu lassen.

Kein Weihnachtsfest der vergangenen Jahre war so mit Stille und Frieden angefüllt wie dieses. Schnee fiel am Tag des 24. Dezember, endlos und lautlos kamen die Flocken aus einem grauen, tief hängenden Himmel. Mauern, Bäume, Dächer, Straßen, alles versank unter der weißen Decke. Marie stand am Fenster und war gegen ihre Gewohnheit völlig verstummt, was draußen geschah, konnte sie gar nicht begreifen. Die Erinnerung an den vergangenen Winter und Weihnachten waren wohl nur noch vage und nebelhaft. Aber jetzt leuchteten ihre Augen vor unbekannter Wonne, denn im Haus geschahen allerlei wunderbare Dinge. Die Küche duftete nach Lebkuchen und Pfeffernüssen, und jeden Morgen lagen ein rotbackiger Apfel oder eine Nuss neben den Betten der Kinder. Schon früh konnten wir das Gezwitscher der Stimmen hören, wenn sie ihre Schätze gefunden hatten. Aber etwas anderes hatte Marie noch viel lieber, wenn ich nämlich in der nachmittäglichen Dämmerstunde von den Engeln erzählte, die zu den Hirten auf das Feld gekommen waren. Sie saß dann so still wie sonst nie und wagte kaum zu atmen. Ich erzählte ihr, wie der Himmel auf einmal licht wurde und ein unbeschreiblicher Glanz sich verbreitete, wie der Engel sang und sagte, wo das Jesuskind geboren war.

„Der Engel", fragte Marie, „wie war der, wie sah der aus?"

„Ich weiß es nicht", sagte ich, „niemand hat ihn beschrieben, aber er muss wunderschön gewesen sein, denn die Hirten sahen gleich, dass er von Gott kam."

Und alle Tage musste ich es wieder erzählen, wie die Hirten zu dem Stall gingen und alles fanden, wie der Engel gesagt hatte. Sie fragte nach allem, nach Maria und dem Esel und ob das Kind auch manchmal schrie, denn das kannte sie ja von ihrem kleinen Bruder. Sie fragte nach den Schafen, ob die alleine bleiben konnten, als die Hirten weggingen. Sie kannte die Schafherde draußen am Waldrand, ich hatte sie im Sommer einmal mitgenommen, und nun wollte sie wissen, ob damals auch ein Hund aufgepasst hatte.

„Das weiß ich nicht", sagte ich, „vielleicht blieb auch einer der Hirten bei den Schafen."

Ich konnte mich selbst so sehr in all dieses vertiefen, dass mir ihre Fragen nie zuviel wurden, und dann an jenem Tag, als der viele Schnee fiel und ich wieder von den Hirten erzählte, fragte Marie: „Sah der Engel so aus wie Elisabeth?"

Ich sagte noch einmal: „Ich weiß es nicht, Marie."

Elisabeth, ich hatte sie nicht vergessen, denn sie kam fast alle Tage mit ihrer Mutter zu uns ins Haus, und ich hatte niemals aufgehört, in ihrem Gesicht zu forschen. Auch die Konfirmation konnte sie nicht verändern, wie die Mutter vielleicht gehofft hatte.

Am Weihnachtsmorgen stapften sie alle durch den Schnee zur Kirche, eingehüllt in Wolltücher und Mützen, die Atemwolken vor dem Mund. Die Bänke reichten nicht aus, hinten unter der Empore und im Gang drängten sich die Menschen. Auch Doris kam herüber mit Marie an der Hand, obgleich sie eigentlich für einen langen Gottesdienst noch zu klein war. Aber sie wollte es unbedingt noch einmal hören von Kanzel und Altar, was ich ihr schon so oft erzählt hatte.

Stille, das neue Jahr 1844 brach so an. Nach dem Schnee kam der Frost, die Tage waren eisig und klar, und in den Nächten krachte die Kälte in den Bäumen. Teiche und Brunnen waren zugefroren, und wir alle hackten uns das Eis heraus, um es auf dem Herd zu schmelzen.

Stille war auch im Haus der Geschwister Dittus eingekehrt.

„Gottliebin ist geheilt", sagte Georg Stanger zu mir, als wir im Januar im Gemeinderat zusammentrafen. Er sagte es laut und für alle hörbar, während die Stimmen im Dorf nur zu tuscheln und zu flüstern wagten.

Es ist schwer zu beschreiben, wie sie mich ansahen, Scheu und Ehrfurcht mischten sich zuweilen mit Angst, denn das ganze Dorf hatte die grässlichen Schreie Katharinas gehört und ebenso wie die dämonischen Stimmen aus Gottliebin hervorbrachen.

Was sollten sie aus alledem machen, sie waren einfache, nüchterne Menschen, die gerade genug zu tun hatten, mit den Wundern von Weihnachten und Ostern fertig zu werden. Dass nun vor ihren Augen und ihren Haustüren eine Heilung geschehen war, kam den meisten irgendwie unzulässig vor, Wunder geschahen in alten Zeiten in der Bibel, aber nicht in ihrem bäuerlichen Alltag. Auch was Georg Stanger in jener Sitzung des Gemeinderates sagte, rief nicht nur Zustimmung, sondern ebenso viel betretenes Schweigen hervor.

Ich schwieg dazu, was ich zu sagen hatte, sagte ich in meinen Predigten. Nur Doris fragte mich sehr direkt, auch sie mit Angst in der Stimme: „Hast du sie geheilt, Christoph?"

Alle die Erschütterungen der letzten Jahre waren ihr unheimlich geworden, und jetzt mochte sie kaum glauben, dass wir festen Boden erreicht hatten.

„Nicht ich", antwortete ich ihr, „nicht ich habe sie geheilt."

Doris wenigstens musste begreifen, wie alles zusammenhing.

„Ich weiß schon", sagte sie leise, „aber du bist stark."

In einem hatte sie Recht, wenn das auch nichts mit meiner Person zu tun hatte, ich war und blieb in der Vollmacht des Geistes, den Jesus seinen Jüngern verliehen hatte. Ich wusste, er sprach mit mir, auch wenn seine Stimme oft von anderen Geräuschen zugedeckt wurde. Wenn ich diese Gewissheit nicht gehabt hätte, wäre ich von allen Ereignissen dieses Januar erdrückt worden. Denn es kam wie eine Lawine auf mich zugerollt.

Ich hatte es einmal in den Schweizer Bergen gesehen an einem steilen schneebedeckten Hang. Zuerst konnte man die Stille förmlich mit Händen greifen, die glatte weiße Fläche oberhalb des Baumgürtels glänzte unter der Sonne. Dann breitete sich ein Knistern und Knacken aus, das wie aus dem Nichts zu kommen schien, die Schneedecke zerriss, weißer Staub quoll auf, und die rasende Talfahrt begann. Schwarze Bäume verschwanden, unten im Tal staute sich ein breiter Schneewall. Das Dorf, in dem wir damals waren, wurde von dieser Gewalt verschont.

In meinem Dorf Möttlingen wurde ich nicht verschont. Es ist wahr, zuerst knisterte es nur an sehr verschiedenen Ecken der Gemeinde. Natürlich mussten wir alle nach den feierlichen Gottesdiensten der Weihnachtszeit wieder in unsere Alltagsgeschäfte zurückkehren. Das eine davon war der Unterricht bei den Konfirmanden. Ich spreche hier nicht von den Mädchen, denn die waren meistens nicht geneigt, mir Fragen zu stellen, ich spreche von den Buben, die eine neue Unruhe in den Unterricht brachten. Die Unruhe entstand zuerst aus ihren Streitigkeiten, die offen oder versteckt ausgetragen wurden. Es ging dabei nicht um die üblichen Rivalitäten, wer etwa stärker war in einem Ringkampf oder wessen Messer, das viele von ihnen in der Tasche trugen, schärfer und haltbarer war. Ich kannte solche Raufereien und Wortgefechte zur Genüge, sie hatten nichts mit den unterschwelligen Bewegungen zu tun, die jetzt zu spüren waren.

Wenn nun einer mit blutiger Nase hereinkam, sprachen auch seine Blicke von Zorn, den ich nicht gerne in meinen Stunden dulden mochte. Wenn ich sie fragte, worum es ging, hatten sie irgendwelche Ausflüchte bei der Hand.

Aber ich nagelte sie fest, ich verlangte eine klare Rede und Auskunft, alles andere hatte für mich keinen Wert. Ich erhielt die Auskunft, denn sie hatten Respekt vor mir und sie wussten, dass ich bei aller Langmut dann unerbittlich war, wenn mir Lügen aufgetischt wurden.

„Friedrich“, sagte ich zu dem Sohn unseres Schneiders Johann Fischer, „du hast dich verändert, was geht mit dir vor, du lachst nicht mehr. Außerdem hast du gestern zwei kleinere Buben verprügelt, ich habe es gesehen.“

Friedrich war ein stämmiger, blonder Bursche, fröhlich und zu Späßen geneigt, ebenso wie sein Vater, der in jeder Gesellschaft die Lacher auf seiner Seite hatte. Jetzt aber stand er bockig und verbohrt mit gesenktem Kopf und wollte mir nicht antworten.

„Und ihr“, wandte ich mich an die anderen, „habt ihr nichts zu sagen?“

Sie hatten etwas zu sagen, auch wenn es anfangs stockend und zögernd herauskam.

„Wir versammeln uns“, sagte der sonst so schüchterne Edmund, ein Knabe, der zum Träumen neigte. Ich staunte, dass gerade er sich zum Sprecher machte, aber ich sah auch die bewundernden Blicke, die man ihm zuwarf.

„Wie, versammeln“, fragte ich, „was soll das heißen?“ Edmund sah mich erschrocken an, solchen scharfen Ton waren sie sonst nicht von mir gewohnt.

„Wir beten und bekennen unsere Sünden“, stotterte er und wurde über und über rot.

Mir wurde ganz heiß bei dem Gedanken, was für Unheil mit solchem halb kindlichen Treiben angerichtet werden konnte.

„Wie seid ihr denn auf diese Idee gekommen?"

Edmund sah sich hilfesuchend um, ob nicht jemand ihm beistehen wollte, aber niemand traute sich.

„Also?", fragte ich, denn ich musste der Sache unbedingt auf den Grund kommen.

„Die Erwachsenen tun das auch", sagte Edmund leise, „außer den Stundenleuten."

Ich hatte anscheinend manches nicht wahrgenommen, was unterschwellig im Dorf vor sich ging und was nun auf die Jungen überschwappte. Spaltungen waren vorhanden, die schnell das vergiften konnten, was ich hier auszusäen versuchte.

Friedrich hatte sich inzwischen wieder hingesetzt, den Kopf in die geballten Fäuste gestützt, ich ahnte, dass sie ihn nicht mitmachen ließen bei ihren Versammlungen aus Gründen, die ich nicht kannte.

Es hatte keinen Sinn, ihn hier noch weiter bloßzustellen, so sagte ich nur:

„Es ist recht, wenn ihr betet, aber das Sündenbekennen solltet ihr unterlassen. Darüber werden wir in den nächsten Stunden sprechen, denn das ist ein sehr schwieriges Gebiet."

Einige nickten, aber ich sah schon, dass ich lange nicht alles ausgeräumt hatte.

Ich holte Friedrich auf seinem Heimweg ein und fragte: „Womit ärgern sie dich?" Er blieb stehen. „Mein Vater", sagte er grimmig, „sie spotten über meinen Vater."

„Ich dachte immer, es wäre umgekehrt, dass nämlich dein Vater gern über andere spottet."

„Das ist es ja", sagte Friedrich, „er spottet nicht mehr. Er geht herum und murmelt mit sich selbst, und dadurch bleibt seine Arbeit liegen. Wenn dann die Leute kommen, sind sie ärgerlich, dass nichts fertig ist. Sie reden, er sei wunderlich geworden, und nun lachen auch die, die früher meine Freunde waren. Dann verhaue ich sie eben."

Ich musste fast lachen über diese einfache Lösung aller Probleme, dennoch sagte ich ganz ernsthaft: „Verhauen ist nicht gut, Friedrich, dadurch bekommt man keine Freunde zurück. Soll ich mal mit deinem Vater reden?" Er schüttelte den Kopf.

„Ich glaube, er wird bald von allein zu Ihnen kommen."

So war es. Es dauerte keine Woche, da kam der Schneider Johann Fischer zu mir, rückte lange Zeit auf seinem Stuhl herum, ehe er endlich den Mund auftat. Ich kannte ihn nicht gut, er war keiner, der oft in die Betstunde kam oder seine Sonntage in der Kirche verbrachte. Nicht nur sein Lachen, auch seine Redseligkeit schien ihm ganz abhanden gekommen, denn anfangs brachte er kaum zusammenhängende Sätze heraus. Nach ein paar gezielten Fragen kam ich schließlich dahinter, dass er um sein ewiges Seelenheil besorgt war. Er war anscheinend nicht der Einzige im Dorf, der nach den Ereignissen mit Gottliebin unbestimmte oder konkrete Ängste vor den Qualen der Verdammnis bekommen hatte.

„Ich meine", sagte er jetzt, „ wenn ich alle Sünden beichte, kann ich dann in den Himmel kommen?"

Ich muss sagen, ich war nicht sehr begeistert von dieser Art Frage, sie schmeckte allzu sehr nach einem mechanischen Abwerfen von Ballast, ohne den man dann wieder vergnügt herumlaufen konnte.

„Das geht nicht so einfach", sagte ich, „Vergebung von Sünden setzt tiefe Reue voraus und eine innere Umkehr. Das ist nicht mit ein paar Worten von mir getan."

Er war tief betroffen, dass die Sache nicht jetzt und hier abgemacht werden konnte und bettelte förmlich darum, dass ich ihm die Hand auflegte und einen Segensspruch sagte. Wie hätte ich ihm das verweigern können. Er kniete nieder, und ich segnete ihn, dann ging er wortlos, aber immer noch betreten zur Tür hinaus.

Am andern Tag war er wieder da. Er wartete still und beharrlich vor der Tür, bis ich Zeit für ihn hatte.

„Vor dem Abendmahl beichten wir doch auch", sagte er, „warum kann ich es hier nicht tun?"

„Du kannst beichten", sagte ich, weil ich so einen Menschen gar nicht mit Sie anreden konnte, „du kannst mir beichten, wenn dich das erleichtert."

„Es erleichtert mich", sagte er, „aber Sie müssen mir mit Wort und Hand die Vergebung zusprechen."

Große Worte und ein großer Anspruch, ich wusste wohl, dass dies unabsehbare Folgen nach sich ziehen konnte. Wer war ich, dieses Mysterium zu vollziehen, wer war ich, die ernsthafte Reue wirklich zu erkennen?

Der Schneider stand immer noch wartend vor mir.

„Setz dich", sagte ich, „und beichte."

Er sprach lange, all die aufgehäuften Lieblosigkeiten seines Lebens kamen da hervor, alle bösen Gedanken gegen andere, und nicht zuletzt das Begehren nach anderen Frauen außer seiner eigenen. Sicherlich konnte er dieses nicht alles von heute auf morgen umwandeln und abstellen, das sah ich wohl.

„Und nun", fragte ich, nachdem er fertig gesprochen hatte, „glaubst du, nun ist dein Leben schon verändert?"

„Ich dachte, Gott kann das", sagte er einfach und ohne zu zögern. Dagegen hatte ich nun allerdings gar kein Argument, und ich sprach ihn unter Handauflegung von seinen Sünden los gemäß den Worten Jesu: ‚Welchen ihr die Sünden erlasset, denen sind sie erlassen.‘

Johann Fischer erhob sich von seinen Knien, ich sah in ein Gesicht, das von innen erleuchtet war, und ich glaubte, dass die Vergebung in ihm ein heilsames Werk getan hatte.

Das war das erste Knistern in der stillen Schneedecke, ehe die gewaltige Lawine auf mich niederging.

Es ist einfach zu sagen, dass im Laufe dieses Januar und Februar über zweihundert Menschen zu mir kamen, um zu beichten und von ihren Sünden losgesprochen zu werden. Sie brachten mit ihrem Andrang und Ansturm das ganze Räderwerk meiner Arbeit und den gewohnten Rhythmus meiner Familie zum Stillstand. Es waren nicht nur für mich gute und schlimme Tage, Doris, Sophie und Frau Dobric hatten ebenso ihre Lasten zu tragen, zwar andere als meine, aber nicht weniger gewichtig.

Offenbar war der Schneider überall herumgegangen und hatte von seiner wunderbaren Bekehrung erzählt und die Erleichterung des Gewissens gepriesen. Ich glaubte gern, dass man ihm seine Freude ansah und dass seine Begeisterung ansteckend wirkte. Ich schwankte zwischen einem Gefühl des Triumphes wie in Iptingen und einer bohrenden Sorge um die Redlichkeit der Beichten und die Dauerhaftigkeit der Reue.

Im Pfarrhaus war Tag um Tag die Stiege verstopft von den Wartenden, die zwischen Angst und Hoffnung hin- und hergerissen wurden. Der auf- und abschwellende Lärm ihrer Stimmen tönte durch das Haus, und oft genug wurde Doris mitten unter ihnen festgehalten, um Sorgen und Nöte anzuhören. Sie sah am Abend völlig erschöpft aus, wenn ich sie denn überhaupt noch wachend antraf, denn meistens wurde es Mitternacht, ehe ich mich zur Ruhe legen konnte.

Auch die Kinder nahmen die Unruhe nicht gut auf, unser Jüngster schrie, wenn er in seinem Schlaf gestört wurde, Karl und Christoph versuchten voll Neugier immerzu aus dem Kinderzimmer zu entwischen, und Marie war gar nicht mehr zu bändigen. Sie liebte es, von den Frauen auf den Arm genommen und gehätschelt zu werden, so dass ich mehr als einmal ein Machtwort sprechen musste, um sie von dem Getriebe fernzuhalten.

Aber das alles waren die geringeren Übel in dieser Welle der Erweckung und geistlichen Besinnung. Die Kirche fasste kaum die vielen Menschen, die zum Gottesdienst kamen, und auch die Gebets- und Katechismusstunden fanden so viel Zulauf wie noch nie.

Für mich war es vieles zugleich, Erleuchtung und Demütigung, eine Quelle der Freude und auch der bittere Geschmack, wenn Menschen mich täuschten und ihre Bekenntnisse nur Lippenbekenntnisse waren.

Das erlebte ich nicht nur einmal, und es war stets mit körperlichen Schmerzen verbunden, ich bezahlte eine zu Unrecht erteilte Absolution auf diese Weise.

Bei alledem war immer Gottliebin in meinem Bewusstsein gegenwärtig. Sie war geheilt, aber meiner Fürbitte bedürftig, anders als vorher, denn nun erst vollzog ich an mir selbst, wie eng Psyche und Körper aneinander gekoppelt waren. Ich spürte noch immer, vielleicht sogar stärker als früher in mir, in meinen Händen die Vollmacht und Berechtigung, Sünden zu vergeben. Ich legte jenen die Hände auf, die gesegnet sein wollten, sie gingen befreit, freudig und voll Dank davon. Aber andere, die ihre Beichte nur machten, weil es eben gerade so Mode war, schickten einen bösen

Fluch auf mich zurück. Ich schleppte mich dann tagelang krank und elend herum, ehe ich die Ursache dieser Krankheit erkannte.

Wieder stand ich auf Kriegsfuß mit der Zeit, denn ein Tag und manchmal auch die halbe Nacht hat nur eine begrenzte Anzahl von Stunden. Was in ihnen nicht vollendet wurde, blieb liegen und häufte sich in unübersehbarer Menge. Es gab Arbeiten, die ich in dieser Zeit einfach nicht mehr leisten konnte, weil der Zustrom der Menschen nicht abreißen wollte. Nicht nur die Stiege, auch das Wohnzimmer war inzwischen von wartenden Menschen besetzt. Weder Doris noch ich hatten den Mut, auch nur einen abzuweisen oder zu vertrösten auf eine andere Zeit.

Und das Feuer breitete sich aus, es blies ein Wind hinein, dem ich nicht wehren konnte. Der kleine Wettstreit, der mit dem Gesang und der Begleitung durch den Wald angefangen hatte, wurde ein eifriger großer Wettstreit. Die Menschen glaubten, da ich Gottliebin von allem Bösen befreit hatte, könnte ich sie ebenso befreien, könnte ich alle ihre Sünden sammeln und in Nichts auflösen. Es war eine riesige Arbeit, und wenn ich vorher meine Zweifel abgelegt hatte, so kamen mir jetzt andere und neue.

Gerade die Menschen, die mir vorher so treu und standhaft beigestanden hatten, wagten nun, einige Mahnungen auszusprechen, und gerade sie kamen nicht zu einer persönlichen Beichte, das waren die beiden Stangers. Auch mein Freund, der Schäfer, hat nie meine Studierstube betreten. Eines Tages ließ Bürgermeister Krause mich bitten, zu ihm zu kommen, eine Aufforderung, der ich nachkommen musste.

„Ich wäre zu Ihnen gekommen“, sagte er zur Begrüßung, „aber mir scheint, das Pfarrhaus ist gegenwärtig nicht der rechte Ort für eine Besprechung.“ Das musste ich zugeben und ich überhörte nicht den leisen Vorwurf, der darin lag.

„Jetzt kommen sie auch schon in Scharen von Unterhaugstett herüber“, sagte der Bürgermeister, „ich sehe manche Unordnung einreißen in unserer Gemeinde.“

Er hatte Recht, ich merkte es an meiner eigenen Arbeit, die in letzter Zeit völlig ins Stocken geraten war.

„Die Leute sind arm“, sagte Krause jetzt, „das wissen Sie wohl, und ich kann nicht dulden, dass ein bescheidenes Gewerbe wie auch immer vernachlässigt wird. Sagen Sie das den Menschen, die zu Ihnen kommen.“

Das war deutlich, so schroff hatte er während all der Zeit, die ich ihn kannte, noch nicht zu mir gesprochen.

„Wie soll ich sie wegschicken, wenn sie zu Buße und Reue bereit sind? Ich kann das als Seelsorger keinem abschlagen.“

„Es muss nicht ein so großes öffentliches Spektakel sein“, sagte der Bürgermeister ungerührt, „reden Sie in ihren Bibelstunden und von der Kanzel zu den Leuten, das halte ich für genauso heilsam.“

Das versprach ich nicht, und so schieden wir zum ersten Mal uneins voneinander.

Das war die eine Seite des Widerspruches, den ich erfuhr, ein anderer wog dennoch ungleich schwerer. In dem Haus, das vormals Ludwig Rohr gehört hatte, wohnte nun ein anderer Leineweber mit seiner Familie. Er hieß Alois Fuchs und war in seinen gedanklichen Winkelzügen sicher ebenso schlau wie dieses Tier. Bei ihm versammelten sich die Brüder der ‚Stunde‘, fromm, unerschütterlich und vom Pfad des rechten Glaubens felsenfest überzeugt. Ich konnte an ihnen nichts aussetzen, denn die bekannten nicht nur ihren Glauben, sie handelten auch nach ihm. Es ging sicher nie ein Bettler unbeschenkt von ihrer Tür, aber sie hatten nicht viel übrig für Menschen, die anders lebten und glaubten als sie. Die ganze Bußbewegung, die unser Dorf in Atem hielt, war ihnen ein Dorn im Auge, und ich handelte nach ihrer Ansicht absolut nicht richtig.

Während ich im Überschwang meiner Freude oft glaubte, die erste Zeit der Apostel sei wiedergekommen, setzte Fuchs mir eines Tages trocken und kurz auseinander, was er und seine Freunde von der Praxis der Beichte und Absolution hielten. Wir begegneten uns auf der Gasse nahe bei seinem Hause, ich kam mit traurigem Herzen von einem Sterbelager und dem Jammer einer ganzen Familie. Fuchs tippte höflich an seine Kappe, als er mir guten Abend wünschte, denn das machten sich alle der Stundenbrüder zur Aufgabe, mein Amt mit Achtung anzusehen. Ich blieb stehen, um ein paar Worte mit ihm zu wechseln, aber ich war nicht auf das gefasst, was ich zu hören bekam.

„Ist die junge Frau Peters schon gestorben?", fragte er teilnehmend, denn alle im Dorf wussten von ihrem langen Krankenlager.

„Nein, noch nicht", sagte ich, „aber es wird nicht mehr lange dauern."

„Musste sie nun auch ihre Sünden bekennen?", kam seine Frage.

Ich sah ihn verwundert an. „Bei mir muss niemand seine Sünden bekennen", sagte ich ruhig, „aber wer es möchte, wird nicht zurückgewiesen."

„Sie sind doch kein katholischer Pfaffe", sagte er mit einem verächtlichen Unterton, „ich dachte, solche Übungen hätte unsere evangelische Kirche lange abgeschafft. Wir werden jedenfalls nicht bei Ihnen beichten, da können Sie sicher sein."

Damit tippte er noch einmal an seine Kappe und wandte sich seinem Haus zu.

Das war eine klare Absage und nüchterne Abgrenzung, die ich sicher nicht mit Argumenten erschüttern konnte. Vielleicht ließ ich das auch gern so auf sich beruhen, denn Überschwang der Gefühle gab es im Augenblick genug um mich herum, aber das einzudämmen und zu regulieren, traute ich mir zu. Nie im Leben hatte ich meine Nüchternheit so nötig gebraucht wie in dieser Zeit.

Ich ahnte inzwischen, was die jugendlichen Konfirmanden sich untereinander zu beichten hatten, und ich ahnte auch, was der anziehende und schwärmerische Edmund damit zu tun hatte. Die vielen Bekenntnisse der Erwachsenen hatten mich unweigerlich darauf gebracht, denn die konnten mit ihren unzähligen sexuellen Problemen in keiner Weise fertig werden. Ich kam mir dazwischen oft vor wie das reinste Unschuldslamm, denn sie erzählten Dinge, die mir bis dahin ganz unbekannt gewesen waren. Wieder fand ich mich auf den Wolken meines theologischen Denkens statt auf einer sehr schmutzigen Erde.

Doch die Erweckung wuchs, auch wenn ich mit meinen schwachen Kräften weit davon entfernt war, die Welt zu ändern. In Möttlingen jedenfalls begannen die Dorfbewohner, die sich schon so lange kannten, brüderlich miteinander umzugehen.

Jetzt könnte ich leicht mit ihm Schritt halten auf dem Weg nach Unterhaugstett, aber den Wunsch habe ich nicht mehr. Ich kann kaum noch verstehen, was ich früher war, und welche Ängste mich umtrieben. Mir ist, als ob ein großer Schwamm alles ausgelöscht und abgewaschen hat. Unser Haus ist nicht viel besser oder schlechter als andere, ich gehe darin herum und schaffe Ordnung, ich helfe Katharina in der Küche und gehe meine Base besuchen. Ich gehe, das ist wahr, ich hinke nicht mehr, meine Schultern sind gerade wie sie sein sollen. Niemand sieht mich besonders an, darüber bin ich sehr froh.

Gestern war ich oben in der Dachkammer, um aufzuräumen und zu fegen. Der Strick lag noch unter dem Balken, unordentlich hingeworfen, ich habe ihn aufgerollt und an einen Haken gehängt.

Unseren Pfarrer sehe ich selten außer am Sonntag in der Kirche. Er predigt so schön, dass jedermann ihn verstehen kann, viele seufzen und weinen dabei. Ich finde nicht, dass man bei seinen Worten seufzen muss, denn er sagt, wie wir alle heil und gesegnet sein können, wenn wir nur Gottes Wort glauben. Er kann seine Stimme laut oder sanft machen, und er bringt es leicht fertig, dass alle ihm zuhören. Zuerst war ich erschrocken, wie viele Leute kamen in diesem Jahr, oft stehen sie noch draußen vor der Tür, weil die Kirche zu klein ist. Sie sind lange nicht alle aus unserem Dorf, von Merklingen kommen sie und von Münklingen oder sogar aus dem Tal herauf von Calw und Liebenzell. Ich weiß nicht recht, warum sie unbedingt unseren Pfarrer hören wollen, es gibt doch genug andere dort, wo sie wohnen. Aber jetzt, da ich selber endlich Ruhe habe, ist eine große Unruhe hierher gekommen, die Menschen sind wie Ameisen, wenn man einen Stock in ihren Haufen steckt. Manchmal denke ich, sie haben gar nichts anderes zu tun, als ins Pfarrhaus zu laufen.

Unser Haus ist still, niemand klopft an die Wände wie früher. Für mich ist die Welt freundlicher geworden, und meine Gebete gehen auf einem geraden, ungestörten Weg, wohin ich sie schicke. Es ist nicht so, dass Gott mit mir spricht, beileibe nicht, das kann ich niemals erwarten.

In den Lichtkarz bin ich früher nicht gegangen, ich dachte, sie führen dort schlechte Reden und die Burschen treiben ihren Schabernack. Aber so ist es gar nicht. Wir spinnen dort die Wolle, die der Pfeifer von den Schafen bringt, und ich zeige den Mädchen, die es noch nicht können, wie man strickt.

Wir machen hauptsächlich Strümpfe, denn das ist nicht schwer, und sie lassen sich gut verkaufen zusammen mit der Wolle, die auf den Merklinger Markt gebracht wird. Manchmal schaut der Schäfer zu uns herein, weil er gern sieht, was wir mit der Wolle machen, und dann drängt sich meistens auch Bruno durch die Tür. Alle mögen ihn gern, und ich kann ihn streicheln, ohne dass er mich anknurrt.

Mir gefällt es, wenn wir zusammen singen, es sind meistens die Lieder, die ich früher nur von ferne hörte. Wenn wir nicht singen oder ich nicht erkläre, wie eine Ferse am Strumpf gestrickt wird, erzählen die Mädchen viel, was so im Dorf geschieht oder was sie gehört haben. Ich selbst sage kaum etwas, ich höre nur zu. Auch aus dem Pfarrhaus weiß immer eine etwas zu berichten, wie neulich der kleine Theophil beinahe gestorben wäre, weil er keine Luft mehr bekam.

Das war Luise Schättle, die von allen Mädchen am meisten redet.

„Aber der Kleine ist nicht gestorben, unser Herr Pfarrer hat ihn durch Beten ganz schnell gesund gemacht.“ Ihre Augen funkelten, als hätte sie dieses Wunder selbst vollbracht. Überhaupt denken sie, Blumhardt kann Wunder tun, und dann sehen sie mich an, ob ich nicht etwas erzählen will. Aber das will ich nie, wie könnte ich.

Es ist nicht immer so friedlich in unserer Spinnstube. Vor ein paar Tagen war Aufruhr und großes Geschrei, denn auf einmal platzte unser Schneider Fischer zur Tür herein, als wir mitten im schönsten Singen waren. Er ist der Erste, der angefangen hat, bei Blumhardt zu beichten und der nun meint, er müsse alle Welt bekehren. Er war recht ungezogen und laut, rannte zwischen uns herum, dass alles in Unordnung kam und er schrie, wir sollten nicht solche weltlichen, verwerflichen Lieder singen.

„Choräle sollt ihr singen und Bußlieder, das tut euch gut, beten sollt ihr statt unnütz zu schwatzen.“

Die Mädchen kreischten, aber mit vereinten Kräften schoben wir ihn zur Stube hinaus. Seitdem ist er nicht mehr wiedergekommen. Ich weiß nicht, ob Blumhardt mit solchen Machenschaften einverstanden ist, ich kann das nicht glauben. Aber er ist in seinem Pfarrhaus so überlaufen von dem Andrang der Menschen, dass er andere Dinge gar nicht sieht. Die Frau Pfarrer tut mir von Herzen leid, denn sie steckt mitten darin und kann dem allen nicht wehren.

Für Doris war es schier zu viel. Schon zweimal war sie ohnmächtig geworden vor Erschöpfung und Atemnot. In der Wohnstube und meinem Arbeitszimmer saßen ständig so viele Menschen, dass für eine Beichte aller die Zeit des Tages bei weitem nicht reichte.

Ich konnte gar nicht anders, als zu kollektiven Bußgebeten und Segnungen überzugehen, obwohl mich das von Herzen betrübte.

Wäre Frau Dobric nicht gewesen, wäre mehrmals der ganze Haushalt zum Erliegen gekommen. Denn schon zweimal hatte Sophie gedroht, sich eine andere Stelle zu suchen, in der es weniger zu tun gab. Sie liebte uns alle herzlich, aber ihr Groll war nicht zu übersehen. Irgendwie konnte ich das verstehen, schon deshalb, weil sie gerne heiraten wollte. An Sonntagen oder am Abend kam ein junger Waldarbeiter namens Lukas aus Unterhaugstett herüber. Doris wollte ihr anfangs nicht erlauben, ihn in der Küche zu empfangen, aber mit der Zeit ließ sich das nicht mehr vermeiden, da so viele Menschen bei uns aus- und eingingen. Außerdem war er sehr gefällig, indem er ab und zu Botengänge für mich machte. Ich kannte ihn aus der Bibelstunde und hatte nichts gegen ihn einzuwenden. Nur er lenkte Sophies Aufmerksamkeit von den Kindern und von ihrer Arbeit ab, und das war nicht gut. Noch etwas anderes machte mir Sorgen, schon zweimal hatte ich die beiden in engster Umarmung angetroffen dort, wo an der Chorseite die Mauer dicht an die Kirche heranreicht. Das mochte ich nun nicht gerne dulden, ich wusste nur zu gut, was alles daraus erwachsen konnte. Trotz des Gedränges, in dem ich mich befand, hielt ich den jungen Mann zu einem Gespräch dort an Ort und Stelle fest, wo er Sophie geküsst hatte. Aber er war überhaupt nicht einsichtig, er meinte, wenn er sie doch bald heiraten würde, was machten da schon ein paar Küsse. Er war nicht frech, sondern ganz freundlich und sehr selbstsicher.

Was mir lange nicht geschehen war, versagten mir in diesem Augenblick die moralischen Argumente, wer war ich, den jungen Leuten ihre Liebe zu verbieten? Lukas fuhr ebenso freundlich fort wie er angefangen hatte: „Ich verdiene ausreichend im Wald, und mein Vater hat mir geholfen, ein hölzernes Haus zu zimmern, in dem genug Platz ist."

Das war eine vernünftige Rede, gegen die gar nichts zu sagen war, und so schwieg ich denn.

In allem Überschwang meiner Freude über so viele bekehrte und bußwillige Menschen war vielleicht mein Eifer zu groß geworden, mich um alle Dinge ihres Lebens zu kümmern. So sagte ich nur zu Doris, wir müssten uns wohl in absehbarer Zeit um eine neue Pfarrmagd kümmern.

Was kann ein einzelner Mensch tun, wenn über ihn hereinbricht, was er ohne Absicht angestoßen hat. Zahlen kommen in meinen Kopf, die ich heute kaum noch glauben mag, und mit diesen Zahlen drängten sich andere Bilder und Verbindungen auf, die mich tief erschreckten.

Was hier geschehen war, wie ich predigte, wie die Menschen beichteten, verbreitete sich wie ein Lauffeuer in die entferntesten Gemeinden. Ich begriff überhaupt jetzt erst, was dieses Wort bedeutete, und ich dachte an die Erzählung von Franz Dobric, wie das Feuer im Wind sein Dorf zerstört hatte. Hier war es nicht Feuer, hier waren es Menschen, die im Frühjahr nicht mehr zu Hunderten, sondern zu Tausenden kamen. Aus den Gegenden des Schwarzwaldes wanderten sie oft viele Stunden zu Fuß, um dann vor einer schon überfüllten Kirche zu stehen.

So war es an einem Sonntag im April, ich konnte mir vom Pfarrhaus zur Kirche kaum einen Weg bahnen, viele fremde Gesichter und an der Tür unser Bürgermeister, der seinen angestammten Platz nicht mehr erreichte. Er sah ärgerlich aus, die Gründe dafür sagte er mir schnell genug, sobald der Gottesdienst zu Ende war. Jetzt aber ging ich durch die Tür der Sakristei und stieg sogleich auf die Kanzel. Verwunderte Blicke folgten meinem ungewohnten Auftritt.

„Möttlinger", sagte ich laut, dass es auch durch die offene Tür nach draußen drang, „liebe Möttlinger, wir haben viele Gäste, die von weit her gekommen sind. Überlasst ihnen eure Bänke und stellt euch um die Kirche herum auf. So weiß ich mich umgeben von Freunden und kann zu denen sprechen, die mich noch nicht kennen."

Wie das Volk Israels durchs Schilfmeer zog meine Gemeinde lautlos aus der Kirche durch die Menge der Fremden, die eine Gasse gemacht hatten. Als dieser Austausch sich ohne Gemurr vollzogen hatte, begann ich den Gottesdienst in gewohnter Weise und predigte ihnen, als wären sie meine eigenen Kinder. Aber nachher kam das Gewitter unverzüglich auf mein Haupt. Der Bürgermeister wartete auf mich, sein finsteres Gesicht hatte sich ganz und gar nicht aufgehellt.

„Wie denken Sie sich das hier?", fragte er ohne Einleitung, „jeden Sonntag werden es mehr, und heute ist es kaum noch übersehbar. Die Leute lagern sich überall, die meisten haben nichts zu essen, ich möchte sie am liebsten alle durch den Büttel aus dem Dorf scheuchen lassen."

Ich schwieg betreten, denn es war so, wie er sagte, auch konnte ich nicht fünftausend mit ein paar Broten speisen, denn so viele waren gekommen, meine Konfirmanden hatten sie gezählt.

Ein Wunder geschah nicht, nur sah ich, wie die Leute aus dem Dorf, die noch herumstanden, ganz Fremde zu sich nach Hause nahmen und am Nachmittag wieder mit ihnen zum Gottesdienst erschienen. Was sollte ich anderes tun, als auch das Pfarrhaus gastlich zu öffnen für alle, die darin Platz hatten.

Doris machte nicht immer ein fröhliches Gesicht, wenn ihre Vorräte aufgezehrt wurden, denn eine wunderbare Brotvermehrung geschah bei uns leider nicht.

Alltäglich, nicht nur sonntags, war ich genötigt, Andachten und Predigten zu halten, waren wir alle genötigt, Fremde zu beherbergen und zu speisen. Ich war im ärgsten Gedränge, hatte weder für die Zukunft noch für die gegenwärtige Arbeit Ruhe und Besinnung. Und wenn die Gottesdienste zu Ende waren, belagerten die Menschen förmlich das Pfarrhaus.

Im Mai traute ich Sophie mit ihrem Lukas, und beim Abschied erlebten wir, wie ein Mensch hin- und hergerissen wird von seinen verschiedenen Wünschen. Sie weinte ganz schrecklich, als Doris sie umarmte und ihr dankte, noch ärger weinte sie, weil Marie ihren Rock gar nicht loslassen wollte und Karl aus voller Kehle heulte. Mich wagte sie kaum anzusehen, ich weiß nicht, welche Schuldgefühle sie bei sich hegte. Lukas stand daneben in kaum gezügelter Ungeduld, sein Wagen war angespannt und Sophies wenige Habseligkeiten schon aufgeladen. Ich wollte sie nicht in die Arme nehmen, aber ich legte ihr die Hand auf zum Segen, zum ersten und zum letzten Mal, da heulte sie erst recht los. Schließlich nahm Lukas sie recht unsanft am Arm und bat sie, endlich auf den Wagen zu steigen.

Zwei Frauen standen dabei, die diese Szene mit sehr verschiedener Miene ansahen, die eine war Luise Schättle, die einmal ihr geschwätziges Mundwerk im

Zaum hielt, die andere war Gottliebin Dittus. Luises Miene war voll gespannter Erregung, ich wusste, wie sie voll Neugier solche Auftritte genoss, Gottliebin dagegen stand ruhig und gelassen, nahm Marie und Karl an die Hand, als der Wagen endlich davonrumpelte.

Das war eine glückliche Fügung und Entscheidung in dieser turbulenten Zeit, die ich so vor kurzem noch nicht für möglich gehalten hatte. Gottliebin war aus freien Stücken zu mir gekommen, sie sprach so klar und vernünftig, dass ich glaubte, einen neuen Menschen vor mir zu haben. Natürlich wusste das ganze Dorf, dass wir unsere Magd verloren und sehr dringend der Hilfe bedurften.

Das war noch vor der Hochzeit, zu unser aller Glück. Gottliebin bot ihre Hilfe an im Haushalt und bei den Kindern, zugleich sprach sie von Luise, die sie aus der Spinnstube kannte.

Sie beschämte mich, denn seit ihrer Genesung und dem Andrang der Menschen nach Möttlingen hatte ich nicht genug an sie gedacht. Jetzt wartete sie auf meine Antwort, sie saß mit gefalteten Händen da und sah mich mit klaren, freundlichen Augen an. Ich zögerte aus vielerlei Gründen länger als höflich oder menschlich war. Aber Gottliebin schien das nicht zu beirren, sie wartete einfach.

„Ich muss es mit meiner Frau besprechen“, sagte ich endlich, „und außerdem, zwei Hilfen kann ich im Augenblick nicht bezahlen.“

„Geld“, sagte Gottliebin voller Erstaunen, „an Geld hatte ich nicht gedacht. Ich werde, solange ich lebe, niemals fertig werden, Ihnen meinen Dank abzutragen.“

Luise als Pfarrmagd anzustellen, machte keinerlei Schwierigkeiten, sie erwies sich als flink und willig trotz ihrer Neigung, gern und viel zu reden. Als ich zu Doris von Gottliebin sprach, verschloss sich ihr Gesicht. Sie hatte ihre Abneigung immer noch nicht abgelegt aus Gründen, die wohl in der Natur der Frau lagen.

„Sprich mit ihr", sagte ich einfach, „vielleicht wirst du dann deine Meinung ändern."

Doris schwieg, und dieses Schweigen dauerte noch eine Reihe von Tagen.

Etwas anderes als ihre Einsicht gab am Ende den Ausschlag.

Frau Dobric kam eines Abends zu mir, sie bat ganz bescheiden um fünf Minuten meiner Zeit. Wir standen unten im Eingang neben der Küche, wo sich gerade niemand befand. Es war schwierig geworden im Haus, ein wirklich ungestörtes Gespräch zu führen.

„Ich muss Sie bitten, auf meine Hilfe zu verzichten", sagte sie leise, „es geht nicht mehr wegen Elisabeth."

„Sie meinen wegen der Unruhe und der vielen Menschen im Haus?" Frau Dobric nickte.

„Sie wird unruhig und schläft nicht, und Karel ..." sie zögerte, „Karel fürchtet sich vor dem allen hier."

Es tat weh, das muss ich sagen, sie waren mir lieb geworden alle drei.

„Es ist gut, Frau Dobric, ich verstehe das schon", sagte ich, „es wird sich sicher eine Hilfe finden."

„Gottliebin Dittus?", fragte sie. Also das hatte sich schon herumgesprochen.

„Meine Frau hat noch nicht zugestimmt", sagte ich einfach.

Marie weinte, wieder einmal war für sie Gewohntes zerbrochen worden, und sie weinte umso mehr, weil sie es gar nicht verstand. Tagelang ging sie herum und sagte zu jedem, der ihr begegnete: „Elisabeth soll wiederkommen." Oder sie fragte ihre Mutter: „Wo ist Karel?"

Ich versuchte, es ihr zu erklären, aber sie schüttelte den Kopf, machte sich von mir los und sagte mit Trotz in der Stimme: „Elisabeth ist lieb." Ihr Groll richtete sich gegen mich, das war nicht zu übersehen.

„Marie ist ganz aus dem Gleichgewicht", sagte Doris am gleichen Abend, „und Karl macht es ihr nach, ich kann ihn kaum noch bändigen."

„Ich weiß", sagte ich, „für Kinder ist dieses Leben im Augenblick schwer zu verstehen."

Doris sah mich an. „Wenn du willst, kannst du Gottliebin bitten, mir zu helfen." „Sag du es ihr selbst."

Am nächsten Morgen sah ich Doris aus dem Haus gehen und sah sie nach kurzer Zeit mit Gottliebin zurückkehren. Von dieser Begegnung der beiden Frauen hat Doris mir nie erzählt, wohl aber hörte ich durch meine offene Tür den ersten Dialog zwischen Marie und Gottliebin.

Über all den Geräuschen, die im Hause herrschten, klang Maries helle Stimme: „Wer bist denn du?"

„Ich bin Gottliebin", kam die Antwort.

Marie lachte: „Hast du Gott lieb?"

„Ja, ich glaube schon." Mehr konnte ich nicht hören, eine Tür fiel zu.

Ob sie Gott liebte, hat sie mir nie gesagt, aber die Liebe zu unseren Kindern zeigte sich fast vom ersten Tag an. Anscheinend gefiel Marie die Art, in der Gottliebin auf ihre Frage antwortete, und zu meiner großen Erleichterung lachte sie wieder nach all dem Kummer des Abschieds. Von Doris hörte ich nicht viele Worte, sie war in dieser Zeit sehr in sich gekehrt, aber sie begegnete allen Menschen, die etwas von ihr wollten, mit großer Freundlichkeit. Manchmal sah ich sie fragend an, dann lächelte sie nur und sagte: „Es ist schon recht, Christoph."

Der Schwall der Ereignisse stand nicht still, die schiebende Gewalt der Lawine bewegte sich weiter, es war ein Wunder, dass ich nicht darunter begraben wurde.

Wunder – immer wieder kreuzte dies Wort meinen

Weg, auch wenn ich es selbst nie in den Mund nahm. Sie ist krank, heile sie, diese Vollmacht war mir geblieben, und ich gebrauchte sie. Ich sprach nicht mehr mit ihm in der Kirche, dazu ließen die äußeren Ereignisse keine Zeit. Aber tief in mir war dieser Raum, aus dem ich es schöpfen konnte, diese unveränderte und unverbrüchliche Kraft, aus der mein Zuspruch an die Menschen kam, und was mir noch viel wunderbarer schien, der sie auch erreichte.

Keine Gedanken an die irdischen Tage Jesu konnten mir je als Blasphemie erscheinen, wenn sie nun von vielen Seiten die Kranken zu mir brachten so wie zu ihm damals in Galiläa. Ich stieg nicht auf einen Berg um zu predigen, noch fuhr ich im Schiff über den See, um der Menschenmenge zu entgehen. Ich blieb da, wo ich war und kämpfte mich schlecht und recht durch meine Tage.

Zuerst waren es nur die kleinen Dinge, die alltäglich in einem Dorf vorkommen, Ereignisse, in die ich eher zufällig geriet, so wie an einem strahlend hellen Junimorgen. Ich war auf dem Weg zum Friedhof, um mit dem Totengräber über die Beerdigung der jungen Frau Peters zu sprechen, die nun ihre Familie unter viel Jammer für immer verlassen hatte. Friedrich war schon dabei, die Grube auszuheben, er machte das sorgfältig, Schicht für Schicht, und warf die gute Erde auf einen besonderen Haufen. Für ihn waren Humus und Lehm, Kalk oder Steine etwas Lebendiges, ich wusste, er hatte einen Garten, in dem alles gedieh, blühte und viele Früchte trug.

Als er mich kommen sah, stieg er aus der Grube, die noch nicht sehr tief war.

„Nora Peters wird hier gut liegen“, sagte er, „es ist ein geschützter Platz, und die Kinder können Blumen auf ihr Grab pflanzen.“

Ich glaubte zwar nicht, dass sie dafür viel Sinn haben würden, aber ich sprach mit ihm über den Friedhof, den er so schön in Ordnung hielt, und über die Beerdigung. Plötzlich sagte er ohne Überleitung: „Gottliebin Dittus war nie mehr hier. Ich mag solche Geisterseher nicht. Ist sie nun wieder ganz gesund?"

„Ich hoffe es", antwortete ich, „sie kommt jeden Tag zu uns ins Haus, sie ist sehr vernünftig und hilfsbereit."

Friedrich sah mich erschrocken an. „Sie lassen sie zu Ihren Kindern?"

„Friedrich", sagte ich leise, aber eindringlich, „sie ist ein Mensch und kein Ungeheuer."

„Mir wäre es unheimlich", sagte er ebenso leise.

Auf dem Rückweg hörte ich das Geschrei, es kam aus einem Haus etwas unterhalb der Kirche. Es musste ein Kind sein, die Stimme tönte hoch aus der Haustür.

Natürlich ging ich nicht vorüber und fand ein Bild des Jammers, um das sich schon etliche Menschen drängten. Ein kleines Mädchen hatte sich verbrüht, es saß halb angezogen auf einem Stuhl, ganz von Sinnen vor Schmerz. Die Mutter stand weinend daneben und wagte nicht, es anzufassen. Ich drängte die Menschen, die voller Ratschläge waren, hinaus, kniete mich neben das Kind und nahm es vorsichtig in die Arme.

„Es wird alles gut", flüsterte ich, „du musst keine Angst haben."

Wie abgeschnitten hörte das Geschrei auf. Ich sprach weiter und streichelte dabei ihr Haar. Nach einer Weile fragte ich: „Tut es noch weh?" Sie schüttelte den Kopf: „Kein bisschen."

Als ich aufstehen wollte, hielt sie mir ihre Arme hin und sagte: „Guck mal, wie das aussieht." Große Brandblasen hatten sich gebildet, die wirklich nicht schön aussahen. „Morgen ist es wieder gut", sagte ich. So war es, am andern Tag waren die Brandblasen verschwunden.

Es sprach sich herum, die kleine Elsa erzählte es in der Schule, die ganze Klasse wollte ihre geheilten Arme sehen. Die Mutter erzählte es mit einer Mischung aus Stolz und Grauen, was wiederum Luise an Doris weitergab. Es war mir nicht recht, aber ich ließ es gehen.

Wenn ich je geglaubt hatte, ich könne die ganze Natur der Menschen ändern, so täuschte ich mich. Viele wollten so gerne fromm und gut werden, aber was sie am Ende trieb, war die Hoffnung auf Sicherheit, war die Hoffnung auf Gesundheit. Ich habe das so oft gesehen, und ich habe viele Jahre in dieses Fass ohne Boden geschöpft. Dabei verlor ich nie die Hoffnung, den Menschen, die mir begegneten, den Weg zum Heil zu öffnen. Aber es war nicht so einfach, fast jeder hatte von diesem Heil eine andere Vorstellung oder ging den Weg nicht weit genug.

So kamen sie denn und trugen mir ihre äußeren und inneren Gebrechen zu in so vielerlei Gestalt, dass ich sie heute kaum noch zählen kann.

Auch mein Freund Barth hatte von den Wegen des Heils eine andere Vorstellung als ich, zugleich lebte er mit dieser Vorstellung in einem gewissen Widerspruch. Sein theologisches Herz schlug anders als meines, ordentlicher vielleicht, bedacht darauf, die gebahnten Wege nicht zu verlassen, was er denn mir zuliebe doch gelegentlich tat. Längst hatte er eingesehen, dass ich seinen Rat für mich nicht mehr brauchte, weil ich mich nicht länger fürchtete. In vielen Briefen machte ich ihm klar, dass ich niemals gewillt war, mich vor der Macht des Bösen in ein Schneckenhaus zu verkriechen. Mehr denn je, seit so viele Menschen nach Möttlingen kamen, sah ich ihren Jammer, der in so vielerlei Weise gar keinen Boden zu haben schien.

Selbst in den schrecklichsten Stunden, die ich bei Gottliebin verbracht hatte, hatte ich niemals Angst, von teuflischen Mächten überwältigt zu werden. Barths Sorge um mich sah ich als die eines Freundes, Ermahnungen von anderen Theologen konnte ich nicht immer in diesem Licht sehen. Ich durfte das nicht tun, was sie nicht konnten oder wollten, denn sie fürchteten um ihre glatten und wohlgeebneten theologischen Wege. Aber was wirklicher Glaube war, der alle Konsequenzen in Kauf nimmt, wusste wohl auch Barth nicht. Er schickte Menschen zu mir, die er mit halbherzigen Ratschlägen versah, und überließ ihnen und mir den Rest.

Es muss noch vor meiner Reise zum Missionsfest in Basel gewesen sein, die ich im Sommer 1844 antrat, als so ein Fall eintrat. Ich kannte das Ehepaar schon lange, Alois Schrey und seine Frau Bertha. Sie sprachen beide nicht viel, von Natur aus oder aus gegenseitiger Anpassung, weiß ich nicht zu sagen. Alois war Korbmacher und verdiente in seinem Gewerbe ganz gut, jedenfalls soweit ich das sehen konnte. Bertha nähte, sie war sehr geschickt und sorgfältig, Doris hatte schon dies und das für die Kinder bei ihr arbeiten lassen. Sonntags saßen sie einträchtig in der Kirche, waren Gäste des Heiligen Abendmahls, aber seit Möttlingen so überlaufen war, hatte ich sie dort nicht mehr gesehen. Es war für mich schwer, meine eigene Gemeinde zu ermahnen, den Gottesdienst zu besuchen, wenn die guten Leute doch sicher sein konnten, keinen Platz zu finden, sondern sich draußen vor der Tür mit den Bruchstücken zufrieden geben mussten, die sie durch die offene Tür erhaschen konnten. Alois und Bertha hatten einen kleinen Sohn, genannt wie sein Vater. Ich kannte ihn aus dem Unterricht in der Schule, er war willig und aufmerksam, nur wenn er etwas auf die Wandtafel schreiben oder malen sollte, haperte es. Alles kam schief und unordentlich heraus, da halfen keine Ermahnungen. Schnell war er dann in Tränen aufgelöst und stotterte: „Ich kann es doch nicht besser." Ich hätte eigentlich früher darauf kommen müssen, dass das Kind nicht richtig sehen konnte. Die Eltern fragten mich nicht um Rat, weder als Lehrer noch als Pfarrer. Sie pilgerten vielmehr von Möttlingen nach Calw, um dort einen Arzt über die Augen des kleinen Alois zu befragen. Ich habe all das später von ihnen erfahren. Der Arzt sagte ihnen, nur eine schwierige Operation könne den Jungen vor drohender Blindheit bewahren, wobei allerdings kein noch so geschickter Arzt eine Garantie für das Augenlicht geben könne.

Natürlich waren die Eltern traurig und bestürzt, und sie gingen dahin, wo sie Trost zu finden hofften, zu ihrem ehemaligen Pfarrer Barth. Den kannten sie schon lange, der hatte sie getraut und dessen Rat wollten sie befolgen, von ihm wollten sie wissen, ob sie mich um Hilfe bitten sollten oder die Operation wagen. Was mein Freund ihnen riet, habe ich nie verstanden, denn er verwies sie nur wieder auf sich selbst. Mögliche Hilfe schob er zu gleichen Teilen entweder dem Mediziner oder mir zu, von Gottes Hilfe sagte er wohl nicht so viel, sie sollten ihrem eigenen Glauben vertrauen, das war alles. So kamen sie denn zu mir.

Sie hatten mehrere Tage geduldig gewartet, bis sich eine Gelegenheit fand, zu mir vorzudringen. Zuerst wusste ich gar nicht recht, was das bedeuten sollte, denn sie kamen zu dritt in mein Studierzimmer. Alois versuchte, sich hinter seiner Mutter zu verstecken, und beide Eltern waren fast ebenso verlegen.

Schließlich begann Alois, der Vater, zu sprechen:

„Unser Sohn wird blind werden, wenn sie nicht helfen, Pfarrer Barth meinte, Sie können das."

„Pfarrer Barth schickt Sie zu mir? Das kann ich kaum glauben. Was hat der Arzt gesagt?"

So erfuhr ich denn die ganze Geschichte. Jetzt standen sie da, sie waren unsicher und sie fürchteten sich.

„Setzt euch“, sagte ich zu den Eltern, nahm selbst einen Stuhl und stellte den kleinen Alois vor mich hin, dass unsere Gesichter auf der gleichen Höhe waren. „Du musst keine Angst haben“, sagte ich und nahm seine kalten Hände in meine, „sieh mich an.“ Ich konnte deutlich erkennen, wie sich schon ein leiser Schatten über seine Augen gezogen hatte. „Siehst du mich?“ Er nickte. „Bald wirst du mich noch besser sehen, bald wirst du richtig und ordentlich schreiben und malen.“

Ich hielt den Blick seiner weit geöffneten Augen fest und sprach mit dem, der versprochen hatte, niemals wegzugehen.

Ich war gewiss, er würde diesem Kind von der Fülle seines Lichtes schenken.

Ich hörte Bertha ein Vaterunser murmeln und sagte: „Gott wird euch sicher gnädig sein, geht jetzt nach Hause.“

Sie gingen leise, ohne ein Wort, jeder hatte eine Hand des Sohnes gefasst.

Drei Tage kam Alois nicht in die Schule, dann erschien seine Mutter weinend im Pfarrhaus. Doris brachte sie zu mir, denn sie konnte vor lauter Tränen gar nicht sprechen. Ich muss gestehen, ich war auf ein großes Unglück gefasst. Als Bertha mich sah, verstummte das Weinen, und ein geradezu seliges Lächeln breitete sich auf ihrem Gesicht aus, sprechen konnte sie aber noch nicht.

„Was ist, Bertha“, fragte ich, „warum sind Sie traurig?“

„Traurig? Ach, Herr Pfarrer, wir sind so glücklich und wissen nicht, wie wir Ihnen danken sollen. Alois kann sehen, scharf und deutlich.“

„So wollen wir Gott danken“, sagte ich ernst, „mir sollt ihr ganz bestimmt nicht danken“, und ich betete mit ihr, wobei wieder ihre Tränen flossen.

Dann ging ich mit ihr aus dem Haus, obgleich noch

viele Menschen dort warteten. Ich aber wollte dem kleinen Alois selbst in die Augen sehen. Er saß neben seinem Vater am Küchentisch, ganz versunken mit Stift und Papier beschäftigt. Vater und Sohn sprangen auf, als ich herein kam, der Stift rollte zu Boden. Alois fasste meine Hand und sagte mit Stolz in der Stimme: „Schau, was ich gemalt habe." Sauber und akkurat war da ein Wagen zu sehen mit Rädern und Kutschbock, darauf ein Mann mit Hut und einer langen Peitsche. Das Pferd hatte er noch nicht vollendet, aber ein schöner langer Schwanz war schon fertig.

Ich setzte mich auf die Bank, stellte wieder wie in meiner Studierstube das Kind vor mich hin und sah ihm in die Augen. Wie zwei tiefe klare Seen strahlten sie mich an.

„Nun, Alois, wie sieht mein Gesicht aus?"

Er lachte und sagte: „Ganz anders als früher, du hast Falten am Mund und deine Augen lachen."

Da nahm ich ihn in die Arme und küsste ihn und segnete die Familie. Selten war so viel Freude in meinem Herzen gewesen.

Im August ließ ich Möttlingen, die Familie, viele Menschen, die etwas von mir begehrten, und auch mein Amt zurück, um in Basel am Missionsfest teilzunehmen. Selbst Doris hatte mich gedrängt, dieser Einladung zu folgen, wenn auch ihre Gründe andere waren als meine. Sie suchte für mich eine Phase der Erholung, ich selbst gedachte, manche Fäden zu entwirren, die sich um mich geknotet hatten. Ich war darauf gefasst, in Basel nicht nur Freunden zu begegnen, denn schon hier in der Heimat warf mir die Kirchenbehörde erhebliche Knüppel zwischen die Beine und mit ihr im Verein auch die weltliche Obrigkeit. Sie wollten mir verbieten, die Menschen zu heilen.

Lieber Gott, dachte ich und fühlte mich in einem Raum der Gewissheit, in dem sie mir nichts tun konnten, lieber Gott, wie wollen sie es machen, den Strom deiner Gnade zu hemmen.

Basel – der Anblick der vertrauten Stadt, der Türme und Tore, das Willkommen des heimatlichen Missionshauses ergriffen mich mehr, als ich geahnt hatte. Aber auch die ungebrochene Liebe alter Freunde wurde mir zuteil ebenso wie der frische Wind, der von angehenden jungen Missionaren ausging. Inspektor Hoffmann, der meinem Onkel im Amt gefolgt war, kannte ich nur flüchtig, aber in diesen Tagen des Festes lernte ich ihn allmählich besser kennen.

Er kam mir sehr freundlich und wohlwollend entgegen, ehrte mich mit seiner besonderen Aufmerksamkeit und befragte mich über die Ereignisse in Möttlingen. Aber wenn mich mein Ohr nicht täuschte, lauerte hinter diesen Fragen eine versteckte Kritik, die er nicht offen aussprach. Ich fing an, ihm möglichst auszuweichen und mich lieber dem Strom der gemeinsamen Gebete hinzugeben.

Erst vor sechs Jahren war ich hier weggegangen, dennoch fühlte ich mich trotz aller Vertrautheit manchmal auf einen anderen Stern versetzt. Vielleicht lag es auch daran, dass ich hier immer nur Lehrer, niemals Zögling gewesen war. Was die jungen Menschen sprachen, die nach Afrika oder Indien reisen wollten, erschien mir auf einmal gar nicht mehr greifbar neben den schweren, lehmverschmierten Stiefeln meiner Bauern. Gerade dieses Bild drängte sich mir immer wieder auf, wenn ich die angehenden Missionare schwärmen hörte von den himmlischen Freuden, die sie den Eingeborenen bringen wollten. Sie meinten es sicher so gut wie sie es eben wussten, nur fragte ich mich, was sie denn wussten.

Trotz der Zeit der Besinnung und Ruhe, die ich hier zweifellos hatte, sehnte ich mich in das Getriebe meiner Arbeit zurück. Hier lebten sie von der Sehnsucht nach einer unbestimmten Ferne, von dem Drang, wenn nötig, auch Opfer und Märtyrer zu sein.

Lieber Gott, dachte ich immerzu, lass mich nicht überheblich und selbstgefällig werden, trotzdem konnte ich dem Sog meiner heimatlichen Gemeinde mit all ihren irdischen Gebrechen nicht entgehen.

Mehr als einmal sprach Hoffmann davon, die Missionare müssten bereit sein, mit Freude auch ihr Leben hinzuopfern in einem feindlichen Klima, was sei schon der irdische Leib im Kampf gegen die heidnischen Religionen. Ich hatte Mühe, dazu zu schweigen. Gott hatte unsere Erde so schön gemacht, uns das Leben als kostbares Gut geschenkt. Wie man das missachten sollte, habe ich nie begriffen.

So schied ich von Basel mit gespaltenem Herzen, Dank und eine gewisse Trauer mischten sich durchaus ohne rechte Klarheit. So verordnete ich mir wie in lange vergangenen Tagen einen Fußmarsch nach Sitzenkirch zu meinen lieben Schwiegereltern. Ich schritt wohl nicht mehr ganz so unbeschwert fort wie damals, zumal die Fülle der verschiedenen Gedanken mich begleitete.

Ich fand meine Schwiegermutter nicht so heiter, wie ich gehofft hatte, ihre Gesundheit ließ viel zu wünschen übrig, so dass Vater Köllner mich unter vier Augen bat, sie nicht zu einem Besuch in Möttlingen zu überreden. Sie ihrerseits fragte mich abends im Flur, wo ich damals mit Doris gestanden hatte, ob bei uns wohl wieder ein Kindchen zu erwarten sei. Ich schüttelte den Kopf, selbst ganz betroffen, dass ich gar nicht daran gedacht hatte.

Natürlich wollte Vater Köllner alle Einzelheiten über Gottliebins Krankheit und Genesung wissen, und so saßen wir die halbe Nacht und redeten. Er war wohl der einzige Mensch, dem ich ohne Rückhalt alles offenbaren konnte, meine Irrwege, Zweifel und Ängste. Es war gut und fast wie eine Beichte.

Es fiel mir schwer, von ihnen fortzugehen, Schatten lagen schon auf Marie Köllner, und ich fürchtete mich, sie zu Doris hinzutragen.

Sie freuten sich so, als ich heimkam, die Kinder tanzten ganz glückselig um mich herum, selbst Theophil erkannte mich und lachte. Doris standen immerfort die Tränen in den Augen, dass ich fragte:

„Was ist es, was beschwert dich?"

„Ich bin so froh", sagte sie, „du warst lange weg."

„Lange – nicht einmal eine ganze Woche."

Sie nickte.

„Ich weiß", sagte sie, „aber das ist lange für mich, auch haben so viele Menschen nach dir gefragt." Da hatte ich sie wieder, meine Arbeit und Mühe, aber ich wollte so gerne alles aufnehmen, wollte mitten drin sein in diesem pulsierenden Strom.

Natürlich konnte ich Doris nicht verschweigen, was ich von ihrer Mutter dachte, aber mit Lachen erzählte ich ihr auch von der Hoffnung auf ein weiteres Kind.

„Oh Christoph", sagte sie ganz erschrocken, „wir haben doch schon vier. Marie fängt an, sich zu beklagen, dass ich nicht mehr Zeit für sie habe."

„Wir wollen es nehmen, wie Gott es gibt", sagte ich leise, und in diesem Augenblick wusste ich noch gar nicht, was das bedeutete.

Jetzt gehe ich jeden Tag in sein Haus, und es ist ganz anders als ich es mir früher vorstellte. Ihn sehe ich wenig, aber das macht nichts, seine starke Gegenwart ist überall spürbar. Sie sagen alle ‚du' zu mir, und ich darf Doris und Christoph zu ihnen sagen. Das ist schön und sehr sonderbar, aber sie mei-

nen, wir seien doch nun durch alles, was geschah, eine Familie. Ich weiß ja, dass Doris mich anfangs nicht haben wollte, aber nun ist das anders geworden. Sie mag es, wenn ich den kleinen umtriebigen Karl beschäftige, der immer und überall Unsinn machen möchte und alles anfasst oder umkippt, was er nicht soll. Auch Marie sitzt dann ganz still oder sie versucht mitzusingen, wenn ich mich an meine alten Kinderlieder erinnere. Karls Händen muss man immer etwas zu tun geben, denn stillhalten kann er nur schwer. Er lernt schon den Vers: ‚Das ist der Daumen, der schüttelt die Pflaumen', das mag er gern, und wenn das Spiel zu Ende ist, sagt er: „mal", das heißt, er will es noch einmal machen. Ich habe natürlich nicht immer Zeit, mit den Kindern zu spielen, ich mache für Doris viele Besorgungen, oft dürfen Marie und Karl dann mitgehen, wenn es nicht zu weit ist.

Luise ist lustig, wenn ich mit ihr in der Küche zusammen bin, bringt sie mich zum Lachen. Sie weiß alles über alle Leute und kann so komische Begebenheiten erzählen. Trotzdem geht dann unsere Arbeit flink von der Hand, mir macht es Freude, für viele Leute zu kochen oder wenigstens dabei zu helfen. Das hat mir früher so gefehlt, dass jemand mit mir lachte und nicht über mich. Es ist wunderbar, mit geraden schnellen Schritten zu gehen und die Schultern zu recken. Niemand spottet und niemand sieht sich nach mir um, außer ein paar Fremden, wenn sie denn wissen, wer ich bin. Aber ich spreche nicht mit ihnen, wenn sie mich nach meiner Krankheit fragen, das tue ich nie. Ich sage freundlich guten Tag und gehe weiter.

Ich wüsste gar nicht viel zu sagen, denn die Erinnerung daran schwindet von Tag zu Tag, als nähme sie jemand mit und löschte sie aus. Darüber bin ich von Herzen froh.

Blumhardt fragt mich nie nach dieser schlimmen Zeit, nur wenn es mir nicht so gut geht, merkt er es gleich. Dann betet er mit mir, und alles, was mich krank oder traurig macht, verschwindet.

Eines ist allerdings nicht verschwunden, meine Gabe, etwas zu sehen, was andere nicht sehen. Um Luises Kopf liegt oft ein heller Kranz, der so lustig funkelt wie ihre Gedanken, ihre Gegenwart macht mich froh. Bei anderen kann ich sehen, dass sie krank sind oder Kummer haben. Ich spreche zu niemandem darüber, ich lege das nun alles getrost in Gottes Hand.

Nur etwas gibt es, das ich nicht verschweigen sollte, aber ich weiß nicht, ob Gutes daraus kommt. Damals auf dem Friedhof, als der Totengräber sich so vor mir entsetzte, sah ich den Mann, der Ludwig Rohr getötet hat. Die andern sahen ihn nicht, aber mit mir sprach er. Heute war er hier im Dorf, leibhaftig und wirklich. Er ging an mir vorbei, aber er kannte mich nicht. Ich war auf dem Weg nach Hause zu meinen Geschwistern, ich schlafe dort, weil das Pfarrhaus ohnehin so voll ist. Ich bin gern in meiner alten Kammer, die mich nun friedlich und freundlich umgibt.

Ich ging dem Mann nach und sah, wie er im Pfarrhaus verschwand und nach einer Weile wieder herauskam. Er ging an unserem Haus vorbei und schlug den Weg nach Unterhaugstett ein, den ich so gut kenne. Nun weiß ich nicht, was ich machen soll und ich fürchte mich ein bisschen. Was nützt es, wenn ich sage, er war es, niemand wird mir glauben, und er wird es abstreiten. Einen Menschen totzuschlagen ist eine schreckliche Sünde, aber einen anzuzeigen kommt mir fast ebenso schrecklich vor.

Am andern Morgen fragte ich Luise, wer denn da am Abend noch ins Haus gekommen sei. Luise kicherte: „Das ist ein frecher Kerl, er fragte gleich, ob ich schon einen Schatz habe."

„Wer ist es?", fragte ich noch einmal. „Oh, ein Waldarbeiter aus Unterhaugstett, er brachte Grüße von Sophie und Lukas und sagte, dass sie nun in anderen Umständen ist."

Sie kicherte wieder. Ich musste mich setzen, weil ich auf einmal ganz weiche Knie hatte. Jetzt stehe ich da mit meiner Last und weiß nicht, wohin ich sie legen soll.

Zeit – mir scheint es oft, als ob sich die Zeit meines Lebens in Möttlingen zusammendrängt, Zeit von Leben und Tod, von Verdammnis und Erlösung. Wie das klingt, aber doch war es so. Heute ist mein großes Haus voller Menschen, alles hat seine Ordnung, mein Sohn Christoph steht als Helfer und geistlicher Partner neben mir. Gottliebin ruht schon auf dem Friedhof hier in Bad Boll, und manchmal zieht auch mich eine leise Sehnsucht dorthin. Zuviele Menschen strecken die Hände nach mir aus, wollen getröstet, gerettet, geheilt sein. Wer tröstet, rettet, heilt mich? Ich weiß, eine menschliche Frage, auf die ich doch immer wieder eine Antwort finden muss. Anderen habe ich geholfen, nur mir selber konnte ich oft nicht helfen, konnte zwei unserer Kinder nicht vor dem Tod bewahren. Jetzt spüre ich, wie Geist und Körper sachte auseinander treiben, das Werkzeug ist müde geworden.

In Möttlingen dachte ich niemals an mein eigenes Sterben, da lebte ich aus einer unvorstellbaren Fülle und Zuversicht. Auch seit ich aus Basel zurück war, riss der Strom der Menschen nicht ab, erst der dunkle, nasse Herbst und später der Schnee brachten uns eine stillere Zeit.

An diesen Jahreswechsel in den dunkelsten Wochen ist die Erinnerung nie verloschen. Der weihnachtliche Glanz war vergangen, der Januar ließ mit Sturm und Schneeverwehungen unser Leben auf einen engen Kreis zusammenrücken. Wenn ich auf den Gängen durch das Dorf mir mühsam einen Weg bahnte, hörte ich hinter den Stalltüren das dumpfe Muhen der Kühe, hörte die Schafe in ihrer Scheune rumoren, sah den schief verwehten Rauch aus den Schornsteinen steigen. Es war die Zeit der Raunächte, die für die Menschen früher von Geistern und Dämonen erfüllt waren. Auf diesen Wegen zu den Krankenstuben sang ich, kein Gesang gegen den Wind, ein Gesang aus Freude. Jedesmal ging ich zuerst zu Jochen Peters, der mit seinen vier Kindern seit dem Tod seiner Frau in einer misslichen Lage war. Nur mit Mühe konnte er die Magd bezahlen, die sich schlecht und recht um den Haushalt kümmerte, und ich vergaß nie, vor einem Besuch meine Taschen mit Äpfeln und Nüssen zu füllen. Die Kinder waren so rührend, still und artig neben ihrem ernsten Vater, dass mich dieser Anblick jedesmal schmerzte. Ein bisschen Freude verteilen, stückweise, mehr konnte ich nicht tun. Der Vater wollte nicht mit mir beten, bei meinem ersten Versuch hatte er den Kopf geschüttelt. „Das muss ich alleine machen", sagte er einfach. Den Kindern legte ich nur stumm die Hand auf den Kopf, dann lächelten sie.

Ich weiß noch genau, wie ich Anfang Januar nach meinem zweiten Krankenbesuch auf der Straße stand, noch den Geruch der schlecht gelüfteten Stube in der Nase, und plötzlich wusste, wohin ich gehen musste.

Karel öffnete mir die Tür, erschrocken und erfreut zugleich. „Meine Eltern sind nicht da", sagte er, „mein Vater hat Arbeit im Wald beim Holzfällen." „Gut", sagte ich, „und deine Mutter?"

„Sie kommt erst später, sie hilft beim Herrn Bürgermeister." „Gut", sagte ich wieder, „und Elisabeth?"

„Sie ist in der Stube."

Sie saß in ihrer gewohnten Ecke und wiegte sich.

„Karel", sagte ich vorsichtig, „lässt du mich eine Weile mit ihr allein?"

Es schien, sein Zutrauen zu mir war inzwischen so groß, dass er wortlos hinausging.

Es dämmerte schon, in ihrer Ecke sammelte sich die Dunkelheit zuerst. Ich setzte mich neben sie, nahm eine Hand, die locker auf ihrem Schoß lag. Sie ließ es ohne Widerstand geschehen. Ich redete leise mit ihr, erzählte von Marie und Karl und zuletzt sprach ich ein einfaches Gebet, so wie ich mit meinen Kindern betete.

Sie hörte langsam auf, sich zu wiegen. Als ich aufstand, löste sich ihre Hand nur schwer aus meiner.

„Pass gut auf sie auf", sagte ich im Weggehen zu Karel. Er nickte. „Das mache ich immer."

Am nächsten Tag war ich wieder da, getrieben von dem Gefühl, dass sie einmal aufwachen müsse und herauskommen aus dem versponnenen Netz ihrer Träume. Karel war mit ihr allein.

„Du kannst auch hierbleiben", sagte ich, und er hockte sich zu meinen Füßen neben seine Schwester. Sie rührte sich leise, aber sie wiegte sich nicht mehr. Ich nahm ihre Hand und erzählte von den Tieren im Wald, die jetzt im Schnee ein mühsames Leben hatten, ich erzählte von den Schafen und wie Bruno sie hütete. Zuletzt betete ich, genauso leise wie ich vorher gesprochen hatte, ich legte eine Hand auf Karels Kopf und eine auf ihren, so dass wir wie eine Kette verbunden waren. Ich wusste, sie würde eines Tages sprechen.

Als ich das nächste Mal kam, war Frau Dobric zu Hause, Karel musste ihr von meinen Besuchen erzählt haben. Sie freute sich und war gleichzeitig verlegen, anders als ich sie kannte. Aber dann sagte sie überraschend: „Ich dachte schon, Sie hätten uns ganz vergessen."

„Oh nein", antwortete ich, „im Gegenteil, ich denke oft an Sie alle. Sie fehlen uns im Pfarrhaus." Da lachte sie, was ich selten an ihr gesehen hatte.

„Fehlen? Sie haben doch so viele Leute im Haus."

„Die Kinder fragen nach Elisabeth und Karel, darf ich sie einmal mitnehmen?" Frau Dobric zögerte, aber Karel strahlte und zog schon seine Schwester von ihrem Stuhl hoch. „Jetzt?" fragte er eifrig. „Wenn deine Mutter es erlaubt, jetzt."

Wir gingen das kurze Stück zum Pfarrhaus über den knirschenden Schnee, Elisabeth zwischen unseren Händen in der Mitte. Als sie das Haus sah, ließ sie uns los, machte allein die Tür auf und war schon vor uns in der Küche. Zu einem besseren Zeitpunkt hätten wir nicht kommen können. Marie und Karl saßen bei ihrer Abendmahlzeit am Küchentisch, Luise hantierte unter Geschwätz und Gelächter am Herd, und Gottliebin fütterte meinen Sohn. Es war wohl das erste Mal, dass sie und Elisabeth sich so nahe begegneten. Gottliebin stand langsam auf, legte den Arm um Elisabeths Schultern und sagte: „Komm, Kind, setz dich zu uns." Marie aber hatte vor lauter Freude über Karels Erscheinen ihre Milch umgeschüttet, doch niemand mochte sie rügen. Ich wäre gerne dortgeblieben im Schein der Lampe und des Herdfeuers, aber in meinem Zimmer warteten Arbeit und etliche Leute auf mich.

An diesem Abend – eigentlich war es schon Nacht – stahl ich mich aus dem Haus hinüber in die eiskalte Kirche. Auch drinnen standen die Atemwolken vor meinem Mund. „Ich bitte dich, Herr", sagte ich laut, „bewege dieses Menschenkind, dass es spricht." Kälte und Stille umhüllten mich.

Das Jahr 1845 wurde überschattet von zweifachem Tod, auf der anderen Seite drängte sich genug Leben um uns. Ich brachte es nicht fertig, kranke Menschen wegzuschicken, die zu bleiben begehrten. Selbst die Kinder mussten in ihren Stuben zusammenrücken, wenn einfach noch ein Bett hineingestellt wurde.

Marie fand das lustig, aber Karl maulte, weil er es nicht recht verstand. Christoph ließ alles ruhig mit sich geschehen, stets zu einem sonnigen Lachen bereit. Unser Jüngster weinte viel in all der Unruhe, dass Doris recht verzagt werden konnte. Bei Tisch hörte ich sie manchmal leise seufzen, wenn ihr Blick über die große Tafel ging, an der so viele Menschen gesättigt werden sollten. Sie seufzte auch, weil sie wieder schwanger war, was sie mir erst spät und fast verlegen mitteilte.

„Freust du dich nicht? Vielleicht bekommen wir diesmal eine Tochter."

Sie schüttelte nur den Kopf und sagte: „Ich bin so müde."

Ich wünschte oft, ich könnte ihr von meiner Kraft abgeben, und schämte mich fast, dass ich anderen helfen konnte, nur ihr nicht.

Aber mit diesem Helfen war es so eine Sache geworden. Das Konsistorium verbot mir, den Menschen die Hand aufzulegen, zu predigen konnten sie mir nicht gut verbieten.

Aber es gab eine Menge Dinge, die diese Herrn nicht wussten, und die ich selbst erst nach und nach begriff. Ich hatte anscheinend immer noch nicht gelernt, die Macht des Gebetes richtig einzuschätzen.

Es war schon ein schöner Frühling geworden, immer noch und immer wieder kamen so viele Leute zur Kirche, dass die Tür offen bleiben musste, und ich bemühte mich, so laut zu beten und zu predigen, dass alle es hören konnten. Ich hatte schon seit mehreren Tagen eine ältere Frau im Rollstuhl gesehen, aber noch nie mit ihr gesprochen. Sie drängte sich nicht zu mir oder versuchte, ins Pfarrhaus zu kommen. Sie war von vornehmer Art, wie ich sehen konnte, und Luise wusste zu berichten, dass sie im Gasthaus logierte. Keinen Augenblick hatte ich aufgehört zu glauben, dass Gottes Gnade die Menschen heilen könne, auch wenn ich manchen bitteren Rückschlag erleben musste. Das war so bei den drei blinden Männern, die ihr Leben lang noch kein Tageslicht gesehen hatten, die mühsam mit Hilfe von Freunden zu mir kamen. Ich konnte ihnen nicht helfen. Es ist wahr, sie zogen voll Wut und Enttäuschung wieder ab, vielleicht war es auch diese ihre Gemütsart, die den

Freunden den Weg zur Heilung versperrte. Meine Trauer begleitete sie noch eine lange Weile.

Jene Dame aber, die geduldig von draußen meine Predigten und meine Fürbitten anhörte, stand eines Tages aus dem Rollstuhl auf und kam mit geraden Schritten auf mich zu, als ich aus der Kirche trat.

„Die Schmerzen sind weg", sagte sie einfach, „die Beine tragen mich wieder. Wie kann ich Ihnen jemals danken?"

Da war es wieder, alle wollten sie mir danken. Ich antwortete gar nicht, sondern stimmte dort vor der Kirche zwischen allen Menschen, die noch herumstanden, ein Halleluja an. Ich habe nie erfahren, wie die Dame hieß, ich weiß nur, dass sie sich mit einem glückseligen Lächeln entfernte. Aber eines musste sie noch getan haben, denn am andern Tag fand ich einen ungewöhnlich großen Geldbetrag im Opferstock. Auch diese Form des Dankes musste ich gelten lassen.

Im April und Mai ging es Doris gar nicht mehr gut, tiefe, dunkle Ringe breiteten sich um ihre Augen, sie wehrte oft die übermütigen Kinder von sich ab und sagte: „Geht zu Luise oder Gottliebin."

Die Kinder taten das gern, denn bei Luise gab es immer etwas zu lachen und Gottliebin konnte wunderbare Geschichten erzählen. Nur unser Jüngster blieb dann bei seiner Mutter, aber selbst das wurde ihr manchmal zuviel.

Vielleicht gab es viele Menschen, die mich nur als den Pfarrer sahen, der mit seinem Amt und seinem Eifer beschäftigt war, der schrieb, korrespondierte und predigte, ein Mittelpunkt für unzählige Beichten, und doch war es nicht so. Ich hatte mir früher zwar nie ausgemalt, die Verantwortung für eine große Familie zu haben, aber jetzt, mehr denn je, musste ich sie annehmen.

Wieder einmal klopfte ich bei Frau Dobric an die Tür, es war schon Abend, und ich wusste, dass sie zu Hause war. Alle waren sie zu Hause, und selbst Franz Dobric hatte ein Lächeln für mich. Es ist schon seltsam, wie die Sicherheit einer ständigen Arbeit das Wesen eines Mannes verändert, er war nun als Forstknecht im Unterhaugstetter Wald angestellt. Die Kinder waren nicht in der Stube, aber ich hörte Karel durch die offene Küchentür mit seiner Schwester sprechen.

„Ich komme noch einmal als Bittsteller", fing ich an, „meiner Frau geht es nicht gut, selbst der kleine Theophil strengt sie zu sehr an." Frau Dobric hatte es schnell begriffen.

„Sie meinen, ich sollte ihn gelegentlich hüten, hier bei uns?" Ich nickte.

„Ich weiß nicht, ob Sie es machen können."

„Sicher kann ich das, wenn er nicht weint bei mir."

„Ich helfe auch", kam Karels Stimme aus der Küche, „Theophil ist süß und ich mag seinen komischen Namen."

„Karel ..." in der Stimme seines Vaters grollte es. Da kam er herein und sah mich groß, aber ohne Angst an, er wusste, ich würde ihn nicht tadeln. „Komisch ist der Name wohl nicht", sagte ich, „nur vielleicht versteht ihn nicht jeder. Mein großer Sohn heißt Karl, fast so wie du, und Christoph heißt wie ich, verstehst du denn den Namen?" Karel schüttelte den Kopf, sah seinen Vater fragend an, und als der nickte, hockte er sich vor meinen Suhl auf den Boden. Und ich erzählte ihm von dem Fährmann, der das Christuskind über das Wasser getragen hatte. „So hieß er denn Christophoros, das bedeutet der Christusträger."

„Und Theophil?"

„Theophilus heißt Gottesfreund und das kommt auch aus der griechischen Sprache, weißt du, das ist die

Sprache, in der die Evangelisten das Neue Testament geschrieben haben."

„Also, so ist das", sagte Karel, und er schien von meiner Erklärung sehr befriedigt. Aber er war noch nicht fertig. „Und diese Sprache, ich meine die von der Bibel, kannst du das lesen?"

„Du musst ‚Sie' und Herr Pfarrer sagen", wieder klang die Stimme seines Vaters recht streng.

„Es ist schon gut", sagte ich, „in der Schule tut er das. Ja, Karel, ich kann das lesen, und es klingt schön, wenn man es spricht. Weißt du, wir Pfarrer müssen es genau wissen, wie es geschrieben wurde, damit wir nichts Falsches weitererzählen."

Karel schwieg eine Weile, dann stand er auf und sagte: „Das ist gut", und mit einem Seitenblick auf seinen Vater: „Der kleine Gottesfreund soll es hier gut haben", und in seinen Augen blitzte ein Lachen.

Immer wenn Luise oder Gottliebin das Kind zu Frau Dobric brachten, gingen meine Wünsche und Gedanken mit, stieg ich mit ihnen die Treppe hinauf und suchte zuerst Elisabeth in ihrer schattigen Ecke. Ich wusste ja, wie sie da saß, ihr Bild hatte sich so tief in meinen Geist geprägt, dass ich sie gleichsam ständig mit mir trug.

Es war Anfang Juni, als Karel eines Tages Theophil nach Hause brachte mit dem Wägelchen, in dem er schon Karl gezogen hatte. Luise kam in mein Zimmer und sagte: „Er ist ganz weiß im Gesicht und will unbedingt mit Ihnen sprechen."

„Wer?", fragte ich. „Karel, er hat Theo gebracht." Ich hörte ihn schon die Treppe heraufkommen, er wollte sich von niemandem aufhalten lassen. Karel war wahrhaftig weiß im Gesicht und atemlos, als sei er gerannt.

„Elisabeth ..." fing er an, dann versagte ihm die Stimme. Ein eisiger Schrecken durchfuhr mich, ich führte Karel zu einem Stuhl und sagte: „Jetzt mal ganz langsam, was ist geschehen?" Karel schluckte, seine Erschütterung musste wirklich tief sitzen.

„Sie spricht mit dem kleinen Theophil", sagte er so leise, dass ich ihn kaum hören konnte, und dann fing er plötzlich hemmungslos an zu weinen. Ich nahm ihn in die Arme, was hätte ich sonst tun sollen, und hielt ihn, bis sich der Sturm gelegt hatte. „Sie hat gesprochen?" Er nickte.

„Sie war ganz kurz allein mit dem Kleinen, meine Mutter und ich standen in der Küche, aber die Tür blieb offen. Theophil mag sie so gern leiden, will immer nahe bei ihr sein und sie anfassen, und sie mag das auch. Er plapperte, was er so reden kann, zu ihr sagt er Lisa, der ganze Name ist ihm zu lang. Heute sagte er immer: ‚Lisa lieb', und lachte. Und dann hörten wir sie auf einmal: ‚Theo ist auch lieb.' Ihre Stimme ..." er fing wieder an zu weinen. Oh guter, lieber Gott im Himmel, auch mir liefen die Tränen herunter.

„Spricht sie mit euch?"

„Ich weiß nicht, ich bin gleich hierhergekommen."

„Danke", sagte ich, „soll ich dich nach Hause bringen?" Karel schüttelte den Kopf. „Ich muss jetzt gehen", er hatte es auf einmal eilig, wieder zu seiner Familie zu kommen.

Was soll ich sagen, das Wunder entfaltete sich langsam und für andere fast unmerklich. Frau Dobric kam und bat, unseren kleinen Sohn noch öfter holen zu dürfen. Es schien, vorerst war er der einzige, zu dem Elisabeth sprach. Frau Dobric war so gefasst und vernünftig, nur besorgt, niemand möge die begonnene Verwandlung jäh unterbrechen. So hielt auch ich mich zurück und besuchte die Familie erst, als der Tod unserer zu früh geborenen Tochter schon einige Wochen zurücklag.

Wie Doris und ich unsere verschiedenen Schmerzen

erlebten, ist schwer zu sagen. Erst hatte sie die körperliche Pein einer langen Nacht, in der sie schrie, bis auch ich völlig erschöpft war. Wir waren beide nicht darauf gefasst, dass ein Kind schon nach sechs Monaten geboren werden konnte. Als das winzige, wunderschöne und schon vollkommen gebildete Mädchen einen einzigen seufzenden Atemzug getan hatte, war es schon vorbei. Die Hebamme, die ich gegen Morgen noch gerufen hatte, wickelte still das kleine Ding in ein Tuch und trug es beiseite. Doris war ganz erstarrt vor Gram und, wie ich später erst herausfand, auch vor einem tiefen Schuldgefühl.

„Sie soll Rahel heißen, und ich will ihr einen Denkstein setzen", sagte ich leise, ehe ich die beiden Frauen allein ließ.

Man kann solche Entschlüsse fassen und auch ausführen, aber den Grimm der eigenen Eingeweide und die Trübsal, die über Doris lag, konnte das nicht mildern. In all den wunderbaren Erweckungen und Heilungen hatte ich das Reich Gottes schon nahe geglaubt, so wie er es versprochen und angekündigt hatte. Nun schlug er uns mit seiner Hand, und wir mussten lernen, stille zu halten.

Als Doris wieder zu Kräften gekommen war, überließ sie immer mehr den Haushalt und auch die Kinder dem Mädchen und Gottliebin. Sie machte lange Wege und besuchte die Kranken und alle, die ihren Beistand brauchten. Es ergab sich, dass wir uns manchmal fast die Klinke in die Hand gaben, und ich erlebte, wie ihre Güte und Wärme den Menschen halfen. Auch ihre Gebete halfen, das sah ich wohl.

Als ich Elisabeth wiedersah, hatte sich ihr Gesicht vollkommen verändert. Nicht dass ihre Schönheit gewichen war, nur hatte sie sich zu einem leuchtenden, beseelten Antlitz gewandelt. Ich kam ohne Theophil und setzte mich stille zu ihr, die nun am Küchentisch neben ihrer Mutter war und behutsam aus einem Teig kleine Klöße formte. Sie drehte den Kopf zu mir und lächelte. Dieses Lächeln fuhr mir ins Herz wie eine scharfe, glänzende Klinge, anders kann ich es nicht beschreiben.

„Grüß Gott, Elisabeth“, sagte ich leise, und dann hörte ich zum ersten Mal ihre Stimme. „Wo ist Theo?“, fragte sie. Sie wusste also, dass er zu mir gehörte. „Theophil ist zu Hause“, sagte ich, „aber wenn du möchtest, kann Luise ihn bringen.“ Sie nickte und wandte sich wieder ihren Klößen zu. Im Vorbeigehen legte ich Frau Dobric die Hand auf die Schulter, dann stieg ich so leise wie ich vermochte die Stiege hinunter.

In der Schule sah ich, wie Karel sich vor den anderen fast mühelos an die Spitze setzte und kaum eine Antwort schuldig blieb. Er war gewachsen, aber immer noch nicht sehr kräftig, doch niemand vergriff sich mehr mit körperlicher Gewalt an ihm, denn seine Sicherheit war nicht zu übersehen. Im Unterricht bemühte ich mich, ihn wie alle anderen zu behandeln, wenn mir das auch nicht immer leicht fiel. Karel unterdrückte manchmal ein Lächeln, wenn meine Bemühungen allzu deutlich waren. Er war nun dreizehn und hatte allzu schnell die Kinderschuhe stehen lassen.

Der Tod kam noch einmal in diesem Jahr. Vater Köllner rief uns dringend an das Sterbebett seiner Frau, und trotz meiner Bedenken wollte Doris um keinen Preis zu Hause bleiben. Wir wussten die Kinder in guter Obhut, denn nicht nur die Frauen behüteten sie, sondern auch die drei jungen Theologen, die seit einiger Zeit im Dachgeschoss wohnten. Ich bereitete sie auf ihr Examen vor, und diese ganz auf die Sache orientierte Arbeit half mir in diesem Sommer über den Schwall der Gefühle hinweg, der mich von verschiedenen Seiten überschwemmte. Gefühle konnte ich noch nie gut unterdrücken, ich versuchte es gar nicht.

Auch Doris wurde in dieser Zeit schwer mit dem Zwiespalt in ihrem Innern fertig. Erst auf der Reise fing sie an, stockend und zögernd davon zu sprechen. Es war schon lange nicht mehr vorgekommen, dass wir allein, fern von Familie und Gemeinde miteinander reden konnten. Dabei sah Doris fast gar nicht zum Fenster des Postwagens hinaus, während sie zu mir sprach, bewegten sich die Hände in ihrem Schoß in leiser, beständiger Unruhe. Ich musste mich eng zu ihr neigen, um ihre Stimme zu verstehen.

„Es ist alles meine Schuld", sagte sie mehr als einmal, „ich weiß, warum er mir das Kind weggenommen hat."

Ich konnte ihren Gedanken ganz gut folgen, ich wusste, sie hatte sich gegen diese letzte Schwangerschaft gewehrt. Aber völlig kann man als Mann wohl nie die Gefühle einer Frau nachvollziehen, mag sie noch so eng mit dem eigenen Leben verbunden sein.

„Warum hilfst du mir nicht?", sagte Doris neben mir.

„Ich kann dir nicht helfen", erwiderte ich, „ich kann dich nur lieben und für dich beten, aber dein Inneres musst du selbst zurechtrücken."

Vielleicht ist das so bei Menschen, die uns am nächsten stehen, weder konnte sie mir eine rückhaltlose Beichte ablegen noch konnte ich eine solche anhören wie bei so vielen, vielen anderen Menschen. Dieser herbe Wermut blieb immer in unseren Wein gemischt.

Von ganzer Seele beten konnte ich für meine sterbende Schwiegermutter und ihr das sanft machen, was sie selbst schon lange hatte kommen sehen. Hier starb ein Mensch im Einklang mit sich selbst, während Doris von ihrem Kummer fast zerrissen wurde. Als wir Marie Köllner die Hände falteten zu ihrer letzten

Reise, weinten wir zusammen, eine Wohltat in einer Stille, die nur der Tod verbreiten kann.

Irgendwie versuchten sie, mich zu zerbrechen. Vielleicht wussten sie gar nicht, wie böse und kalt solche Gebote auf mich niederfielen, keine Fremden in meinem Hause übernachten zu lassen. Sie hatten ein Auge auf mich in der Kirchenbehörde, und auch das Auge des Gesetzes wachte über meiner bürgerlichen Existenz. Ich wusste wohl, dass jeder Gastwirt genau Buch führen musste über ankommende und abfahrende Gäste, und nun bezog die Obrigkeit das anscheinend auch auf mich. Sie betrachteten das Pfarrhaus offenbar inzwischen als eine Art Herberge, und das passte weder der einen noch der anderen Behörde.

Vor Doris, vor Gottliebin, vor meinen Theologen und den Gästen suchte ich zu verbergen, dass ich oft genug diese Verbote übertrat oder dass sie überhaupt bestanden. Aber man scheute sich wahrhaftig nicht, mir sehr reale Aufpasser ins Haus zu schicken. Am meisten schmerzte es mich, dass Dekan Hafner mir solche Aufpasser in Gestalt zweier Amtsbrüder schickte, um mir im Namen des Konsistoriums eine Rüge zu erteilen. Wie es schien, entsprach ich an keiner Ecke mehr dem Ideal eines Geistlichen, der gefügig und leise Liturgie und Predigt versieht. Ich hatte nie den Wunsch wie Freund Mörike, aus meinem Amt auszubrechen, und trauerte oft um sein ruheloses Umherschweifen ohne Boden unter den Füßen. Aber ich muss gestehen, dass mich zuweilen die Lust anwandelte, ohne Druck von außen wirklich nach den Geboten Gottes zu leben. In solchen Augenblicken dachte ich an die Separatisten in Iptingen und konnte sie jetzt besser verstehen als damals.

Es war ein seltsamer dunkler Aufruhr, der in dem neuen Jahr 1846 in mir und um mich brodelte. Die Menschen sahen, was vor Augen war und wollten doch nicht glauben, dass Gott die heilende Kraft der Gnade durch eines seiner Werkzeuge über sie ausgoss. Sie wollten Beweise, und wenn sie die hatten, schoben sie die Ursachen auf eine andere Ebene. Die Oberen saßen im Gefängnis ihrer Gewaltenteilung, der Arzt durfte heilen, der Pfarrer beten, so einfach war das.

In der Tat war es einfach, nur anders als sie erlauben wollten. Ich wusste zunächst nichts von dem Medizinstudenten, der eines Sonntags der Predigt zuhörte und dann mit einigen Gästen und Burschen aus dem Dorf redete. Es waren ja nicht nur wie früher ältere Leute in der Kirche, ganz und gar nicht. Unter den jungen Leuten war auch Magdalena Rapp, die zwar nicht in Möttlingen wohnte, die aber oft kam, um hier die Predigt anzuhören und zu beten. Vor Jahr und Tag hatte sie hier ihren schmerzhaften und schlimmen Ausschlag verloren, den die Professoren in Tübingen nicht heilen konnten. Eigentlich hätte sie dort, wo sie zu Hause war, Linderung finden müssen, in den Thermalquellen von Wildbad im Enztal. Magdalena war eine junge, eher unscheinbare Frau, ich sprach und betete nur zweimal mit ihr, dann verlor ich sie aus meinem Gesichtskreis. Aber jetzt kam sie nach dem Gottesdienst zu mir und wartete bescheiden auf eine Lücke zwischen den vielen Menschen. Neben ihr stand ein magerer, unruhiger junger Mann, der es gar nicht abwarten konnte, seinen Mund aufzumachen.

„Ich bin Medizinstudent aus Tübingen“, sprudelte er hervor, „ich muss sie untersuchen, unbedingt.“

„Nur zu, ich habe nichts dagegen“, sagte ich und führte ihn und Magdalena in den Raum neben der Küche, der schon so vielen Zwecken gedient hatte.

Nach Stunden erst sah ich ihn wieder, das Gesicht voll ungläubiger Verblüffung. Er hatte sich durch Luise fast mit Gewalt Zutritt zu mir verschafft.

„Wissen Sie, dass Magdalena vollkommen geheilt ist?“, fragte er, immer noch ungläubig und mit einem gewissen Vorwurf in der Stimme.

„Ich weiß es“, sagte ich.

„Aber das kann nicht sein, mein Lehrer in Tübingen und seine Kollegen haben sie für unheilbar erklärt, ich habe sie selbst dort gesehen und auch den medizinischen Bericht gelesen.“

Was sollte ich sagen, Skepsis dieser Art ist wohl kaum heilbar. Mir war es genug, dass Magdalena lächelte und sich still entfernte.

Nicht nur Rahel starb, ehe sie gelebt hatte, auch unser nächstes Kind war dem Tod anheimgegeben. Ich konnte Nathanael noch in Eile taufen, ehe er seine wenigen mühsamen Atemzüge vollendete. Es waren grausame Augenblicke, in denen meine Hinwendung zu Gott nichts helfen wollte. Aber mit dem Akt der Taufe, die zugleich zum Sterbesakrament wurde, blickte ich auch in einen Abgrund unserer Natur. Ich wusste, dass Doris an einer Grenze der Erschöpfung angelangt war, die eigentlich keine weiteren Kinder zuließ. Jetzt, als sie still und weiß auf ihrem Bett lag, und wieder ein Tuch das tote Kind bedeckte, breitete sich Erleichterung über ihre Züge. Sie liebte ihre Kinder wie auch ich sie liebte, aber nun ergab sie sich gern in den Abschied und die Stille, die darauf folgte.

Für mich war dies eine bittere Einsicht, der ich nur mit dem strengen Exerzitium meiner Gedanken begegnen konnte. Auch Nathanael bekam einen Denkstein wie Rahel, verlorene, entschwundene Seelen, deren Bild ich nicht mehr erreichen kann.

Von vielen Menschen müsste ich sprechen, die in den Möttlinger Jahren mein Leben durchzogen. Eines weiß ich inzwischen, wie Vergangenes niemals stirbt, auch wenn man glaubt, man hätte an Reife und Weisheit zugenommen, hätte in Gott unzerstörbare Gelassenheit gefunden. Ich glaubte mich stark in Gebet und Geduld, wie ich da eingefügt war in den Kreis meines Amtes.

Aber ich musste einsehen, dass auch ich zu erschüttern war durch den Duft und Glanz der Vergangenheit, die in gewandelter Gestalt auf mich zutrat.

Was sich sonst in der Welt wandelte, lief fast ganz an unserem Dorf vorbei. Der bescheidene Wohlstand, den die Textilfabriken in Calw förderten, brachte unseren Bauern nicht mehr Geld in die Tasche. Höchstens wurde das Dorf ärmer durch sie, denn zwei oder drei der Bauern, die nun endlich von der Leibeigenschaft befreit waren, verließen ihr Land, um anderswo ihr Glück zu suchen. Ob sie es gefunden haben, weiß ich nicht. Auch das Rumoren, das im Jahre 1848 durch die politische Landschaft ging, verlief sich in unserer Gegend im Sande, wenn es denn überhaupt aufstand. Ich selbst hatte nie Sinn für solche handgreifliche Auflehnung und hörte nur von ferne, wie in Calw eine Petition an den König geschickt wurde, er möge die Reichsverfassung anerkennen. Und wenn denn einige Haufen da- und dorthin marschierten, hörten wir von ihrem Lärm nichts.

Marie, Karl und Christoph gingen mit den Dorfkindern in die Schule, von keinen anderen Sorgen beschwert als den kleinen Streitigkeiten oder den aufgegebenen Lektionen.

Doris hatte ihr Lachen wiedergefunden, denn ein Jahr nach dem toten Kind wurde uns ein lebender und gesunder Sohn geschenkt, der auf ihren Wunsch den Namen seines toten Bruders erhielt.

Im gleichen Jahr verließ Franz Dobric mit seiner Familie unser Dorf. Nicht nur mir tat das Herz weh bei diesem Abschied, da war so viel gewachsen, was niemand leicht zerreißen oder vergessen konnte. Aber Karel funkelten die Augen vor Lust, mit seinem Vater in die alte Heimat zurückzukehren. In einer Zeit, da aus Not so viele Menschen nach Amerika auswanderten, wagten sie den Aufbruch in eine andere Richtung. Den Abschied von Elisabeth mag ich nicht beschreiben. Das junge Mädchen, das leise und bedächtig sprach, sah mich mit Augen voll Liebe an und ging ebenso still aus meinem Leben fort, wie es hineingekommen war. Ich wusste, es war Unrecht, mein Herz mit Trauer zu füllen, und wer war ich, Menschen festzuhalten oder anzubinden.

Immer wieder habe ich es aufgeschoben, davon zu sprechen, wie Vergangenes bei mir einkehrte. Mitten in dem, was sich mit dem Amt und der Arbeit des täglichen Lebens mischte, tat sich ein Zaubergarten der Erwartung auf, den dann allzu prosaische Schritte zertraten.

Um es einfach zu sagen, Mörike schrieb mir aus Bad Teinach, wo er zur Kur weilte, und da die Kur nicht anschlug, hoffte er bei mir und durch mich Erleichterung zu finden. Ob er mit seiner Schwester Klara kommen könne, die ihn auf seinen Reisen begleitete. Klara, ich hatte sie nur einmal in Tübingen gesehen, ein schüchternes, unscheinbares Ding, das nichts von dem Charme ihres Bruders ausstrahlte.

Seine Schrift hatte sich nicht verändert, immer noch dieser schräge, schweifende Duktus, in dem die versteckten Widerhaken seines Gemütes sichtbar wurden. Doris wunderte sich, als ich ihr nach Tisch wortlos den Brief zum Lesen gab. Gäste waren nichts Besonderes bei uns, so fragte sie nur: „Wo willst du die beiden unterbringen?“

Das war in der Tat eine Frage, denn im Pfarrhaus hatten wir wahrhaftig keinen Platz. So sprach ich denn im ‚Ochsen' vor, dem besseren unserer beiden Gasthäuser. Was Doris nicht wahrnahm, war die Erregung, die beim Anblick von Mörikes Schriftzügen in mir aufstieg. Die Briefe, die er mir schrieb, als er ein Jahr vor mir das Stift verließ, waren lange ein Schatz, gehütet, aber kaum noch gelesen, weil sie stets so viel aufwühlten, was ich später nicht mehr für zuträglich hielt. Jetzt habe ich sie nicht mehr. Aber was ich ihm schrieb, habe ich niemals vergessen. ‚Nicht wahr, du liebst mich? Auch ich liebe dich, wie ich noch keinen Menschen geliebt habe. Wir sind Freunde, wie sich vielleicht noch wenige zusammengefunden haben – und wir dürfen einander nicht untreu werden.'

Niemals wieder kann wohl ein Mensch so lieben wie in ganz jungen Jahren, so wie wir damals, die Ewigkeit zum Greifen nahe.

Aber jetzt war das wohl anders geworden, auf vielfältige Weise anders. Natürlich schrieb ich ihm, er sei mit Freuden willkommen, und Ende August warteten wir täglich auf sein Erscheinen. Es wurde Anfang September, bis die Kutsche über die Dorfstraße holperte und vor dem ‚Ochsen' haltmachte. In fliegender Eile wurde ich herbeigeholt, wie ich es mit dem Ochsenwirt ausgemacht hatte.

Ich schäme mich fast, das Ausmaß meiner Enttäuschung zu beschreiben, die mich beim Anblick des Freundes befiel. Er stand noch neben dem Wagen, von dem eben das Gepäck abgeladen wurde, ein behäbiger, gealterter Mann, eine Kappe auf dem schütteren Haar. Als er auf mich zukam, zog er das rechte Bein nach, und sein Gesicht verzerrte sich im Schmerz. Ach, sein Gesicht, ich hätte es in tausend Verwandlungen erkannt, auch wenn ich es mir so niemals vorgestellt hatte. Es war nicht die Brille, es waren die Furchen und Falten und der von Gram und Überdruss gezeichnete Mund.

„Lieber Mörike“, sagte ich und schloss ihn in die Arme, aber ich konnte doch nicht die Tränen verbergen.

„Blumhardt – Christoph Blumhardt“, er sah mich an mit einem verschmitzten Lächeln, und seine Stimme war wie ehemals, der schwäbische Zungenschlag genauso direkt wie ich ihn kannte: „Du bist auch nicht jünger geworden.“ Er hatte meine Gedanken sehr schnell gelesen, und da lachten wir beide. Die ganze Zeit stand eine rundliche Matrone neben dem Gepäck und wartete, Klara. Sie lächelte nachsichtig und zog sich den Reiseschleier vom straff in der Mitte gescheitelten Haar. Ihr rundes Gesicht mit der breiten Nase sah nicht im geringsten so aus wie das ihres Bruders, aber in ihren Augen leuchtete sehr viel Güte, als sie jetzt auf mich zukam.

„Danke, dass wir kommen durften“, sagte sie, und ich spürte ihre Unsicherheit, wie sie mich anreden sollte.

Da umarmte ich auch sie und sagte: „Wir sind alle eine Familie, liebe Klara.“

Abends waren sie bei uns zu Tisch, und Doris sah mit großen Augen den Mann an, dessen Gegenwart ich damals in Tübingen beschworen hatte. Auch sie fand wohl kaum den feurigen Jüngling wieder, und sie widmete sich mit Freundlichkeit der Schwester und fragte sie nach der Kur und der Reise.

Später scheuchte ich alle aus meinem Arbeitszimmer hinaus, die erste Unterredung mit Mörike sollte ganz ungestört sein. Es war seltsam, bei ihm konnte ich nicht gleich mit der Tür ins Haus fallen, das heißt, ich konnte weder mit ihm oder für ihn beten, es war schwer genug, seine komplizierte Seelenlage zu ergründen. Ich konnte gar nichts anderes tun als ihm zuzuhören, wie er von seinen vielen Schmerzen und den unendlichen Verkettungen seiner Schulden erzählte. Er kam mir vor wie ein Schwimmer in unbekannten Gewässern, der kein Ufer sieht und dem allmählich die Kräfte versagen. Noch etwas anderes wurde mir an diesem Abend klar, wie verschieden wir unsere Geistesgaben genutzt hatten und an wie unterschiedliche Orte sie uns geführt hatten. Hier saß ich mit Frau, Kindern, Gesinde und einem oft kaum überschaubaren Haushalt, und er erzählte mir von seiner neuen Heimat in Bad Mergentheim und dem adligen Oberst mit seiner schönen Tochter Margarethe. Er hatte wohl nie den Drang gehabt zu heiraten, vielleicht hatte auch niemand die frühen Verwundungen geglättet.

Schließlich, als uns beide schon die Müdigkeit übermannen wollte, fragte ich ihn:

„Und wie soll ich dir helfen?“

„Die Schmerzen“, sagte er, „ich kann nicht mehr richtig gehen, man sagt, du habest schon viele geheilt.“

Ich schwieg, betroffen von der Einfachheit seiner Gedanken, denn gerade er musste doch wissen, dass es so einfach nicht sein konnte.

Er blieb mit seiner Schwester etliche Wochen in Möttlingen, und unser brüderlicher Umgang nahm viel von der ersten herben Enttäuschung hinweg. Ich wusste, er hatte nicht viel Geld, und so waren beide fast ständig unsere Tischgäste. Klara fädelte sich still und praktisch in den Haushalt ein, ich sah, dass Doris und sie auf einen guten Fuß miteinander kamen.

Was er bei mir suchte, war schwieriger in die Tat umzusetzen. Er war Theologe wie ich, aber er war es auch nicht oder nicht mehr. Sonntags oder wenn es sich sonst ergab, saß er in der Kirche und hörte meiner Predigt zu, wieviel Gewinn er davon hatte, wußte ich nicht. Um unserer alten Liebe und Freundschaft willen machte ich mich jeden Abend eine Stunde für ihn frei, seine vielfältigen Leiden zu erforschen und meine Gebete für ihn zu sprechen. Es war nicht einfach, seinen oft fast belustigten Blicken hinter den Brillengläsern zu entkommen und mich auf den Weg zu begeben, der seinem Heil dienen sollte. Am besten war es noch, wenn wir einfach miteinander sprachen und ich ihm zum Schluss stumm die Hand auflegte.

Eines Abends erzählte er mir, wie Klara und Margarethe darin wetteiferten, für ihn zu sorgen, und nur zu deutlich kam seine grüblerische Bewunderung für die schöne Frau zutage. Ich zögerte lange, ihn direkt zu fragen, warum er sie denn nicht heirate. Aber schließlich tat ich es doch. Er schüttelte bedächtig den Kopf, ehe er sagte: „Ich habe kein Amt, meine literarischen Arbeiten bringen nicht viel, und dann – heiraten in meinem Alter?"

Da lachte ich zum ersten Mal herzlich seit unserer Begegnung.

„Lieber Mörike, wir sind doch keine Greise."

„Nein, nein", sagte er zögernd, „obgleich ich mich manchmal so fühle."

Aber ich spürte deutlich, dass es noch einen anderen Hinderungsgrund gab.

„Mag sie dich nicht?"

„Sie mag mich, aber sie ist katholisch."

Ich wunderte mich über seine Skrupel, denn jeden Tag wurde es deutlicher, dass er schon längst jenen Raum des Glaubens verlassen hatte, in dem wir erzogen worden waren. Und das war auch der Grund, aus dem es mir so schwer wurde, ihn auf dem Wege des Gebetes zu erreichen.

Wir gingen gleichsam auf zwei Parallelen nebeneinander her, obgleich Mörike uns überraschend mit seinen poetischen Gaben beschenkte.

Bei den Kindern fing es an. Ich fand ihn an ihren Betten, wie er ihnen ein Märchen erzählte, in dem von Schuhen und einem Hutzelmännlein die Rede war. Ich schämte mich, dass ich noch gar nicht nach seinen Arbeiten gefragt hatte, aber ich musste mir gestehen, dass es mir schwer wurde, in seine Welt einzudringen.

Ich gab mir Mühe, denn ich wollte ihm so gerne helfen. Wenn nachmittags oder abends unser Wohnzimmer voller Leute war, sangen wir gewöhnlich und beteten oder ich sprach über Abschnitte aus der Heiligen Schrift. Nun ließ ich meinem Freund zuliebe einen anderen Ton zu, und an manchen Abenden las er uns Stücke aus seinem Roman ‚Malter Nolten' vor. Doris war entzückt von den vielfältig verschachtelten Begebenheiten, ich spürte die Fülle seiner wunderbaren Begabung und zugleich sah ich die Fallstricke, die er selbst seiner Seele knüpfte. Auch Gottliebin saß dann bei uns und sah ihn unverwandt an. Gleich zu Beginn seines Aufenthaltes hatte Mörike mich fast ungläubig gefragt: „Ist sie das, die du geheilt hast?"

„Ja, das ist sie", antwortete ich mit mehr Gelassenheit als ich empfand.

Wir hatten uns sehr weit voneinander entfernt.

Insgeheim, mit Tränen, aber immer im Glauben, auch ihm könne geholfen werden, betete ich für ihn. Ohne die vielen Schranken und Hemmnisse seiner Gedanken und seines traurigen Gemütes wäre es leichter gewesen.

In der Tat besserte sich sein Zustand nach einiger Zeit, wenigstens nach außen hin. Klara war ganz glücklich, und auch Mörike versicherte mir, seine Schmerzen seien verschwunden und die Lähmung im Fuß kaum noch bemerkbar.

Doris sagt, Herr Mörike ist ein großer Dichter. Einen Dichter hatte ich mir ganz, ganz anders vorgestellt. Auch dass er Pfarrer ist, selbst wenn er keine Gemeinde mehr hat, konnte ich kaum glauben. So war es zuerst, als er anfing, hier im Hause aus- und einzugehen. Mir kam er vor wie ein Fremder, der immerzu mit seinen Gedanken ganz woanders ist. Auch jetzt noch scheint er die Menschen um sich herum fast gar nicht wahrzunehmen. Nur wenn er mit Christoph redet, wird sein Gesicht lebendig, ich habe das ein paarmal gesehen. Inzwischen verstehe ich, dass er ein besonderer Mensch ist. Auch seine Schwester Klara weiß das, obgleich sie so ganz auf dieser Erde zu Hause ist. Ich mag sie gern, sie ist lieb und freundlich und macht sich gar nichts daraus, dass ich einmal krank war.

Zuerst beachtete Herr Mörike mich überhaupt nicht. Ich kann das gut verstehen, denn es ist ja nichts Besonderes an mir. Aber nach einiger Zeit sprach er mich an und fragte, wie das gewesen sei mit meiner Heilung. Ich mochte nicht darüber sprechen und sagte, das sei nun schon lange her und ich hätte das meiste vergessen.

„So etwas vergisst man doch nicht, wenn man einmal in einer anderen Welt war", sagte er und das klang fast wie ein Vorwurf.

Was er meinte, verstand ich erst, als er anfing, uns abends aus seinen Geschichten vorzulesen. Es ist schön anzuhören, wenn er spricht, sein Tonfall ist wie bei den Leuten hier, gar nicht wie bei einem gelehrten Mann, und manchmal ist fast ein Lachen in seiner Stimme. Ich kann, wenn er vorliest, nicht aufhören ihn anzusehen, denn hinter ihm erscheinen die Personen, von denen er gerade spricht. Es ist wie ein lebendiger Bilderbogen, und ich weiß nun, was er mit der anderen Welt meint. Ich war in einer bösen Welt gefangen, in die ich gewiss nie mehr zurück möchte, aber auch er lebt nicht nur auf dieser Erde.

Doch eines ist gewiss, er kann nicht beten, und er kann nicht zu Jesus nach Hause gehen. Wenn er vom Pfarrhaus zur Kirche geht oder über die Gasse spaziert, zieht er den Fuß nicht mehr nach und aus seinem Gesicht ist langsam der Schmerz verschwunden, aber es wird nicht bleiben.

Nach seinem Abschied aus Möttlingen habe ich meinen Freund nicht mehr wiedergesehen, und sein Grab in Stuttgart habe ich nie besucht. Auch jetzt im Alter weiß ich nicht, was ich meinem seligen Freund wünschen soll. Vielleicht wandelt er ja dort in seinem Land Orplid, das seine Sehnsucht und seine Fantasie erschuf, ich wünsche mir ein anderes Reich der Herrlichkeit herbei. Dieses Reich suchte ich mühsam und auf dem bescheidenen Boden des Dorfes zu bauen, Stein für Stein, mit dem Mörtel der Geduld, aber immer von der Sehnsucht getragen, die endgültige Wiederkunft des Herrn möge bald kommen.

Die erste Begeisterung der Erweckung musste dringend in Bahnen gelenkt werden, die die Menschen verstanden und die sie in ihrem Alltag nachvollziehen konnten. Ich durfte nicht erwarten, dass gleichsam sofort eine apostolische Zeit anbrechen würde, obgleich auch die Apostel sicher nicht in idealen Verhältnissen gelebt hatten.

Tatsachen – wieder wurde ich auf sie zurückgeworfen, die Tatsachen des bäuerlichen Lebens und dessen, was einfache Menschen verstehen können. Was ich schon in Iptingen angefangen hatte, setzte ich hier fort. Jetzt musste ich nicht mühsam aus dem Nichts die Versammlungen ins Leben rufen, jetzt musste ich die Fülle eindämmen und darauf achten, dass keine Seitenkanäle entstanden.

Es war oft schwieriger als ich dachte, sie alle unter dem Dach der Kirche zu halten, was Separatisten und Stundenbrüder von der Reinheit und Ausschließlichkeit ihres Glaubens hielten, hatte ich zur Genüge erfahren. Und ich hatte auch erfahren, zu welchen uferlosen Gefühlen die Menschen neigen, wenn Ungewöhnliches im Spiel ist. Hier versuchte ich, sie auf die Grundregeln des Evangeliums aufmerksam zu machen, die sich so einfach sagen und die so schwer auszuführen sind, den Nächsten zu lieben und untereinander Frieden zu halten.

Wenn die Männer sich versammelten, ging es oft laut her, die Meinungsverschiedenheiten entzündeten sich meistens an ganz praktischen Dingen. Ich war durchaus nicht immer dabei anwesend, soviele Stunden hatte weder der Tag noch die Woche, denn auch die Frauen und Jungfrauen trafen sich zum Singen und Lesen. Die alte Spinnstube reichte dafür längst nicht mehr aus, und so rückten sie denn im Dorf hin und her zu denen, die eine große Stube oder Diele hatten. Bei den Männern konnte ich schon im Stimmengewirr einmal meine eigene Stimme laut erheben, wenn wir in der Schulstube beisammen waren. Sie redeten oft über Recht und Unrecht, eine Domäne, die sie offensichtlich für besonders männlich hielten. Ob Ackergrenze oder ihre Befugnisse im Haus, ob ungebärdige Kinder oder die Fehler des Lehrers, an dem allen konnten sie sich leicht erhitzen. Meistens ließ ich sie eine Weile reden, um dann mit einem Gleichnis oder einem Abschnitt aus der Bergpredigt die Wogen zu glätten. Viele von denen, die da diskutierten, hatten einmal bei mir eine Beichte abgelegt und meinten, sie hätten nun den rechten Glauben. Es war eine Arbeit, ihnen klarzumachen, dass es so einfach nicht war.

Mit den Frauen musste ich ganz anders reden, und dabei half mir meine eigene Schule des Lebens, sonst hätte ich ihre Schwierigkeiten niemals verstanden. Ihre Begriffe von Recht und Unrecht unterschieden sich so sehr von denen der Männer, dass manche Ehestreitigkeiten daraus erwuchsen. Es waren oft so subtile Verschiebungen, denen man nicht mit vielen Reden beikommen konnte.

Und oft dachte ich an die revolutionären Unruhen, die manche meiner Amtsbrüder betroffen hatten, an den Schrei nach Gerechtigkeit und Gleichheit, die doch nur auf einem einzigen Boden verwirklicht werden konnten. Auf all meinen Reisen damals und später habe ich diese Meinung nie geändert. Ordnungen zu zerbrechen, hielt ich nicht für das rechte Mittel, das Reich Gottes herbeizuführen.

Das Militär, das im Frühjahr 1849 bei uns einrückte, war ebenso darauf aus, alte Ordnungen aufrechtzuerhalten und das Land gegen revolutionäre Umtriebe in Baden zu schützen.

Es war ein schlimmes Jahr, in dem wir Hunger litten. Dann ist es schwer, den Leuten zu predigen, sie wollen reale und nicht nur geistliche Hilfe sehen, sie wollen ihre Kinder satt machen und nicht zuletzt auch sich selbst, und wenn einem Bauern gar die Kuh einging, sah ihn meistens das nackte Elend an.

Wenn ich, wie ich oft tat, bei meinem Freund, dem Schäfer, saß und mit ihm über die Not der Leute redete, konnte ich vergessen, wieviel Wirbel und wieviele bitterböse Kontroversen Gottliebins Heilung ausgelöst hatte. Auch die Zeitungen bemächtigten sich meiner mit Spott und Hohn, aber wie sollte ich aufhören zu predigten.

Wenn ich dann vom Pfeifer, von Bruno und den Schafen, innerlich still geworden, zurückkam in das zu enge, überlaufene Pfarrhaus, wurde mir allmählich deutlich, dass ich hier nicht mehr lange bleiben konnte.

Die nächsten Jahre waren gezeichnet von diesem Prozess der Loslösung. Ich sah mein Dorf an als das, was es war, eine enge Welt, in der ich meine Visionen nicht in die Tat umsetzen konnte. Diese Visionen waren gefüllt mit der Freiheit des Handelns, mit der Freiheit von amtlichen Fesseln, mit der Freiheit, Menschen zu heilen in der Fülle von Gottes Wort.

Große Pläne, die in den Himmel zu wachsen schienen, die auch mein Verhältnis zur Kirche in ein neues Licht rückten. Im Grunde begehrte ich, was Freund Mörike schon lange getan hatte.

Jetzt, nach so langen Jahren der Ehe lernte ich auch an Doris unerwartete neue Seiten kennen. Wenn ich ihr meine geheimen Wünsche vortrug nach einer Heilanstalt ohne die Mitsprache des Konsistoriums, stimmte sie mir aus vollem Herzen zu.

Ich will hier nicht erzählen, wie ich in den Besitz des Kurhauses von Bad Boll kam. Das und mein dortiges Leben ist eine andere, ganz andere Geschichte.

Kein geringerer als unser König hatte dabei die Hände im Spiel.

Im Jahr 1852 nahm ich Abschied von meiner Gemeinde in Möttlingen. Es war meine Gemeinde wie keine andere, ein Häuflein Menschen, die mich unter Tränen festzuhalten suchten und die meinten, sie könnten ohne meinen Rat und meine Hilfe nicht auskommen.

Da stand ich wieder und musste ihnen vor Augen führen, dass nicht ich die Menschen geheilt und erleuchtet hatte, sondern allein unser Herr.

Bei meiner letzten Predigt wollte auch mich der Schmerz fast zerreißen, und so sprach ich nicht nur ihnen, auch mir selbst Trost zu:

„Ihr Lieben, soll es so sein, dass, wenn das Werkzeug weggeht, auch die Sache mit wegkommt? Wer hat getröstet, geholfen und Großes getan, war's denn ich? Soll der Geist weggehen, nur weil ich weggehe? Ihr werdet selber besser kämpfen müssen, die Kraft des Heiligen Geistes festzuhalten. Lauft ihr aber weg und kämpft nicht, so wird das Ausgestreute dünner und dünner werden, und die Raupen werden es fressen. Dann wird es geschehen, dass alles erlischt."

Ich wollte sie stärken und ermutigen, aber sie weinten.

Das war Pfingsten, und ich stand so allein auf der Kanzel wie ich dort allein angefangen hatte. Meine Familie und aller Hausrat hatten schon im April das Pfarrhaus verlassen. Nach der Predigt ging ich herum und schloss die Türen der leeren Räume, eine nach der anderen.

*

Ich bin mit meiner Geschichte am Ende, ich habe sie so erzählt, wie der Prediger mir in Möttlingen und Iptingen begegnete.

Immer wenn wir die Kirche betreten oder über die Felder wandern, geht er neben uns. Seine Geschichte ist auch meine Geschichte geworden. Wir sahen seine Schriftzüge, wo er in den Kirchenbüchern die Namen seiner Kinder schrieb, neben Nathanaels Namen steht ‚jäh getauft.'

Dort wo der Weg sich bei den Quellteichen des Monbachs in den Wald verliert, weiden immer noch Schafe und Rinder, und hoch oben über den Bäumen kreisen die Raubvögel.

ISBN 3-7675-1686-1
Best.-Nr. 111.686

ISBN 3-7675-1828-7
Best.-Nr. 111.828

Eva Nöldeke wurde 1929 in Holstein geboren und studierte zunächst Germanistik und Theologie. Ihr Interesse an regionalgeschichtlichen Studien in der Umgebung ihres Wohnortes Neuenbürg im Nordschwarzwald führte zu ersten schriftstellerischen Arbeiten. Ihr erster Roman ***Im Namen des Herzogs*** erschien im Jahr 1997. Weitere Bücher beschäftigten sich vor allem mit Themen aus ihrer Familiengeschichte. ***Die mit Tränen säen*** (erschienen 2001) erzählt das Leben der Missionarsfrau Emilie Christaller, die in der Mitte des 19. Jahrhunderts mit ihrem Mann Gottlieb Christaller an der Goldküste (heute Ghana) arbeitete. Der Folgeband ***Martha – die Mission entlässt ihre Kinder*** (2002) erzählt die Geschichte der Tochter von Gottlieb und Emilie Christaller, die im Missionshaus der Basler Mission aufwuchs. Die Bücher von Eva Nöldeke wurden auch ins Niederländische und Finnische übersetzt.